Ein ganz heißes Ding

Lothar Berg
Carlo Feber

Berg / Feber

Ein ganz heißes Ding

Hauptstadt - Krimi

Nicht die Tat macht den Täter,

sondern erst das Gesetz

Titelbild / Fotos
Sabine Behrends

Idee / Gestaltung
Lothar Berg

Satz und Layout
Behrends / Berg

Bibliografische Information der Deutschen Nationalbibliothek

Die Deutsche Nationalbibliothek verzeichnet diese Publikation in der Deutschen Nationalbibliothek; detaillierte bibliografische Daten sind im Internet über http/dnb.de-nb.de abrufbar.

Herstellung und Verlag: BoD - Books on Demand, Norderstedt

ISBN 978-3-7528-3756-8

Inhalt

Nachts sind alle Katzen grau … fast alle …

Eine unsichtbare Hand schob die Wolkenwand vor den Mond über dem Breslauer Platz. Zu dieser späten Stunde wehte der Wind den Unrat vor sich her. Irgendwo klapperte eine Blechdose, rollte herum und immer wieder flogen Papierreste auf, sammelten sich zu einem Tanz und fielen zurück zu Boden.

Auf dem Parkplatz vor dem Rathaus wechselten die Fahrzeuge, Leute stiegen ein, stiegen aus. Ein paar Gestalten huschten über die Gehwege, verdrückten sich in die Seitenstraßen. Die Rathausuhr zeigte 00.30 Uhr, als ein leichter Nieselregen einsetzte.

Scheiß Regen. Jens zog den Kragen seiner Lederjacke hoch, um sich ein wenig gegen das Frösteln zu schützen, das ihn überkam. Auf Nässe hatte er keinen Bock. Er blickte hinüber zur Hauptstraße. Mal kam der Nachtbus, mal ein Taxi. Dazwischen fuhr gelegentlich ein Auto vorbei. Jens schaute zu den erleuchteten Fenstern hoch. Die Menschen dahinter waren froh, in ihren warmen Wohnungen zu sitzen. Bei Chips und Bier wäre ihm jetzt auch wohler gewesen.

Jens drückte sich tiefer in die Hausnische neben der Eisdiele und beobachtete die Rückseite des Kiosks, der sich gut dreißig Meter vor ihm auf dem Parkplatz befand. Jens blickte rüber zum Fußgängerweg und die Lauterstrasse hinunter. Außer in der Kneipe auf der anderen Seite der Hauptstraße schien nirgendwo mehr Betrieb zu sein. Alles war ruhig. Im Lichtkranz der Laterne fielen dünne Fäden vom Himmel. Er seufzte, zog das linke Bein hoch und rieb den Schuhrand an seiner rechten Wade.

Die dreckige Jeans und das verwaschene Hemd waren einfach zu dünn. Wenn er doch bloß Socken gehabt hätte, aber sein einziges Paar hatte er sich am Tag versaut, als er besoffen darüber gekotzt hatte. Das würde sich als erstes nach der heutigen Nacht ändern. Jens musste sie nur nutzen. Sein Blick fiel wieder auf den Kiosk. Nichts, keine Bewegung, nirgendwo. Er fühlte sich steif, als er das

Bein absetzte, stieß er mit dem Fuß gegen seine alte Aktentasche, die am Boden stand. Ein leicht klirrendes Geräusch, Jens fuhr zusammen. Er hielt den Atem an, niemand schien etwas gehört zu haben. Ein wenig unbehaglich war ihm doch. Da vorne beim Zeitungsladen, an der Verkaufsluke direkt neben dem Imbiss, hatte er jahrelang ab und zu seine Zeitung gekauft wie schon vorher als Kind seine Süßigkeiten. Er kannte die Ecke hier wie seine eigene Tasche. Jens schnaubte, die eigene Tasche seiner Jacke war so leer, dass er nur ein paar Dreckkrümel darin fühlen konnte.

Aus dem Schatten des Hausdurchganges auf der anderen Seite der Hauptstraße trat ein untersetzter Mann um die Fünfzig. Im Licht des Schaufensters des Frisörladens schaute der Mann nach rechts zur Kneipe, nach links in Richtung Hedwigstraße. Dann erfasste sein Blick den Kiosk auf der gegenüberliegenden Straßenseite. Er steckte die Hände in die Taschen und zog unter dem Regen die Schultern hoch. Die Schirmmütze hatte er tief in die Stirn gezogen, kontrollierte den Verkehr, bevor er vom begrünten Mittelstreifen aus die Fahrbahn überquerte. Dort blieb er an der Bushaltestelle stehen, studierte anscheinend den Fahrplan. Jetzt ging er am Abgang der geschlossenen Toilettenanlage neben dem Kiosk vorbei auf den Parkplatz, quetschte sich zwischen den in Reihen parkenden Autos durch, bis er an der Rückseite der Verkaufsbude zum Stehen kam. Jens sah, wie ihm der Wind den Regen direkt in die Augen trieb. Für einen Augenblick wurde das Gesicht des Mannes von der Flamme eines Feuerzeugs beleuchtet. Die fleischige Nase warf einen großen Schatten über die Mundpartie, deren Oberlippe ein mächtiger Schnauzbart verzierte. Diesem verdankte Uwe Behlert seinen Spitznamen Grassi. Der Mann war mal der Doppelgänger eines Schriftstellers, der einen ebensolchen Schnurrbart trug und hier mal um die Ecke gewohnt hatte. Jens wartete. Noch zweimal flammte das Feuerzeug auf. Grassi fluchte leise vor sich hin und kramte in den Taschen seiner blauen dreiviertellangen Stoffjacke herum, bis er endlich ein Zippofeuerzeug und einen Zigarillo in den Händen hielt. Noch einmal sah er sich um. Dann zündete er es an.

Der Rauch biss ihn in den Augen. Für einen Augenblick war er blind. Dann erkannte er die dürre Gestalt in der Lederjacke, die gebückt zwischen den Autos zu ihm heranhuschte, kurz vor ihm stolperte, und mit einem dumpfen Geräusch gegen eins der Fahrzeuge fiel.

"Verdammter Idiot, pass doch auf."

"T´schuldige Grassi", quetschte Jens heraus.

"Mann, keine Namen! Und nu mach hin." Wenn man sich mit Anfängern einließ."

Der Junge nickte eifrig und kramte in der ledernen Tasche. Wieder klirrte Metall gegen Metall, dann leuchtete der matte Schein einer Taschenlampe auf. Er kniete am Boden und suchte sich aus einer Unmenge an Drähten, Zangen und Schraubenziehern einen Ring mit mehreren gebogenen Stahlhaken heraus.

"Ich kiek mal an der Ecke, ob jemand kommt. Beeile dich!", sagte Grassi und bewegte sich langsam zwischen den Autos davon.

Jens nickte eifrig, ohne hochzusehen. Schon immer hatte er mit Grassi zusammenarbeiten wollen. Das hier war endlich die Premiere.

Er untersuchte das Schlüsselloch in der Hintertür des Kiosks. Bei seiner Serie von Kellereinbrüchen im Wedding hatte er schon oft diese einfachen Schlösser geknackt. Für die Außentoilette seiner Wohnung, damals in Moabit, hatte er nicht mal einen Schlüssel besessen, sondern immer alles mit einem Dietrich erledigt. Zigmal hat er Nachbarn geholfen, die ihre Wohnungstür zugezogen hatten, ohne ihren Schlüssel mitzunehmen. Jens würde nur ein paar Augenblicke für den Kiosk brauchen.

Zwei-, dreimal wechselte er das Einbruchswerkzeug gegen ein anderes aus. Die Nässe drang am Knie durch den Stoff seiner Hose, seine Haut wurde kalt. Er versuchte den Sperrriegel im Schloss zu fassen, doch immer wieder rutschte er ab. Scheiße. Jens hörte seinen eigenen Atem. Plötzlich Schritte, die sich zögernd in seine Richtung bewegten. Jens' Herz pochte. Die Schritte blieben stehen. Mit fester Hand packte Jens die stabile Taschenlampe. Ganz langsam versuchte er aus der knienden Haltung auf die Füße zu kommen. Ein Schatten fiel auf ihn.

"Wat is nu Männeken, haste das Ding endlich auf?" Die sonore Stimme von Grassi riss Jens herum.

In diesem Augenblick hätte er seinen Partner erschlagen können.

„Musste du dich so anschleichen? Bin gleich soweit, nur noch ein paar Sekunden."

Grassi lehnte sich an eines der Autos und beobachtete Jens. Der Junge war nervös, so wie er herüberschielte. Grassi sah wie die Nässe Jens den Rücken hinunter perlte.

Vorsichtig tastete sein Passmann mit dem Dietrich im Schloss herum. Verdammt, warum fand der Junge die Schlosszunge nicht? Grassi gab sich einen Ruck. Das dauerte zu lang.

Dann war er neben ihm und stieß Jens mit dem Knie an. "Wat is nu, ich denke du bist ein Guter? Mach auf, oder soll ick mal?"

Grassi schob einen Schraubenzieher zwischen das Türblatt und die Zarge. Mit kurzen Rucken versuchte er den Spalt zu vergrößern. Grassi spürte den Widerstand. Seine Hände fassten den Schraubendreher fester, die Muskeln spannten sich. Wie von selbst hakte sich das Werkzeug von Jens in diesem Augenblick im Schloss ein und mit einem harten Knacken drehte sich die Sperre. Grassi hielt fest. Jens versuchte nun die Tür zu öffnen. Sie bewegte sich nicht. Scheißding.

"Ist wohl zweimal rumgeschlossen", murmelte der Junge.

Grassi holte gerade Luft, als es zum zweiten Mal im Schloss knackte. Die Tür gab nach und öffnete sich einen Spalt.

In Erwartung einer Anerkennung sah Jens hoch.

Grassi gab es ihm lieber dicke. "Quatsch bloß keene Soße. Bring das Werkzeug weg und hol die Taschen!" Grassi stieß Jens zur Seite und schob sich in den Kiosk.

So also ist der große Grassi. Jens rieb sich die rechte Niere, er ging zum alten Opel, den sie neben dem Platz geparkt hatten.
Er entnahm auf dessen Rückbank aus der Werkzeugtasche ein Stemmeisen. Die Elle war sein Notschlüssel. Das Eisen war nur ein Unterarm lang und an der einen Seite gebogen, um eine optimale Hebelwirkung zu erzielen, am anderen Ende abgeflacht, damit sie in alle Zwischenräume passte. Jens schmiss das restliche Werkzeug auf den Rücksitz und holte aus dem Kofferraum vier große, leere Sporttaschen. Jens schaute sich sicherheitshalber noch einmal um. Für einen Augenblick glaubte er auf dem Balkon im ersten Stock eine Bewegung zu sehen. Für einige Momente beobachtete er konzentriert den Balkon. Es tat sich aber nichts. Er durfte jetzt nicht nervös werden. Jens machte kehrt zurück zum Kiosk.

Grassi versuchte sich im schummrigen Licht in dem Häuschen zu orientieren. Er hatte sich Handschuhe übergezogen und betrachtete die Regale. Neben der Kaffeemaschine lag eine Armbanduhr. Davon brauchte der Bengel nichts zu wissen. Als kleinen Promibonus schob er sie schnell in seine Jackentasche. Grassi wusste genau, welche Wirkung er auf Jens hatte. Schließlich wurde er im Kreis der Kleinganoven als Legende bewundert. Durch insgesamt zwölf Jahre im Knast war er eine Größe geworden, selbst wenn nicht alle Geschichten, die man über ihn erzählte, wahr waren. Entscheidend war, sie wurden geglaubt. Von einem Mord an einem Verräter bis zum Dienst in der Fremdenlegion wurde Grassi alles nachgesagt. Nichts davon stimmte, aber Grassi hütete sich, irgendjemand darüber aufzuklären. Er pflegte seine außen getragene Härte wie ein Geheimnis. Niemand brauchte zu wissen, dass er sich in Wahrheit

Gedanken über seine Altersversorgung machte. Bald kam die Zeit, in der er nicht mehr mit Einzelaktionen die Typen um sich herum verblüffen konnte. Was sollte aus ihm werden, wenn es in einschlägigen Kneipen keine Ehre mehr sein würde, dass Grassi mit einer Handbewegung an seinen Tisch einlud.

Er hatte sich mit diesem Jens eingelassen, weil er mit der feineren Methode unauffälliger arbeiten konnte und nicht wie gewöhnlich auf seine eigene brachiale Art vorgehen brauchte. Der Junge hatte ein Händchen und Talent für Brüche wie diesen hier. Vielleicht würde er ihn bald auf mehr heiß machen.

Grassis Blick glitt über die Spirituosenreihen, über die Felder mit den Tabakwaren im Kiosk. Links neben dem Fenster stand ein Sparschwein. Grassi sah zur Kasse hin. Die war kein Problem. Wo aber war dieser typische Karton mit Wechselgeld, den die Betreiber immer für die Frühschicht daließen? Er entdeckte die Schachtel hinter dem Mülleimer, achtlos platziert. Grassi bückte sich und öffnete sie. Er pfiff fast lautlos. Recht ansehnlich. Hier lagen säuberlich gestapelte Scheine und auf dem Kartonboden klimperten einige Münzen. Wie hoch wohl hiervon sein Promibonus sein könnte?

Es hüstelte an der Tür des Kiosks. Gleich darauf glitt Jens herein. Dessen Blick fiel sofort auf die Schachtel in Grassis Hand.

"Das geht ja gut los." Mit einer schwungvollen Bewegung schob Jens Grassi zwei der Sporttaschen zu.

Scheiße. Grassi verstaute das Wechselgeld in einer der Taschen. "Die Kasse auf", sagte er, während er die Taschen mit Alkohol und Zigaretten füllte. Auch ein paar Päckchen Kaffee gerieten ihm in die Hände. Alles Sore, die sich verticken ließ.

Jens nahm eine Elle und versuchte einen Ansatzpunkt an der Kasse zu finden. Jens' Hände glitten ab und das metallene Werkzeug fiel laut zu Boden. "Paß doch auf, du Blödmann", entfuhr es Grassi.

„Tschuldigung." Jens bückte sich hastig nach dem Eisen, als draußen ein Wagen vorfuhr.

Sie hielten beide den Atem an. Das Geräusch eines Fahrzeuges war näher gekommen und erstarb genau vor der Tür des Kiosks. Grassi drückte sich seitwärts neben das Fenster und lugte hinaus. Er konnte vom Auto nur einen Teil der Fahrerseite erkennen. Aus dem minimal geöffneten Wagenfenster stieg eine dünne Rauchfahne in den Nachtregen. "Keine Bullen! Da wartet bloß einer. Mach weiter, aber leise", flüsterte er.

Jens besah die Kasse, die unter dem Ausgabefenster des Kiosks eingebaut war. Dessen Problem war Grassi sofort klar, sie bot einfach keinen richtigen Punkt, um das Werkzeug optimal anbringen zu können. Immer wieder rutschte Jens mit der Elle ab. Grassi gefiel das gar nicht. Der Junge war vielleicht doch nur ein Dröhner.

Jetzt nur keine Schwäche zeigen. Jens wollte schließlich in Zukunft im Kiez als Freund und Vertrauter Grassis gelten. Er spürte die Bewegung in seinem Rücken und erschrak, als er den leichten Klaps am Hinterkopf verspürte. Grassi stand hinter ihm und zeigte ihm einen Vogel, dann deutete er mit dem Finger auf einen Schlüssel neben der Ausgabeklappe. Der hing an einem langen Packband und hatte außerdem einen Anhänger mit der Aufschrift Kasse. Peinlicher hätte es nicht sein können. Jens nahm den Schlüssel vom Haken, während Grassi sich rasch wieder dem Fenster zuwandte.

Jens hatte kein Gefühl mehr für die Uhr, mal fühlte er sich wie in Zeitlupe, dann wie im Schnelldurchlauf die Sachen packen. Es waren bestimmt nur Minuten seit dem Einbruch vergangen, aber sie hatten die Taschen bereits gefüllt und zum Abtransport bereitgestellt.

Grassi wickelte um jede Tasche noch schnell braunes Paketband. „Sicher ist sicher."

Jens bewunderte Grassi für die präzisen schnellen Handgriffe, der wusste, was er tat. Er drückte die Tür des Kiosks einen Spalt breit auf. Deutlich hörte er das Motorengeräusch eines weiteren Autos. Durch den Spalt lugte er direkt in das grelle Rot der Bremsleuchten eines schweren Mercedes. Dann blendete ihn der Rückfahrscheinwerfer des Wagens und Jens zog die Tür lieber zu. Das Licht leuchtete durch das vergitterte Fenster in den Kiosk.

„Wir müssen noch warten", sagte Grassi.

Jens griff ins Regal zu einer der verbliebenen Taschenflaschen und schraubte von einer den Verschluss auf. Er stieß damit Grassi an, der jetzt angestrengt nach draußen lugte. Ohne den Blick vom Fenster zu nehmen, trank er einen großen Schluck und gab den Rest an Jens zurück.

Jens wischte kurz mit der Hand über die Flaschenöffnung und setzte die Flasche an. Es kratzte in seinem Hals, der Weinbrand schnürte ihm die Luft ab, aber gleich darauf setzte ein wohliges Brennen in der Magengegend ein. Schnell kippte er noch einen kleinen Schluck hinterher. Die Flasche schob er in die Außentasche seiner Jacke.

Draußen öffneten sich die Wagentüren von zwei Autos, die dicht an der Rückseite des Kiosks nebeneinander geparkt standen. Schmatzend fielen die Türen ins Schloss.

„Runter!" Grassi packte ihn bei der Schulter.

Jens sackte in die Knie und zerrte ihn mit dem ganzen Gewicht nach unten. Die Weinbrandflasche rutschte aus der Lederjacke und fiel ihm auf den Schuh. Grassi griff blitzschnell danach, bevor sie auf dem Boden aufschlug. Er legte den Finger an die Lippen, während er die Flasche vorsichtig auf die Erde stellte.

Dann flüsterte Grassi Jens ganz leise ins Ohr. „Die Typen aus dem Auto stehen direkt vor dem Fenster."

Jens' Knie schmerzten, er konnte noch nie richtig in der Hocke sitzen, irgendwie war sein Becken zu kurz oder die Beine zu lang. Er ließ sich vorsichtig vornüber auf die Knie kippen. Grassi rollte die Augen. Er duckte sich in den Schatten neben dem Fenster.

Draußen sprang mit einem kurzen harten Geräusch der Kofferraumdeckel eines Autos auf. Grassi stieß ihn an und deutet in den Winkel über der Kasse. Ein Spion hing dort, ein Spiegel, wie Oma ihn über der Eingangstür hängen hatte. Darin waren zwei Männer in Anzügen zu sehen, die Gesichter konnte er nicht erkennen, nur die beiden Rücken, die glattrasierten Nacken und kurz geschnittenen Haare. Der Regen fieselte herab und setzte sich auf ihren Anzügen und auf den Köpfen ab. Jens wollte jedes Wort verstehen.

„Eisenheim, was soll das hier?"

„Ich habe genug von Ihren Spielchen. Fahranweisung am Handy, Konvoifahrt durch die Stadt, pah. Entweder Sie jetzt, was Sie mitgebracht haben, Zenkert, oder ich muss mir alles weitere überlegen."

„Sie haben doch darauf bestanden, dass es keine Zeugen geben darf. Warum parken Sie mitten auf dem Platz vorm Rathaus Friedenau?"

„Weil ich nachgedacht habe, Zenkert. Sie kennen genug Leute, die Ihnen was schuldig sind, weil Sie sie rausgepaukt haben mit Ihrer Anwaltskanzlei. Sie arbeiten immer nur für die Herrn Staatssekretäre und Vorstandsvorsitzenden. Heute. Früher waren Sie nicht so wählerisch. Da durfte es auch mal eine Kiezgröße aus dem Rotlicht sein oder ein Türke aus dem tiefsten Kreuzberg."

„Eisenheim, Eisenheim, verlieren wir die Nerven?"

„Bei Ihnen rechne ich lieber mit allem. Von wegen die Nummer von der Übergabe auf der AVUS-Notausweiche. Wer weiß, wer dort hockt, auf uns wartet und schon haben Sie ein paar kompromittierende Fotos in der Hand. Nein, mein Lieber. Wir wickeln das Geschäft jetzt hier ab."

„Hier auf dem Platz? Was ist denn los? Eisenheim, wir wollen zusammen einen sicheren Deal machen."

„Dacht ich mir's doch, Sie haben es gar nicht dabei. Zenkert, ich hätte Sie für klüger gehalten. Ich lass mich doch von Ihnen nicht vorführen. Ein Anruf von mir und morgen macht sie die Bild-Schlag-

zeile fertig. So fertig, dass Sie nicht mal mehr ins Amtsgericht rein-
gelassen werden. Also ... Was wollen Sie mit dem Koffer? Keine
komischen Dinger ..."

„... mach dir nicht ins Hemd, Eisenheim. Ich öffne den Koffer einen
Spalt und dann kannst du sehen, dass ich mein Wort halte."

„Ihr Wort ... genug Leute wissen, was das Wert ist ... das Geld sehe
ich, aber warum die ..."

Jens starrte in den Spiegelspion am Kiosk. Zwischen den beiden
Männern sah er einen geöffneten Koffer, der von der Innenbeleuch-
tung des Kofferraumes notdürftig angestrahlt wurde. Scheiße viele
Bündel von 20- und 50- Euronoten, wirklich viele Bündel. Der Deckel des Koffers wurde von einer fleischigen Hand aufgehalten, an
der eine schwere goldene Uhr protzte. Grassi neben ihm kniff die
Augen zusammen und zeigte zum Spiegel hoch. Jens schluckte, da
lag auch eine Pistole neben dem vielen Geld.

„Klappen Sie zu. Wir gehen in mein Büro."

„Seit wann residieren Sie in Friedenau? Ihr Büro ist doch im Roten
Rathaus, verarschen Sie mich nicht."

„Zenkert, Sie sind nicht allwissend, im Rahmen verschiedener poli-
tischer Tätigkeiten verfüge ich über verschiedene Büros."

„Keine Tricks."

„Kommen Sie schon, wir sind ja schon ganz nass."

Jens sah im Spiegel die Hand, die den Koffer schloss, den Kofferraum zuschlug. Dann verschwand sie aus dem Sichtfeld. Nur einen
Moment lang erblickte er die hageren Gesichtszüge eines Mannes,
mit kleiner runder Goldrandbrille. Das könnte der Eisenheim sein.
Jens drückte sich von den Knien hoch, steckte die kleine Weinbrandflasche wieder ein.

Grassi hielt ihn am Arm fest. „Warte noch drei Sekunden, sonst hören Sie uns vielleicht." Vorsichtig schoben sie nebeneinander die
Köpfe an das Fenster.

Die beiden Männer draußen gingen von den beiden schweren Wagen über den Parkplatz zum Rathaus.

„Ist ja ein bisken spät für 'ne ordentliche Bürostunde", sagte Jens.

"Klopp man nich solch kluge Sprüche", ranzte Grassi ihn an, "du weißt noch, wat wir abjemacht haben?"

"Klaro Grassi, weiß ich. Ich fahre gleich nach Hause und hau mich hin. Du fährst auch nach Hause. Heute früh um 10.30 Uhr treffen wir uns bei dir in der Naumannstraße. Willst du auch eine Tasche mitnehmen?"

Grassi blickte ihm scharf in die Augen. "Warum sollte ick? Du willst mich doch nich bescheißen?" Ohne zu lächeln hob er Zeigefinger und Mittelfinger, stieß damit Jens vor den Kehlkopf.

„Aber denk dran, keiner bescheißt Grassi."

Jens überkam ein ungutes Gefühl. Mit Grassi war nicht zu spaßen. Der schob seinen Kopf aus der Kiosktür. "Alles paletti, komm", flüsterte er.

Jens hob nacheinander die vier Taschen durch den Spalt. Draußen half Grassi ihm, sie zu schultern. Jetzt musste er noch die Elle unterbringen.

Aber Grassi schüttelte den Kopf. "Schieb ab. Ick nehm das Ding mit." Grassi hob den Siegerdaumen nach oben.

Jens durchzuckte ein Glücksgefühl, schleppte die vollen Taschen davon. Eine Flasche drückte ihm genau in die Rippen. Aber egal, das Auto stand ja nicht weit.

Am Opel verstaute er die Taschen mit der Beute. Sorgfältig deckte Jens alles mit einer Decke ab, kontrollierte noch einmal von draußen durch die Wagenfenster.

Jens startete den Wagen und fuhr in Richtung Steglitzer Kreisel auf die Rheinstrasse. Höhe Kaisereiche zeigte die Ampel Rot. So lange er denken konnte, war er hier im Kiez unterwegs. Als Kind zu Fuß und mit dem Fahrrad, dann als Teen mit dem Moped. Zwischendurch hatte er ein halbes Jahr alleine in Moabit gewohnt. Aber das war es nicht gewesen, so weit weg von seinem Friedenau. Also war er wieder zurück. Dann hatte er sich das kleine Auto zugelegt. Den Opel hatte er sich von der kleinen Erbschaft gekauft, als sein Opa verstorben war. Bei dem war er groß geworden. Seine Eltern hatte ein Autounfall platt gemacht, da war er gerade mal sieben Jahre alt gewesen. Jens hatte kaum noch eine Erinnerung, wie die beiden drauf gewesen waren. Opa aber war stolzer Angehöriger der Berliner Polizeireserve gewesen. Wenn der ihn jetzt sehen würde.

Jens wischte sich den Schweiß von der Stirn. Entkommen. Etwas klimperte in der Jacke an die Fahrertür, Jens tastete mit der linken Hand danach und bekam die kleine Weinbrandflasche zu fassen. Er schraubte sie auf und schloss für einen Augenblick die Augen. Die Ampel sprang auf Rot-Gelb.

Er schob die Flasche zwischen die Oberschenkel und fuhr an. Mist. Ein Polizeifahrzeug auf der Spur rechts neben ihm, der Fahrer sah zu ihm herüber. Jens nickte betont freundlich, die Bullen fuhren weiter. Jens lenkte den Wagen erst einmal an den Fahrbahnrand. Dann leerte er die Flasche in einem Zug.

Regenschauer peitschten im Licht der Straßenlaternen. Der Wettergott meinte es mal wieder gut mit den Kriminellen. Die Zeit für die üblichen Hundehalter mit ihren Scheißkötern war um diese Uhrzeit sowieso vorbei. Grassi wartete bis Jens mit den Taschen unter den Straßenbäumen verschwunden war. Das Wasser tropfte ihm aus den Schnurrbartenden in die Mundwinkel und er leckte es weg. Sollte Jens mal schön mit den Taschen nach Hause fahren. Der Junge musste noch lernen.

Grassi wischte sich den Regen aus den Augen. Bald würde er selbst schön trocken sitzen. Was er vorhin im Spiegelspion gesehen hatte, war die Rente mindestens für zehn Jahre. Schön vernünftig mit Bierchen und Einkauf auf dem Wochenmarkt unter die Leute gebracht, würden die Scheine nie auffallen. Falls sie überhaupt registriert waren. Das wussten die Säcke in den Vorstandsetagen schließlich auch, dass Bestechungsgeld schön sauber und nicht zurückzuverfolgen sein durfte.

Grassi wartete den Nachtbus noch ab, der die Hauptstraße runterzuckelte, an der Haltestelle vorm Kiosk stieg kein Fahrgast aus. Grassi griff die Elle fester und trat aus dem Schatten der Linde. Der Regen lief ihm in den Jackenkragen als er am Kofferraumschloss des Mercedes ansetzte. Nichts.

Früher hat er dafür zehn Sekunden gebraucht, aber früher in Westdeutschland war schon lange her. Die Autohersteller hatten auch dazu gelernt.

Grassi hakte die Elle ein und warf sich mit dem ganzen Gewicht auf das Werkzeug. In den Trommelwirbel der Regentropfen auf dem Kofferraum mischte sich ein Knirschen, dann rutschte die Elle weg. Scheiße. Wieder setzte er das Eisen an.

Na bitte, nun war schon etwas mehr Platz im Blech. Grassi biß die Zähne zusammen und rammte sein Knie zweimal unter die Elle, trieb sie tiefer in den Spalt. Er packte fester mit den Händen um das Eisen, seine Unterarme spannten sich an. Grassi wippte leicht in den Knien, er spürte, wie seine Nackenmuskeln und die Oberarme fest wurden. Noch einmal stabilisierte er das Eisen, stellte sich kurz auf die Zehenspitzen, verharrte einen Moment, warf sich dann mit aller Wucht und seinem gesamten Gewicht auf das schmale Werkzeug. Die Elle glitt aber von ihrem Kontrapunkt, der Schwung riss ihn mit. Das Brecheisen klirrte auf dem Pflaster, er stürzte auf die Knie. Im Aufflammen des Schmerzes hörte er den Plopp, mit dem der Kofferraum aufsprang. Irgendwie klang er billig, fast war Grassi enttäuscht.

Aber bitte, was man mal gelernt hatte. Er verschnaufte einen Augenblick, würgte die Übelkeit des Schmerzes in den Knien hinunter. Mann, er wurde alt. Nur gut, dass ihn keiner sah, vor allem sein neuer Passmann Jens nicht. Noch halb aus der Hocke öffnete Grassi den Deckel ganz mit der rechten Hand.

„Mann, Eisenheim, komm runter! Was hetzen wir durch diesen Scheißregen, ich bin ja schon klatschnass ...“
„Selber Schuld, müssen Sie eben schneller laufen. Hier entlang, da unters Vordach des Seiteneingangs, machen Sie schon, vorn sitzt ein Pförtner. Passen Sie doch auf! Nu trampeln sie doch nicht wie ein Elefant in die Pfützen. Sie versauen mir ja den ganzen Anzug.“
Eisenheim schob den Schlüssel in das Schloss des Nebeneingangs des Rathauses, ohne sich nach seinem Begleiter umzusehen.
„Schon mal was von einer Reinigung gehört, Eisenheim? Warum hat so einer wie du, der sich an solchen Kleinigkeiten hochzieht, den Ruf weg, genau der richtige Kerl für die harten Deals zu sein.“
„Machen Sie sich mal darüber keine Gedanken, Zenkert.“
„Doch, wenn du uns verarschen willst.“
„Was soll das denn jetzt?“
„Jetzt hier das Ding im Rathaus, Eisenheim, spielst du etwa auf zwei Seiten?“
Der Schlüssel stak fest. „Sagen Sie mal Zenkert, geht jetzt die Muffe, oder was?“
„Mit dem Ton kommst du nicht weiter, Arschloch.“
„Sie machen sich gerade Feinde, Zenkert.“
„Du überschätzt dich. Ich habe das Geld, das du haben willst. Eisenheim, das behalte ich jetzt. Die Nummer hier ist mir zu faul.“
Zenkert wand sich von ihm ab, zog den Sakkokragen hoch und lief zurück zum Parkplatz in den Regen. Eisenheim zögerte, dann zog der den Schlüssel aus dem Türschloss, blieb unter dem Vordach stehen. Er sah dem Anwalt nach. So nicht, das Geld war längst verplant. „Zenkert, Moment mal.“
Doch Zenkert reagierte nicht auf ihn, das Trommeln des Regens auf den Autodächern war zu laut.

Grassi klappte den Kofferraumdeckel ganz auf. Sattes schwarzes Leder glänzte ihm entgegen, die Schnapper des Aktenkoffers waren sogar aus echtem Gold. Kennerblick ist Kennerblick. Grassi griff zu.
„Lass mal schön die Finger weg."
Der Typ war wieder da. Grassis versuchte, aus der gebeugten Haltung die Knie durchzudrücken. Da traf ihn ein Faustschlag an die rechte Schläfe. *Linker Haken* durchzuckte es ihn, dann knallte sein Kopf gegen die Blechkante des Kofferraums. Scheiße, tat das weh, die Schlosszarge schnitt übel hart ins Fleisch. Guter Schlag - Deckung hoch vor der fetten Armbanduhr ... Der Typ ... ja.
"Drecksack."
Grassi spürte, wie die rechte Schläfe anschwoll. Einen Moment noch, kurz Luft holen.
"Finger weg!"
Mit einem leichten Flimmern kamen die Wellen und das Kreiseln in seinem Sichtfeld langsam zur Ruhe, die Umrisse gewannen wieder feste Konturen. Er war nicht k.o. gegangen, aber schwer angeschlagen. Jetzt fühlte er wieder seine Hände, ballte sie. Grassi schloss noch einmal schnell die Augen, das feiste Gesicht seines Gegenübers war weg.
"Ich werde dir zeigen, was du haben kannst."
Der Dicke kam hoch, in der Linken schwang er die Elle. War der schnell, Grassi wollte zurückweichen, knallte aber mit den Kniekehlen ans Heck des Wagens.
"Auf die Fresse bekommst du, sonst nichts."
Grassi beugte den Oberkörper zurück, erhob die Fäuste. Die hassverzerrte Fresse des Dicken, der linke Arm, das Eisen. Er wollte beide Unterarme zwischen seinen Kopf und das Werkzeug bringen, wusste aber im selben Augenblick, dass es nicht reichen würde
"Hier du Penner."
Die Elle traf Grassi hinter dem rechen Ohr.

Der Dicke wurde durchsichtig. *Lächerlich.* Grassi musste fast lachen, die Beine wurden weich. *Bleib stehen, Grassi. Kämpfe. Los Junge, drück die Knie durch. Wehr dich.* Aber dieses Gefühl, diese Hitze in seinem Kopf machte so müde. Der Regen fiel so samtweich. Er verlor den Halt am Blech des Wagens. Das Pflaster drehte sich auf ihn zu. Grassi schlug schwer mit dem Kopf auf dem Boden auf.

"Ich werd's dir zeigen."

Grassi hörte die Stimme seltsam weit weg und nah und künstlich. *Komisch, was will der denn von mir.*

Grassi lag neben dem Daimler, krümmte sich zusammen, schützte sich vor den Schlägen, doch trafen sie ihn immer wieder. *Was wird das hier?*

Vor Grassis Augen stand nur das Grau des Asphalts und Wasser. Er drehte den Kopf und sah auf das grobporige Profil eines Autoreifens, schaute hoch auf das Bodenblech des Daimlers. Scheiße, er lag am Boden. *Komm Grassi, sammel dich…*

Die Karosserie wackelte. Der Kofferraumdeckel des Wagens schlug zwei-, dreimal herunter, bis er sich irgendwie im geknackten Schloss verhakte. Unter dem Wagen hindurch sah Grassi die Füße des Dicken in seine Richtung herumdrehen.

"Arschloch, mir den Wagen zu demolieren. Na warte."

Der schlägt mich tot. Aber der Arm, das Bein, der Körper waren so schlaff.

„Auf ein Wort, Zenkert."

Noch eine Stimme irgendwo da oben. Die Füße des Dicken blieben stehen.

„Zu spät, Eisenheim. Der Deal ist geplatzt! Du glaubst doch nicht, dass du der einzige Insider bist, der gern mal an richtig viel Geld kommt. Jetzt werden die ganz großen Claims abgesteckt, da wittern die Geier Morgenluft. Du bist draußen, Eisenheim"

Grassi konnte jetzt die Stimmen wieder zuordnen. Er presste sich noch enger an den Wagen. Er musste erst seinen Körper unter Kontrolle bekommen, dann sich aus der Affäre ziehen. Er beobachtete die Füße der beiden, die am Kofferraum der Limousine standen. Der Dreck tropfte ihm immer wieder vom Unterbodenschutz ins Gesicht, er wagte nicht, die Augen zu schließen.

„Reden Sie nicht dummes Zeug, Zenkert. Sie können auch nicht wahllos Leute ansprechen. Sie übergeben mir jetzt den Koffer."

„Du hast nichts mehr zu melden."

„Geben Sie her!"

„Du hast deine Chance gehabt, Weichei. – Eisenheim, du bist wahnsinnig ... Nein!"

Mit aufgerissenen Augen starrte Grassi auf die Füße, die jetzt wild trampelten, vor, zurück, gegeneinander, auseinander. Dann gab es ein undefinierbares Geräusch, schmatzend, aber doch seltsam hohl. Grassi kannte das Geräusch. Es war immer das gleiche, wenn etwas Hartes einen menschlichen Schädel traf.

Ein tiefes Stöhnen hörte Grassi noch, dann wippte der schwere Wagen auf und ab.

Grassi sah die Füße des Dicken wegrutschen, dann die Knie. Wieder schmatzte dieses eklige Geräusch. Diesmal folgten weder Stöhnen, noch Seufzer. Der Dicke rutschte nach, mit einem satten Ton knallte der Kopf des Anwalts auf den nassen Asphalt. Grassi sah ihm direkt in die brechenden Augen. Aus der Nase rann ein dünner Faden Blut, verteilte sich längs der Oberlippe, tropfte über sie, verfärbte die Zähne im offenen Mund. Das Blut sammelte sich im Winkel, vermischte sich dort mit dem Regen zu einem blassrosa Film auf dem Pflaster.

Grassi riss die Augen weit auf, als die Elle wieder den Schädel des Dicken traf. Das Eisen prallte auf das Fleisch auf der linken Kopfseite, quetschte es. Die Haut platzte auf und das rohe Fleisch trat hervor, wölbte sich nach außen, wie aus einer Umklammerung befreit. Das Blut spritzte überraschend druckvoll in einem kleinen Schwall hervor, dass Grassi sogar zurückzuckte. Dann quoll es als ständiger Fluss heraus.

Für Sekundenbruchteile sah er die Hand mit dem Siegelring, die die Elle umfasst hatte. Eisenheim. "So, kleiner schmieriger Rechtsverdreher, das wird dir eine Lehre sein."

Jetzt hatte der den Anwalt geduzt. Grassi musste sofort hier weg. Nein - besser liegen bleiben. Unentdeckt bleiben. Eng an die Mercedesreifen gepresst, starrte er in das Blut des Dicken.

Der verbogene Kofferraumdeckel wurde wieder aufgerissen, das Blech knackste. Dann eilten Schritte im Regen davon.

Grassi versank in einem wattigen Loch.

Die Knie waren nass, die Beine, die Kälte kroch in sein Bewusstsein. Da war Blut überall. Die toten Augen dort drüben …

Nichts wie weg.

Grassi rappelte sich auf, gerade mal bis zur Höhe der Autofenster. Zwei Parklücken rangierte ein anderer Mercedes raus und fuhr ab. Grassi stolperte fast über den dicken Anwalt, der quer vor dem Kofferraum auf dem nassen Asphalt lag.

Grassi blies die Backen auf. „Ach du Scheiße." Grassi hatte genug Typen gesehen, die einen Schlag zu viel abgekriegt hatten Der Mann war wirklich tot… Daneben lag die Elle, Blut am Metall. Scheiße, es war ihre Elle des Einbruchs. Diese Spur durfte es nicht geben. *Nimm's weg und hau ab.*

Das Eisen lag kalt in Grassis Hand. Er stieg über den Toten, der Rinnstein neben dem Parkplatz war schon blutrot vollgelaufen. Er duckte sich, mied die Lichtkegel der Stadtbeleuchtung, lief los.

Ein Stück weiter wechselte er die Straßenseite. Bald hatte er sich wieder unter Kontrolle. Der Atem ging wieder ruhig. Er nestelte sich einen Zigarillo aus der Tasche. *Grassi, alles wie früher, ganz unauffällig weiter gehen. Du hast das oft genug gemacht.* Tief zog er den Qualm des Zigarillos in seine Lungen.

Nichts war wie früher. Plötzlich schmerzten die Wunden am Kopf und an den Knien. Er fror im Wind, war nass wie ein Hund. Von wegen unauffällig. Scheiße.

*

Eisenheim stellte den Motor ab, das Garagentor fuhr langsam zurück. Er blieb noch einen Moment sitzen. Dieser Schwachmat von Zenkert war zu beschränkt, um zu begreifen, dass auch ein Dolch tödlich sein konnte, nicht nur das Schwert. Nur weil Eisenheim immer höflich blieb und die Formen wahrte, wurde er unterschätzt. Mit den Jahren hatte Eisenheim es schätzen gelernt, dass sich seine Gegenüber in falscher Überlegenheit wiegten. Eisenheim braucht nur im richtigen Moment Kraft und Stärke zeigen, dann half das Überraschungsmoment. Dieser Zenkert hatte ihm die Anwendung körperlicher Gewalt einfach nicht zugetraut. Na, wenn der den Schreck erst verdaut hatte, würde ihm der Anwalt bei weiteren Verhandlungen respektvoller begegnen.

Eisenheim sah seine Zähne im Rückspiegel lächeln. Spontane Einfälle waren seine Stärke. Dieses Werkzeug hatte so griffbereit im Kofferraum gelegen und sein Problem gelöst. Eisenheim hatte Zenkert den Koffer abgenommen und in seinem Büro gut versteckt. „Dem wird der Schädel ganz schön dröhnen." Als er vom Rathaus abgefahren war, hatte sich der Anwalt gerade erst am Kofferraum seines Wagens aufgerappelt, beide Hände am Schädel. Eisenheim hatte Zenkert keinen weiteren Bick gegönnt. „Der kratzt morgen schon bei mir, dass ich die Kohle seiner Freunde ja schön zielsicher einsetze."

Erikas Wagen stand nicht in der Garage. Ach ja, sie spielte Bridge bei ihrer Freundin, umso besser.

In der Bibliothek fuhr Eisenheim die Jalousien herunter, starrte am Kartentisch dabei lange in den Park hinunter zum Dianasee, dann kippten die Lamellen und er sah auf die lackierte Innenseite. Der größte Immobiliendeal seit der Wiedervereinigung stand an. Und er, Eisenheim, würde sich daran gesundstoßen, den Abschied aus der Politik nehmen und das Leben genießen.

Wo außer in Berlin gab es schon so viel unbebautes Terrain mitten in einer Metropole, geschichtsträchtig – frei, um darauf alles zu bauen, was teuer und lukrativ war. Die Altlasten trug die Öffentliche Hand. Die Männer und Frauen, die diese Hand führten, mussten nur entsprechend gefüttert werden, dann kamen die richtigen Käufer zum Zuge. Das war eigentlich der Job Zenkerts gewesen.

Eisenheim ging zum Kartentisch in der Bibliothek, die Bücherwände dämpften jeden Ton. Jetzt musste er aus der Deckung, wenn das Millionengeschäft nicht platzen sollte. Aber einen anderen Mann als Zenkert konnte er kaum involvieren. Was machte er sich Sorgen, der Anwalt würde nach der Abreibung heute schon spuren. Das machten die Jungs immer. Gesetz des Stärkeren, so war das.

Hatte Eisenheim die öffentlichen Hände erst mal angefüttert, könnten später die Leute hinter Zenkert die großen Summen in die Steueroasen transferieren, je nach Wunsch nach Genf oder auf Bahamas. Später. Jetzt war Eisenheim erst einmal in der Pflicht. Die Leute, die Zenkert das Geld im Koffer gegeben hatten, waren sich sicher, dass sie im Geschäft waren und die, die auf das Geld warteten würden nicht ewig still halten. Wenn alles gelaufen sein würde, dann konnte er auch seiner Erika endlich ihren Wunsch erfüllen und mit ihr nach Miami ziehen.

„Kalli?"

Wenn man an nichts Böses denkt. Die Absätze seiner Frau stöckelten durch die Marmorhalle.

„Ich bin in der Bibliothek, Schatz." Eisenheim ging zum Humidor und wählte eine seiner Lieblingszigarren aus.

Er hätte Erika überall am Schritt erkannt. Seltsam unrhythmisch, obwohl sie nicht etwa hinkte. Es klang in seinen Ohren so, als träte sie mit einem Fuß weniger hart auf. Unterschiedlich eben. So war Erika. Heute wollte sie dies, morgen jenes. Eine achteckige Pergola für das Gartenrondell und dann doch lieber ein Zen-mäßiges schlichtes Dach aus Glas über dem Essplatz zwischen den Blumen.

Eisenheims Blick fiel auf die Standuhr. Er legte die Zigarre ab. Sonst dauerte das Bridge länger. Rasch trat er zur Glasvitrine an der Seitenwand zwischen den Bücherregalen. Auf das 1:100-Modell der alten Tante-Ju war er so stolz wie am ersten Tag. Das einzige Modell, das je davon gebaut wurde. Er nahm die Abdeckplatte vom Sockel unter dem alten Flugzeugmodell und zog ein kleines Notizbuch hervor. Ob der Modellbauer je daran gedacht hat, dass eines Tages der Sockel an seinem Werk das ideale Versteck für brisante Adresslisten bestechlicher Leute werden würde? Eisenheim drückte die Abdeckplatte zurück in die Verankerung.

„Kalli, stell dir vor, was mir passiert ist ... Was machst du denn da?" Eisenheim drückte sich aus den Knien hoch. Erika sollte ihren First-Class-Flug nach Guadeloupe bekommen. Damit sie endlich Ruhe gab.

„Krystyna war wieder an meinem Modell."

„Sie hat es doch nur abgestaubt."

„Sie soll ihre Finger davon lassen", sagte Eisenheim.

„Ja, natürlich. Ich schärfe es ihr morgen noch einmal ein." Erika machte ihr Schmollmündchen, rechts und links senkten sich Grübchen am Mund.

„Sie soll die Bücher abstauben, aber bloß nicht die Vitrine." Er zog am Tisch an der Zigarre, sah für einen Augenblick dem Qualm nach.

„Ich weiß, dein Heiligtum. Was du nur an den alten Fliegern findest." Sie stellte ihre Beine überkreuz. Perfekte Beine. Eisenheims Blick wanderte über die kleinen Kniescheiben zu den schlanken Fesseln, in die er sich vor fünfzehn Jahren verliebt hatte, als sie fast noch ein

Kind war. Anfängerin in der Marketing-Abteilung und Hamburgerin aus gutem Hause, wie es hieß.

„Kalli, stell dir vor, was mir passiert ist."

Nichts gegen seine Nacht.

„Ja. Pass auf, ich und Anneliese ... Ach sag mal…"

„Wollen wir nicht ins Bett?" fiel ihr Eisenheim ins Wort. Er macht ein paar Schritte auf sie zu.

„Bist du etwa schon müde?" Sie faltete unschuldig die Hände und blickte ihn gespielt naiv an.

„Eigentlich schon, was hast du denn noch vor?"

Ihre Armreifen schlugen bei der Bewegung aneinander. Sie hat ihre jugendliche Figur gehalten. „Ein bisschen erzählen …"

Eisenheim wischte mit dem Ärmel ein Stäubchen vom Glas der Tante-Ju. Da entdeckte er einen Blutstropfen auf dem Sakko. Er sah schnell an sich herunter, keine Flecken sonst. Langsam zog er das Sakko aus, legte die Zigarre beiseite und streckte die Hand nach Erika aus.

Erikas linkes Auge kniff ein wenig zusammen. „Na, du böser Wolf?" Ihre Tonlage fuhr ihm zwischen die Beine. Nach fünfzehn Jahren Ehe konnte sie ihm immer noch einheizen, aussaugen, wenn sie nur wollte.

„Komm her mein Rotkäppchen …".

Erika entzog sich seinem Griff, nahm eine Flasche Bordeaux vom Tischchen am Lesesessel und ging rückwärts zur Treppe. Ihr Blick ließ ihn nicht los, während sie langsam ihre Bluse aufknöpfte.

Eisenheim wartete, bis sie sich umwandte. Er hörte ihre Absätze auf den Stufen. Das Jackett erinnert ihn wieder an das Blut. Am besten warf er den ganzen Anzug einfach in den Kleidercontainer vorn an der Königsallee. Die Haushälterin würde nicht nachzählen, ob aus zweiundzwanzig einundzwanzig Anzüge geworden waren.

Erst der Anzug, dann Erika? Oder umgekehrt? Eisenheim ging nach oben.

Kriminalhauptkommissar Werner Reeker von der Direktion 1 *Delikte am Menschen* beim Landeskriminalamt kratzte sich am Kopf. Es passte einiges nicht zusammen und zugleich doch wieder alles. Hier auf dem Breslauer Platz lag die Leiche des Rechtsanwaltes Zenkert mit eingeschlagenem Schädel direkt neben dem aufgebrochenen Kiosk. Zwei oder drei Hiebe hatten ihn umgebracht, wie Röhler von der Gerichtsmedizin nach kurzer Untersuchung gesagt hatte. Der ungefähre Todeszeitpunkt lag zwischen 02.00 Uhr und 04.00 Uhr. Alles Weitere werde die Obduktion ergeben. Zenkert, der gute alte Zenkert, war bereits abtransportiert.

Kriminalhauptkommissar Reeker schob sich ein paar seiner Salmiakpastillen in den Mund und lutschte daran herum. Zenkert hatte es also endlich erwischt. Früher hatte der Anwalt Diebe und Räuber verteidigt. Aber dann war der Anwalt urplötzlich aus dem Sumpf aufgestiegen, Golfklubmitglied geworden, spielte Polo und vertrat plötzlich die Interessen von Großunternehmern vor Gericht. Gelegentlich rief man ihn auch zu Vertragsverhandlungen mit der öffentlichen Hand. Zenkert lag gut im Rennen. Die Businesswelt war garantiert die Schiene, auf der Reeker ermitteln musste.

Zenkert war ausgeraubt worden. Weder Uhr, noch Geld, noch Brieftasche hatten sie bei der Leiche gefunden. Nicht mal ein Ehering steckte an Zenkerts Finger.

KHK Reeker kniff die Augen zusammen und sah sich um. Drüben an den Bänken vor dem Rathaus konnte er einige herumliegende Bierbüchsen erkennen, daneben ein paar Plastiktüten und sonstigen Unrat. "Kroll! Schauen Sie sich dort hinten mal die Bänke an. Fragen Sie, ob es hier Stadtstreicher oder ein paar Säufer gibt, die sich regelmäßig hier herumtreiben. Wenn ja, dann treibt sie auf. Ich will sie spätestens morgen im Büro haben. Alles klar?" "Alles klar Chef." Kriminaloberkommissar Kroll trug ein paar Kilo zu viel vor sich her, machte sich aber sofort auf den Weg zu den Sitzgelegenheiten.

Dann war da noch der ausgeräumte Kiosk. Ob Zenkert die Einbrecher überrascht hatte? Das könnte erklären, warum der Tote und der Kofferraum ausgeraubt worden waren. Aufgebrochen war der Kiosk eigentlich nicht. Noch einmal besah er sich die Tür und die Zarge. Lediglich zwanzig Zentimeter über dem Schloss gab es eine kleine Druckstelle, wie von einem großen Schraubenzieher oder so ähnlich.

Der dicke Kroll kam zurück. Egal, was der trug, er sah immer wie falsch angezogen aus. Er trug zu enge Hosen.

"Chef, also hier gibt es wirklich Penner, die ihre Saufgelage regelmäßig auf den Bänken veranstalten. Meistens ..."

"Kroll, ersparen Sie mir die Historie der Saufgeschichten des Breslauer Platzes. An die Arbeit."

Kroll zückte den Notizblock.

"Ach Kroll, lassen Sie auch das Schloss vom Kiosk ausbauen und in die Spurensicherung bringen. Ich will wissen, wie es geöffnet wurde."

"Alles klar Chef, geht in Ordnung."

Der Salmiakgeschmack in Reekers Mund war fast verschwunden. Seine Hand tastete in der Tasche seiner dreiviertellangen Lederjacke nach der Tüte. Reeker betrachtete noch einmal die Tür. „Irgendetwas erinnert mich an etwas." Aber er wusste nicht was. „Vor über dreißig Jahren war ich mal beim Einbruchsdezernat. Tja ..."

„Und?", fragte Kriminaloberkommissar Kroll.

„Ich komme nicht drauf." Inzwischen war er dreiundsechzig, da lag eine Menge Zeit dazwischen, zu viel Zeit, um sich an Details zu erinnern.

„Der Regen hat die meisten Spuren weggespült. Die Tatwaffe ist auch nicht gefunden worden", sagte Kroll.

"Werner?", sagte Kollege Ronwers von der Spurensicherung. „Eins ist klar. Den Wagendeckel hat jemand gründlich abgewischt. Da ist nichts mehr dran zu finden. Im Kofferraum auch nicht."

"Trotzdem, nehmt den Wagen mit in die Werkstatt. Mit irgendetwas ist er abgewischt worden, wenigstens das hinterlässt Spuren."

*

Für einen Moment erinnerte sich Jens an nichts. Er reckte sich und blinzelte zum Fenster hinüber ins Tageslicht. Sein Blick irrte durch sein einziges Zimmer, blieb an den vier großen Taschen hängen, die vor der alten Schrankwand auf dem Boden standen.

Abrupt kam er zum Sitzen.

Richtig, er hatte diesen Bruch mit Grassi gemacht, wirklich mit Grassi. Jens sprang von der Couch herunter, umkurvte Opas schäbigen Fernsehsessel, den schmutzigen Tisch und kniete sich bei den Taschen hin. Er streichelte sie und überlegte ob er schon einmal die Sore sortieren sollte. Er fasste an einen der Klebestreifen. Scheiße, dass würde Grassi natürlich auffallen.

Na und? Jens langte zu, ließ es doch. Nee lieber nicht. Nachher würde es noch heißen, es fehle was. Er würde sich erst mal ein Frühstück im Café Breslau gönnen, denn nachher war ja Zahltag.

Jens schlurfte zur Toilette im Bad. Beim Pinkeln fiel ihm ein, dass er sich eigentlich ein cooles Tattoo machen lassen könnte, soviel Geld würde ja wohl herausspringen. Er schaute auf den Wecker auf dem Brett über dem Waschbecken im Bad. Es war erst 9.09 Uhr, noch elendig lange bis zum Termin mit Grassi.

Ein seltsames Kribbeln überkam ihn, als er sich vorstellte, gleich im Café nah am Tatortder letzten Nacht zu sitzen und keiner würde wissen, dass er es gewesen war.

Im Flur stellte Jens sich ein wenig umständlich an, als er die Taschen wieder schulterte, aber es ging doch alles, wenn er nur wollte. Mit dem alten Opel brauchte er nur ein paar Minuten, bis er den Breslauer Platz in Sichtnähe hatte. Eine seltsame Unruhe schien über der Kreuzung zu liegen. Überall standen kleine Gruppen von Leuten herum. Vor Polizeiwagen flatterte das gelbe Absperrband im Wind. Fast fuhr er dem Vordermann hinten rein, Jens bremste scharf ab.

Soviel Theater wegen eines Einbruchs. Er hatte Glück, direkt vor dem Café Breslau war ein Parkplatz frei. Jens lenkte den Wagen hinein.

Einer der Cafétische draußen war noch frei, er setzte sich und starrte hinüber zum Kiosk. Die Polizei war ja echt gründlich.

"Was darf es sein?" Die Stimme der Bedienung riss ihn aus seinen Gedanken.

"Was ist denn da drüben los?" Jens zeigte hinüber.

"Da haben sie einem den Schädel eingeschlagen. Willst du auch frühstücken, Schatz?"

Jens starrte die schwarzhaarige Kellnerin entgeistert an. "Was haben die? Wem denn?"

Jens war schlecht. Grassi war draufgegangen.

"Ich weiß auch nicht genau. Den Kiosk haben sie geknackt und einen davor umgebracht - oder so. Also, Kaffee mit Büfett?"

"Kein Büfett. Aber nen Kaffee und einen Cognac, wenn's geht?"

"Nee, gehen tut das nicht, aber bringen kann ich dir das." Die Bedienung drehte ab.

Mit zittrigen Fingern tippte Jens die Telefonnummer Grassis in sein Handy.

Irgendetwas brummte, kratzte und klingelte. Grassi wagte es nicht, die Augen zu öffnen. Seine rechte Kopfseite schmerzte. Er fasste sich hinter das Ohr, ein stechender Schmerz durchfuhr ihn. Immer noch schepperte etwas. Grassi begriff, dass es sein Telefon war. Jetzt öffnete er die Augen. Sonnenlicht drang durch das Fenster in sein Souterrain. Hinter den Scheiben wiegte sich das grüne Laubwerk der Büsche im Wind.

Als Grassi sich aufrichtete, schien sein Kopf zu bersten. Noch immer schnarrte der Apparat neben seinem Bett. Grassi schloss wieder die Augen und griff nach dem Hörer. Er nahm ab und drückte sich die Muschel an das Ohr. "Aua, Scheiße." Die Stimme am anderen Ende verstand er nicht, weil er den Hörer sofort wieder weghielt. Er wechselte zum unverletzten Ohr an die linke Seite. "Wat is?"

"Gott sei Dank, du lebst!"

„Jens? Bist du bescheuert?"

"Am Breslauer ist die Hölle los. Du musst sofort kommen."

Der Junge hatte sie nicht mehr alle. "Wo ist die Hölle los?"

"Alles voller Bullen vor dem Rathaus. Da liegt ein Toter vom Bruch."

Ach du Scheiße, Grassi sah wieder alles vor sich. "Sag mal, hast du gesoffen?", fragte er.

"Nur einen Cognac. Ich ...!"

"Von wo aus rufst du an?"

"Ich sitze im Breslau, mit meinem Handy ..."

"Bleib da und warte bis ich komme... und quatsch bloß mit keinem." Grassi legte auf.

Im Bad betrachtete er die Beule hinter seinem Ohr. Er versuchte es mit kaltem Wasser, die Krusten bekam er ab, aber die Schwellung blieb.

Beim Anziehen versuchte er klare Gedanken zu fassen.

An der Garderobe zog er vorsichtig seine Schirmmütze über. Er hatte Glück, jetzt sah man die Beule nicht richtig. Es war Viertel vor zehn Uhr.

Im Korridor lag die Plastiktüte mit der Elle. Grassi schob sie noch mit dem Fuß hinter den Vorhang an den Stromzähler, dann war er draußen.

Kurz nach zehn Uhr fuhr Grassi im Bus am Café Breslau vorbei, sah seinen Passmann draußen an einem Tisch sitzen.

"Vollidiot. Geh doch gleich rüber und melde dich." Auffälliger konnte der Junge ja gar nicht glotzen.

Beim nächsten Busstopp stieg Grassi aus und lief gemächlich zurück. Jens sah ihn sofort und wedelte mit den Händen. "Mensch Alter, ist das ein Knüller ...."

"Mach nich so eine Welle", schnauzte Grassi.

"Aber überleg mal, was da los ist. Mensch wenn wir ..."

"Gröl doch noch lauter du Idiot. Dann kannste gleich rübergehen und mitfahren."

Jens schwieg.

Grassi bestellte Kaffee mit Handzeichen bei der Bedienung. Jetzt hatte er Jens ruhig gekriegt. „Erzähl, wat is hier eigentlich los?"

"Also. Man hat jemanden auf dem Parkplatz erschlagen. Das muss heute Nacht passiert sein. Wer das ist, weiß ich nicht. Auf jeden Fall haben wir Glück gehabt. Über den Bruch wird kaum geredet."

"Denkste!" Grassi schüttelte den Kopf. „Den haben die Bullen mit Sicherheit in den Ermittlungen, die denken krumm genug."

"Wieso?"

"Mensch – Sieht doch erst mal so aus, dass der Einbrecher überrascht worden is und denjenigen umjehauen hat."

"Das war ja aber doch gar nicht so."

Grassi verdrehte die Augen. Anderes war wichtig. "Wo is denn die Sore?"

"Im Auto. Ich wollte ja eigentlich zu Dir."

"Und wo steht die Karre ...... sag mal, is die das nich hier vorne?"

"Ja. Wieso?", fragte Jens.

"Du bist vielleicht bescheuert. Fahr sofort die Karre weg, du Vollidiot. Hau ab."

"Hör mal ....."

Grassi beugte sich vor. "Jens, mach die Fliege. Wir treffen uns um 13.00 Uhr bei mir zu Hause. Fahr jetzt los!"

Jens sah ihm für einen Moment in die Augen und begriff wohl den Ernst der Worte. Er stand auf und nestelte an seiner Hosentasche.

"Laß stecken, ick mach das, fahr endlich los", sagte Grassi.

Jens nahm den Autoschlüssel, stieg in den Opel und fuhr davon.

Grassis Kaffee stand auf dem Tisch. Er nahm die Tasse in beide Hände und stützte sich auf beide Ellenbogen. In kleinen Schlucken nippte er am Kaffee.

Hatten sie Handschuhe getragen? Ja. Hatten Sie Fußspuren hinterlassen? Nein, es hatte zu heftig geregnet. Verdammt, Jens hatte das Werkzeug weggebracht. Wahrscheinlich hatte er im Dreck sein Schuhprofil hinterlassen, als er zurückgekehrt war. Die Treter mussten nachher unbedingt entsorgt werden. DNS? Nein. Oder doch. An der kleinen Weinbrandflasche. Wo hatte sie die bloß hingesteckt? Verdammt.

Einbruchsspuren gab es vielleicht von dem verdammten Schraubendreher. Scheiße, warum musste er auch immer so schnell die Geduld verlieren.

Ein Bulle rollte Absperrband ein. Das erste Polizeiauto verließ den Platz.

Egal, er musste den Schraubenzieher loswerden. Wo war der? Bei Jens in der Werkzeugtasche. Also, Schuhe und Schraubenzieher. Die Taschen mussten weg, falls sie Fasern auf dem Boden gelassen hatten. Scheiße, das wurde teuer. Den Kofferraum hatte er angefasst, aber mit Handschuhen. Sein eigenes Blut. War das vom Regen ausreichend weggespült worden? Oder kamen die Bullen bei den Analysen darauf?

Das Gesicht von Zenkert tauchte vor seinem inneren Auge auf. Wie der da so plötzlich auf die Erde geknallt war. Er hatte genau hinter dem Auspuff gelegen und unter dem Wagen her gestarrt. Verwunderung war in dem Blick des Dicken gewesen. Er hatte nicht mehr geatmet. Wirklich? Grassi wusste es nicht mehr genau, aber er war sich sicher, dass das der Tote war. Aus irgendeinem unerklärlichen Gefühl heraus, wusste er, dass der kleine, dicke Mann mit dem vollen Geldkoffer der Tote war.

Dieser blöde Sack war viel zu früh zurückgekommen, als Grassi noch mit dem Kofferraum beschäftigt gewesen war. Noch zwei Minuten und alles wäre gut gewesen. Der Typ hatte gleich losgeschlagen. Der erste Hieb mit der Faust war so gut gewesen, nicht wie der eines Amateurs, sondern von jemanden, der zuschlagen gewohnt war.

Der Typ hatte die Elle genommen und ihn bei seinem Sturz noch hinter dem rechten Ohr erwischt. Bestimmt hätte er noch einmal zugelangt, aber da war plötzlich der andere Macker aufgetaucht.

Grassi sah hinüber zum Kiosk auf den Parkplatz. Die letzten Absperrbänder wurden eingerollt. Ein Bulle kniete vor der Kiosktür und drückte wohl die Plombe der Polizei an den provisorischen Verschluss.

Wegen seines Bluts an der Elle, hatte er das Eisen auf dem Weg nach Hause in eine Plastiktüte gepackt, die er aus dem erstbesten Straßenabfallkorb gefischt hatte. Grassi sah zu seinen Schuhen. Es waren dieselben wie letzte Nacht. Also mussten auch seine Schuhe weg. Und zwar so schnell wie möglich.

Grassi winkte der Bedienung. „Zahlen, Petra."

Kriminalhauptkommissar Reeker schob sich die nächste Ladung Salmiakpastillen in den Mund. Er war hier so gut wie fertig mit der ersten Bestandsaufnahme. Sein Blick glitt über die Gegend rund um den Breslauer Platz. Drüben an den Tischen des Café Breslau kassierte gerade die Bedienung einen Gast ab. Einen Augenblick sah er auf die wohlgerundete Rückseite der Bedienung, die in engen Jeans ihren prallen Hintern präsentierte. Von hier aus sah der *First Class* aus. Er lächelte. Näher wollte er gar nicht heran, denn wie schon Goethe gewusst hatte: *Schönheit vergeht mit der Nähe.*

Der Gast stand auf, schaute zum Himmel und dann zu ihm herüber. Für einen Augenblick fühlte Reeker eine seltsame Vertrautheit, dann wurde er unsicher. Kriminalhauptkommissar Reeker schüttelte sich. Es war ein Phänomen des Alters, das er immer häufiger glaubte, Dinge oder Leute schon einmal irgendwo gesehen zu haben. Aber nicht immer entsprach das den Fakten. Er hatte wahrlich wichtigeres zu tun.

Wie seltsam dicht doch Leben und Tod zusammenliegen. Reeker drehte sich um, schenkte dem Tatort noch einen Blick und steuerte dann seinen

Dienst-BMW an. Kriminaloberkommissar Kroll hielt im die Tür zur Beifahrerseite auf.

"Sagen Sie mal Kroll. Was macht ein Promi-Anwalt vom Kaliber Zenkerts nachts auf dem Parkplatz in Friedenau?"

"Tja, logisch, dass er irgendwo herkam oder irgendwohin wollte. Also sollten wir in seinem Büro nach Adressen aus dieser Gegend suchen, Chef."

"Wirklich nicht schlecht. Lassen Sie uns gleich einmal dorthin fahren. Wo ist das?"

"Zimmer- Ecke Friedrichstrasse in Mitte, Chef."

"Na dann mal los."

Nichts ist wie vorher - aber alles wie immer ...

Der Opel parkte in der Naumannstrasse. Jens hatte das Fenster an der Fahrerseite heruntergedreht und sein Arm hing nach draußen. Zwischen den Fingern hielt er eine Zigarette. Mit dem Daumen trommelte er den Rhythmus der Musik aus dem Radio mit. Sein Kopf war nach hinten, gegen die Kopflehne gefallen. Er döste im Sonnenschein, der sich in der Frontscheibe brach. Jens gab dem herrlichen Augenblick nach, der sich zwischen Einnicken und Schlaf breit machte, es war fast so gut wie damals, als er die Narkose für die Blinddarmoperation bekommen hatte.

"Jens Seidler, Sie sind verhaftet! Keinen Widerstand!"

Eine harte Hand zerrte seinen Arm derart grob nach oben, dass Jens die Zigarette verlor. Erschrocken riss er die Augen auf. Vor Schreck gingen ihm ein paar Tropfen Urin in seine Unterhose. "Ich ... ich ... ich ... wieso ... Grassi, du Arschloch!"

Im Gesicht seines schnauzbärtigen Tatgenossen spielte ein Lächeln um die Mundwinkel. "Krieg dich wieder ein Junge. Bleib jeschmeidig."

"Mann hab ich einen Schrecken bekommen." Jens stieg aus dem Wagen. "Schrecken bekommen nur Leute mit schlechtem Jewissen. Hast du eins?" Grassi zog die Augenbrauen hoch.

"Nö." Er streckte Grassi zögernd die Hand zur Begrüßung hin. Der übersah die Bewegung und hob die Hand hoch, dass die Fingerspitzen nach oben zeigten. Jens schlug ein. Fest hielten sie die Handflächen umschlossen und die Daumen ineinander gehakt. Das war es. Das war es wirklich.

Vor Aufregung schluckte Jens hastig. Grassi bot ihm den Handschlag unter Männern. Jetzt gehörte er zum Kreis. Die Hände lösen sich. Jens kannte wenige, die Grassi mit dieser Form des Handgebens begrüßte.

"Nu pack mal aus, damit wir die Rapeicken inne Bude kriegen."
Grassis Stimme war so dunkel wie immer.

"Geht sofort los." Jens schlug die Decke auf der Rückbank im Opel
zurück und wuchtete die Taschen heraus. Wie selbstverständlich
griff sich Grassi zwei davon und ging voraus.

Mann, ist das geil, Jens schnappte sich die beiden anderen Taschen voll Beute.

Grassi stand in der Hauseingangstür und hielt sie auf. Jens beeilte
sich. Im muffigen Hauseingang lagen Prospekte auf der Erde. Einige der Briefkästen an den Wänden standen offen und aus anderen quollen Postsendungen heraus. Grassi steuerte den Abgang
neben der Treppe zum ersten Stockwerk an. "Hier lang."

In Hofhöhe sah Jens durch das kleine Fenster im Flur eine Teppich-
klopfstange, Mülleimer und ein paar Fahrräder.

Aber Grassi ging um die Ecke und noch sieben oder acht Stufen
weiter hinunter ins Souterrain. Hier ließ er die Taschen fallen und
schloss eine dunkelbraune Tür auf. "Komm rein."

Hier also lebte der große Grassi. Im Wohnungsflur mit der abgehangenen Decke waren die Wände mit vielen Fotografien bedeckt. Im
Halbdunkel erkannte Jens Bilder von Boxern, Karateleuten und Ab-
lichtungen von Städten, Landschaften. Mit dem Fuß stieß Grassi die
Tür am Ende des Ganges auf. Es tat sich ein großes Zimmer auf,
das sogar mit Tageslicht durchflutet war.

Ein maisfarbener runder Teppich lag auf dem Parkettboden, darauf
standen Korbmöbel. Stühle, Couch, Sessel und ein Regalwand gegenüber der Tür, neben dem großen Fenster wuchs eine Palme aus
einem Tontopf. An den Wänden verteilt verschiedene Speere, Dol-
che, Schilder und Masken. Ein großer Fernsehschirm, DVD-Player,
Tuner und andere technische Geräte befanden in der Ecke. Unter
der Decke hing ein riesiger Ventilator, der auch gleichzeitig als
Lampe diente.

"Stell die Taschen ab, setz dir hin. Willst du wat trinken? Wein? Bier? Cognac?"

Jens stellte die Taschen ab. Grassi drehte ihm den Rücken zu und öffnete die Tür zum Garten. Draußen vor dem Fenster schloss sich eine kleine gepflasterte Terrasse an, dann stieg eine kleine Böschung zum Level des Hinterhofs an. Die obere Kante war mit grünen Büschen bepflanzt. Jens setzte sich auf einen der Korbsessel. Er knarrte und Jens sah erschrocken zu Grassi.

"Wat is?" Grassi wand sich um. "Haste keinen Durst?"

"Vielleicht ein Bier?", fragte Jens.

"Wat denn nu? Ja oder nein?"

Grassi schlurfte an Jens vorbei aus dem Zimmer. Jens hörte das typische Geräusch, wenn man einen alten Schnappkühlschrank öffnete.

"Ein Bier", rief Jens mit fester Stimme und nickte sich dabei selbst bekräftigend zu.

Grassi drückte ihm zwei Flaschen und einen Flaschenöffner in die Hand. "Mach mal auf!"

Jens nahm die Flaschen, stellte eine auf den Boden und öffnete die andere, als Grassi ihn wie von Geisterhand hervorgezaubert ein Klappmesser vor die Nase hielt. Jens merkte, wie ihm der Schweiß aus der Achselhöhle rann. Er hatte es in vielen Krimis gesehen, dass sich die Gangster bei der Aufteilung der Beute umbringen, wenn sie nicht teilen wollten.

"Dann wollen wir mal", sagte Grassi. Er nahm Jens mit der freien Hand die geöffnete Flasche Bier ab, ging zu den Taschen. Im Stehen trank er einen tiefen Schluck. "Das tut jut." Dann kniete er sich hin und schnitt die braunen Klebestreifen von den Taschen.

Jens atmete auf und öffnete nun die andere Flasche. "Ja. Echt."

"Jenau", kam es von Grassi, der eine Tasche nach der anderen auspackte. Tabakwaren, Kaffee und Spirituosen in zwei Haufen teilte, dann sortierte er das Geld aus der Kasse und aus dem Karton im Kiosk.

Jens traute sich nicht die Sore anzufassen. Er nahm die zerschnittenen Klebestreifen und knüllte sie zusammen. Grassi zählte das Geld.

"624 Euro und 37 Cent. Nicht schlecht für so einen Laden. Haben wir Glück jehabt. Für den anderen Scheiß bekomme ick jute 200 Euro. Kriegt also jeder 400 Euro. Okay?"

Für das bisschen Einsatz gestern Nacht gleich 400 Euro. Mann, das hatte sich gelohnt. Bei seinen Kellereinbrüchen früher hatte Jens nur Klamotten so für 80 oder 100 Euro rausgeholt und die musste er dann noch auf dem Flohmarkt verscheuern, wo die Besitzer der Sachen ihn erwischen konnten.

"Grassi, geht klar."

"Jut. Ick jebe dir 400. Den anderen Scheiß erledige ick heute abend. Wir sind dann quitt. Alles klar?"

"Wir sind klar. Jau." Jens wußte nicht, ob er gehen oder bleiben sollte.

"Willste noch ein Bier oder wat anderes?"

"Noch ein Bier wäre gut. Wo ist denn das Klo?"

"Zimmer raus, erste Tür links."

Das Bad war penibel sauber. Es standen nur wenige Utensilien herum. Über dem Waschbecken hing der Schrank mit den Spiegeltüren. Vor der Badewanne lag ein plüschiger grüner Läufer. Jens stand vor dem WC und öffnet die Hose. Mensch, wenn er jetzt hier pisste und etwas spritzte daneben, dann merkte das Grassi aber.

Zögerlich drehte er sich um, zog die Hose herunter und setzte sich. Zum ersten Mal in seinem Leben pinkelte er freiwillig im Sitzen.

Im Wohnzimmer war von Grassi nichts zu sehen.

"Komm raus hier", hörte er von der Terrasse. Draußen standen zwei gemütliche Sessel, ein kleiner Tisch. Grassi hatte einen halben Kasten Bier rausgestellt. Er hatte in dem Sessel die Beine lang von sich gestreckt und zog genussvoll an einem Zigarillo. Jens ging an ihm vorbei und setzte sich in den anderen Sessel. Vorsichtig schaute er zu seinem Partner rüber, der gerade mit geschlossenen Augen den Qualm aus dem Mund stieß. Jens sah deutlich die großen, fast spatenförmigen Hände. Sie waren beharrt und gingen in breite Handgelenke über. Sein Blick fuhr hoch zum Profil des Gegenübers. Die Augenbrauen an den äußeren Rändern vernarbt, die Nase flach. Schon stellenweise graue Haare an den Schläfen und ... Mann, was für eine Beule. Sie schimmerte bläulich, violett.

Grassi schlug die Augen auf. "Hab ick von jestern," knurrte er.

Jens nahm einen Schluck aus der Flasche. Grassi hielt die Augen geschlossen, zog wieder an seinem Zigarillo. "Wie von gestern?" fragte Jens.

"Ick bin noch einmal zurück, um zu sehen, ob du die kleine Flasche Weinbrand mitgenommen hast. Von wegen DNS und so."

Der dachte wirklich an alles. "Hab ich mitgenommen, liegt noch im Auto. Leer."

"Die muss weg. Deine Schuhe von gestern auch."

"Wieso?"

"Wegen dem Mord."

"Ja, wir haben doch gar nicht ..."

"Jens, bist du wirklich so blöd? Dass wir das nicht waren, wissen wir, aber doch nicht die Bullen."

"Stimmt."

"Die Taschen auch und der große Schraubenzieher. Am besten das ganze Werkzeug, das du gestern jebraucht hast. Alles weg, kapiert?"

"Das hat eine ganz schöne Stange Geld gekostet ..."

"Egal, Kleiner. Hier jeht es um Mord. Alles, wat auf uns hinweist, muss weg."

"Ist gut. Aber ...?" Jens verschluckt den Rest.

"Wat is?"

"Drehen wir wieder ein Ding zusammen?"

"Du kannst es wohl gar nicht abwarten, wat?", lachte Grassi.

"Lief doch gut - oder?"

"War schon recht ordentlich, aber du musst ruhiger werden."

Jens wusste, dass er nervös gewesen war. Aber beim ersten Mal war das immer so.

"Schon gut, das wird."

Stolz erfüllte Jens. Grassi lag noch immer in derselben Haltung, die Augen geschlossen. Nur der Zigarillo war jetzt auf ein Drittel heruntergebrannt. "Sag mal. Die Beule, wie ist das denn passiert?" Es tat bestimmt weh.

Grassi richtete sich auf und sah Jens direkt an. "Das war der Dicke von dem Auto vor dem Kiosk."

"Wieso ..."

"Als ick aus dem Kiosk rauskomme, kommt der über den Parkplatz. Ick ducke mir neben dem Auto, um nicht jesehen zu werden. Aber der Kerl jeht an den Kofferraum, sieht mich und regt sich auf. Hat mich für einen Autoknacker gehalten."

"Mensch und dann?", fragte Jens.

"Ick will ihm erklären, dass mir nur schlecht ist. Konnte ja kein Theater machen. Bin also noch halb in der Hocke, da prügelt er los. Zwei-, dreimal. Ick wehre ab." Grassi machte ein paar Bewegungen mit den Unterarmen.

"Etwa der Dicke mit dem Geldkoffer?", stieß er atemlos hervor.

"Komme also hoch ..." Grassi machte die Bewegung nach. "Und will ihn jeräuschlos außer Gefecht setzen, als mir der zweite Kerl plötzlich von hinten packt. Hatte ihn gar nicht kommen hören. Will ihn packen und gerade werfen, da bückt sich der Dicke, hebt ein Rohr auf und zieht mir eins über. Zack, dunkel, parterre."

Sein Grassi am Boden. „Feige aber auch zu zweit. So eine Scheiße. Und jetzt?"

"Schnapp ick mir die Typen. Glaubst du ick lass mir einfach so auf die Fresse hauen? Außerdem denke ich, dass mir der Koffer als Schmerzensgeld zusteht."

„Du willst ...?", fragte Jens. Aber irgendwie hatte Grassi Recht.

„Genau, ick will mir die Kohle aus dem Koffer holen! Bist du dabei?"

„Meinst du wirklich?"

„Ja, ick meine wirklich. Pass auf Jens, wir haben sowieso keine andere Chance. Wenn die Bullen jetzt groß ermitteln, wegen dem Mord, dann sind wir mit dem Kioskbruch janz dicht dabei. So einen Alarm wie heute am Breslau hätten sie sonst nich gemacht. Wenn die wirklich drauf kommen, dass wir den Bruch jemacht haben, dann hängen sie uns die Scheiße an. Klar?"

Jens schluckte. Der Biergeschmack im Mund war plötzlich klebrig und fad.

„Ick muss nur noch rauskriegen, wer die waren."

„Na, Zenkert und Eisenheim", sagte Jens einfach.

Grassi sah herüber. „Du hast ein gutes Gedächtnis. Mensch, warum bin ick nicht draufgekommen?"

Jens zuckte mit den Schultern.

„Woran erinnerst du dir noch?"

„Na, Eisenheim hat ein Büro im Rathaus. Hat er doch erzählt." Jens sah sich wieder in der unangenehmen Hocke in den Spion lugen.

Grassi hob die Bierflasche zum Anstoßen hoch.

„Jut. Da müssen wir rein. Machen wir das Ding?"

Jens hob langsam seine Flasche. Ein richtig großes Ding mit Grassi. Sie stießen an.

„Abgemacht."" Genau. „Wir holen uns den Koffer."

*

Kriminaloberkommissar Kroll lenkte den BMW aus der Friedrichstrasse rechts in die Zimmerstrasse. Seine Augen suchten einen Parkplatz. Büros versteckten sich hinter den Fassaden aus Stahl, Beton und Glas. Natürlich war kein freier Platz zu sehen. Kroll zuckte mit den Schultern und setzt den Wagen direkt neben ein absolutes Halteverbotsschild. Demonstrativ stellte er das Blaulicht auf die Ablage hinter der Frontscheibe. „So."

Erfahrungsgemäß reichte das, um unnötige Fragen oder Knöllchen zu vermeiden. Kriminalhauptkommissar Reeker verlor kein Wort über diese Aktion. Er stieg aus.

Kroll las die Hausnummern ab. "Hier herüber Chef."

Reeker folgte ihm. Vor der 69 stoppte er ab. "Fünfte Etage, Zenkert - Rechtsanwalt und Notar!" Er drückte auf den Klingelknopf. Nichts passierte.

Reeker sah auf die Uhr. „12.20 Uhr. Hat Zenkert seinen Laden alleine?"

"Kann ich mir nicht vorstellen. Bei dem ganzen Schreibkram." Kroll drückte jetzt auf drei bis vier verschiedene Klingelknöpfe. Es dauerte einen Augenblick, dann ertönten Stimmen durch den Lautsprecher, gleichzeitig summte es in der Türanlage. Kroll drückt schnell die Tür auf, sie betraten den marmorierten Eingang. Vor den Fahrstühlen blieben sie stehen und drückten die Taste mit dem Pfeil nach oben.

Es dauerte nur wenige Augenblicke, dann hielt die Kabine mit einem sanften Ton und mit einer Art Schmatzen öffneten sich die Türen. Drinnen perlte leise Musik, die Spiegel waren getönt und der Rest war mit matten Metallplatten ausgekleidet. "Feudal, feudal", sagte Reeker.

"Na ja, hat ihm ja auch nicht viel genutzt." Kroll zog an seinen schlecht sitzenden Hosen.

Der Fahrstuhl hielt und die beiden Kriminalbeamten betraten einen mit weicher Auslegware ausgestatteten Gang. Direkt gegenüber prangte auf einer dunklen Tür der Name Zenkert in goldenen Buchstaben. Kriminaloberkommissar Kroll klopfte, aber Reeker öffnete einfach die Tür.

Das erste, was ihm auffiel, war die riesige Panoramascheibe, durch die es seinen Blick sofort nach draußen zog. Ansonsten war der Raum kühl und sachlich eingerichtet, viel Chrom und Stahl glänzte an den Büromöbeln.

Hinter einem gläsernen Schreibtisch saß eine Frau. Kriminalhauptkommissar Reeker taxierte sie auf vielleicht fünfunddreißig Jahre. Die tiefschwarzen Haare glänzten, wirkten fast lackiert. Sie waren zu einem Knoten gebunden. Die Frau trug eine dunkle Brille und schaute nun überrascht auf. "Ja, bitte?"

"Mordkommission. Kriminalhauptkommissar Reeker mein Name. Das ist mein Kollege Kriminaloberkommissar Kroll."

"Herr Zenkert ist nicht da ..."

"Sie wissen noch nichts?", fragte Reeker.

"Wissen? Nein. Wieso? Herr Zenkert hat noch nicht angerufen. Handelt es sich um einen Klienten?"

"Wer sind Sie?"

"Gerlinde Erhardt, die Sekretärin Herrn Zenkerts."

"Tja, Frau Erhardt", mischte sich Kroll in das Gespräch ein, "Herr Zenkert wird sich mit einem Anruf schwer tun ..."

"Er ist letzte Nacht ermordet worden", fiel ihm Reeker ins Wort, "wie lange sind Sie hier?"

Die Frau wandte sich prompt ab. Ihre Finger glitten fahrig über die Papiere auf dem Schreibtisch und die Augen huschten unsicher von einem zum anderen. Ihre Bluse hob sich unter den tiefen Atemzügen. Jetzt stand sie auf. Sie war nicht allzu groß. Vielleicht einen Meter sechzig, stützte sich am Schreibtisch ab. "Ermordet? Von wem?"

"Nu mal ruhig", brummte Reeker, "bleiben Sie ganz ruhig. Um diese Fragen zu beantworten, sind wir ja unterwegs. Geht es da zu seinem Büro?" Er zeigte auf die Tür rechts hinter dem Schreibtisch.

Gerlinde Erhardt nickte.

"Ja, aber brauchen Sie da nicht einen ..."

"Gefahr im Verzug", murmelte Kroll. „Reichen wir nach", fügte er hinzu.

Sie gingen in Zenkerts Büro. Die Tür ließen sie dabei offenstehen. Reeker sah noch einmal zurück, bemerkte die außerordentlich hübschen Beine der Sekretärin.

"Was suchen wir eigentlich?" fragte Kroll, während er mit den Fingern über die vielen Bücher im Regal hinter dem Schreibtisch fuhr, der im Gegensatz zum Empfangsbereich aus Eichenholz ausgeführt war.

Reeker setzte sich in den ausladenden ledernen Sessel und legte beide Unterarme auf die Schreibtischplatte. "Adressen, Namen, Telefonnummern und E-Mailkontakte." Er lehnte sich zurück und begann eine Schreibtischschublade nach der anderen aufzuziehen. Die üblichen Geschäftspapiere und Radiergummis.

Die Sekretärin kam herein. Reeker lächelte sie an und seine Augen rutschten zum Brustansatz.

"Kann ich ihnen helfen?" fragte sie.

"Ja, wir bräuchten eine Aufstellung aller Klienten und Kontakte Herrn Zenkerts. Für einen Moment lief ein feines Muskelspiel von ihren Waden hinauf zum Rocksaum. Reeker konnte nicht anders als hinsehen.

"Ich mache Ihnen einen Ausdruck."

Reeker folgte ihr in das Vorzimmer.

"Es dauert einen Augenblick. Die Sekretärin weinte plötzlich. „Entschuldigen Sie bitte."

"Schon gut", sagte Reeker. "Haben Sie und Zenkert sich nahegestanden?"

Gerlinde Erhardt sah ihn erstaunt an. Reeker entdeckte die feinen Spuren von Tränen auf ihrem Make Up.

"Wie meinen Sie das? Ich bin hier seit drei Jahren, da entwickelt sich schon eine gewisse Nähe zu dem Menschen, für den man arbeitet."

"Aha." Jetzt wurde ihr Blick ein wenig klarer, fast zornig.

"Nichts aha. Wir hatten kein Verhältnis, wenn Sie das meinen."

"Nun ja, eine so attraktive Frau wie Sie ist ja sicherlich auch verheiratet."

"Oh. Danke. Nein, bin ich nicht."

Gerlinde Erhardt ging zum Drucker. Dabei musste sie dicht an Reeker vorbei. Er roch ihren Duft, frisch und herausfordernd. Nur einen Augenblick dauerte das Verlangen, ihr Haar zu berühren.

"Was ist Chef, soll ich versiegeln?" riss ihn Kroll aus seinen Gedanken.

"Was versiegeln?"

"Das Büro natürlich", sagte Kroll, der einen Terminkalender in seiner Hand schwenkte.

"Muss ich die Kanzlei jetzt schließen?", fragte Gerlinde vom Drucker her, während sie einige Ausdrucke zusammenstieß.

„Ich denke, der Anwaltsverein kümmert sich in solchen Fällen." Reeker sah von Kroll zur Sekretärin. "Bleiben Sie hier. Stellen Sie mit Frau Erhardt eine Übersicht über die aktuellen Mandanten zusammen, ebenso Kopien der entsprechenden Unterlagen. Vielleicht ist der Täter in diesen Kreisen zu suchen. Ich kläre inzwischen mit der Staatsanwaltschaft die Schließung, ich meine die Übergabe der Kanzlei oder derer laufenden Fälle."

"Chef, vielleicht kann das ..."

"Frau Erhardt, wären Sie so nett und würden meinen Kollegen dabei unterstützen? Sie könnten dabei auch die Anrufe beantworten, die noch eingehen."

"Chef, ich würde ...."

"Das mache ich gerne Herr Kommissar. Vielen Dank", sagte die Sekretärin.

"Chef, könnten wir nicht ..."

"Nichts zu danken, Frau Erhardt. Ich melde mich dann zwischendurch bei Ihnen, um mich über den Fortgang zu unterrichten - wenn Sie gestatten?"

"Chef, das dauert aber bestimmt ..."

Reeker übersah Kriminaloberkommissar Kroll mit Absicht.

"Aber gerne, Herr ..... Kommissar, ich würde mich freuen."

"Fragen Sie einfach nach Kriminalhauptkommissar Werner Reeker."

Die Sekretärin lächelte schwach und notierte sich den Namen auf einem gelben Post-it-Zettel, den sie an ihren Computerbildschirm klebte.

"Prima. Also Kroll, Sie haben es ja gehört. Ran an die Arbeit. Wenn Sie hier abschließen, versiegeln Sie alles. Werden Sie heute nicht fertig, dann verabreden Sie sich für morgen wieder mit Frau Erhardt und betreten gemeinsam die Kanzlei."

Er nahm seinem Kriminaloberkommissar den Terminkalender Zenkerts unter dem Arm weg, wandte sich Gerlinde Erhardt zu und reichte ihr die Hand. Sie lächelte ihn an, entblößte eine Reihe makellos weißer Zähne.

"Auf Wiedersehen, Frau Erhardt."

"Auf Wiedersehen, Herr Kriminalhauptkommissar."

Sie beließ ihre Hand einen winzigen Augenblick zu lange in seiner Hand, hielt sie ein Momentchen zu lange fest.

Reeker drehte sich um und verließ das Büro. "Kaffee oder Tee ...?" hörte er noch die Stimme der Sekretärin Kroll fragen.

*

Grassi warf einen Blick auf seine Uhr. Es war 16.55 Uhr. In einen neuen Blaumann hatte er lieber nicht investiert. Mit einer Bügelfalte, und sei's nur eine aus einer Fabrik für Arbeitsklamotten, wäre er doch nur aufgefallen. Grassi hatte den Kittel aus dem Kellerverschlag seines Hausmeisters geklaut. Der abgewaschene, knitternde Blaumann passte ihm sogar, nur über den Bauch spannten die Knöpfe ein bisschen. Grassi ging langsam, als würde er das jeden Abend tun, zum Eingang des Rathauses Friedenau.

Er nickte dem Pförtner betont müde zu, hatte aber Glück, der Typ drückte an der Telefonanlage herum.

Es war eine Ewigkeit her, dass Grassi hier mal hier die Befreiung von der GEZ beantragt hatte. Später hatte er darauf geachtet, sowenig als möglich in den Computern der Ämter aufzutauchen. Je weniger die von ihm wussten, desto besser. Wo war denn nun der Scheiß Kellerzugang? Im Foyer führten die Treppen nur nach oben.

„Guten Abend", eine der Sesselpupserinnen, schon im Mantel, nickte ihm zu. „Rücken Sie mir nicht wieder die Blumen, die mögen das nicht! Mir sind schon drei Knospen abgefallen."

„Alles klar." Grassi grüßte mit der Hand an der Stirn. Bei der Mutti war auch schon einiges gefallen, was wohl nie richtig geblüht hatte. Kurz vor Amtsschluss war Dienstagabend, kaum jemand unterwegs. Grassi studierte am Treppenaufgang die Hinweisschilder. *Büro Eisenheim, 3. Etage rechts Zi. 308.* Na bitte. *Keller rechts.*

Grassi folgte dem Hinweis bis zu einem Nebentreppenhaus. Er peilte die Lage im Kellerflur. Unten konnte er in Ruhe die Aktion vorbereiten. Hauptsache war, dass der Junge auf dem Posten saß. Grassi drückte die Klinke. Der Raum 027 musste es sein. Er fand einen Pfad zwischen den Versorgungskarren und leeren, ausrangierten Stapeln Aktenordner, bis er an das Oberlicht heranreichte. Er klappte es auf und hing ein weißes Taschentuch kurz durch den Spalt hinaus. Ein zweifaches Hupen ertönte.

Alles paletti. In der Lauterstrasse war Jens, wo er sein sollte. Nur der echten Putzkolonne durfte Grassi nicht begegnen. Er zog ein paar neue karierte Staubtücher aus der Tasche des Overalls und wischte achtsam alle Griffe ab, die er berührt hatte. Im Notfall würde er später im Rathaus oben so tun, als ob er die Fensterbretter der Flurfenster abstaubte und dabei Extraschicht murmelte.

Grassi hätte jetzt gern einen Zigarillo gehabt, aber der Rauch hätte ihn verraten können. Er schaute wieder auf die Uhr. Gleich war Büroschluss, fünf Minuten später wäre kein Berliner Verwaltungsangestellter mehr im Gebäude. Er kannte doch die Beamten, wie oft hatte er sie vom Café Breslau aus beobachtet, wie sie einer Horde Kühe gleich herausgelaufen waren.

Grassi suchte im Kellerflur das Treppenhaus, das den rechten Seitenflügel erschloss.

In der dritten Etage hörte er noch Schritte, Grassi ließ sie verklingen, dann ging er rasch die Zimmer entlang: *314, 312. Büro Friedenau - Dr. Eisenheim*, das Schild war so billig und aus Plastik wie alles im Rathaus. Berlin war pleite.

Grassi zog das Paar dünner weißer Baumwollhandschuhe aus der Kitteltasche. Bei seinem Vorstrafenregister konnte er sich nicht erlauben Fingerabdrücke zu hinterlassen. Sein Blick kontrollierte den Gang. Er war allein.

Er drückte die Klinke. Offen – das hieß, dass die Reinigungskolonne hier noch nicht durch gewesen war. Erst danach schloss sie ab.

Das einzig Auffällige in Eisenheims Büro war ein zitronengelbes Gemälde an der einen Wand. Es sah aus, als hätte der Maler einen Farbeimer über die Leinwand gekippt und darin ein paar Kippen ausgedrückt, einen Geschmack hatte der Eisenheim. Aber für Kunstbetrachtungen hatte Grassi keine Zeit.

Er überblickte den Raum. Zwei Aktenschränke, ein einfacher Schreibtisch mit Computer und Telefon, Papierstapel darauf. Eine halbtote Zimmerlinde stand in der Ecke, vier Stühle vor und einer hinter dem Schreibtisch. Nur eine Designerlampe für den Schreibtisch hatte sich der Herr noch gegönnt.

Grassi schnappte sich einen und stellte ihn angekippt unter die Türklinke der Zimmertür.

Grassi durchsuchte die Schränke. Er fand nur ein paar Ordner und stapelweise Flugblätter mit der Visage Eisenheims. Er griff eines und betrachtete den grinsenden Grauhaarigen mit dem sonnenge-bräunten Mallorca-Gesicht. Grassi korrigierte sich, bei dem war es eher die Karibik.

Der Strich links neben dem Ohr konnte ein retouchierter Schmiss sein oder einfach eine Falte. Die Wählerinnen waren dem sicher, Grassi kannte doch die Weiber. Da macht einer auf seriös und graue Schläfe mit dickem Geldbeutel, schon war er sexy.

Grassi setzte sich in den Sessel am Schreibtisch und legte die Hände darauf. Er legte er den Kopf in den Nacken und atmete ein paar Augenblicke tief durch. Er schloss die Augen und konzentrierte sich. Seine Erinnerung reproduzierte das klatschende Geräusch, als die Elle Zenkerts Schädel getroffen hatte, dann diesen hohler Ton, als der Kopf auf das Pflaster schlug. Als Zenkerts Gesicht hin-ter dem Auto erschien, öffnete Grassi lieber wieder die Augen.

„Okay, wo würde Eisenheim den Koffer verstecken?" Bestimmt nicht zu Hause. Genauso wenig würde Grassi sich einen geklauten Fern-seher ins Wohnzimmer hinstellen. Dafür ging man ja klauen, dass man sich seine Anschaffung ehrlich mit Quittung kaufen konnte.

Schränke und Ablagen standen dicht an der Wand, dahinter würde der Koffer nicht passen. Er öffnete die Schreibtischtüren. Der übli-che Kram, Papiere, Schreibutensilien, eine Flasche Cognac – und … hallo ein Glas mit mehreren Geldscheinen. Grassi zögerte einen Moment, stellte es aber dann wieder zurück.

In der Schublade lag allerlei Krempel. „Sieh an, der Herr Eisen-heim." Grassi blätterte ein Pornomagazin durch, in dem ein Esels-ohr die Seite *Parkplatzsex* für bundesweite Treffpunkte markierte. Mappen mit Aufschriften *Antiquitätenmagazin, Bürgerini-II, Zenkert, Baugenehmigungsvorschriften, Protestschreiben,* Grassi griff sich die Pappmappe, die von einem Gummiband zusammengehalten wurde. Das Gummi zerriss, als er mit seinen kräftigen Fingern daran zog und flog durch den Raum. Aus der Mappe *Zenkert* rutschten einige Blätter voller Zahlen, Tabellen, Namen, Grafiken. Grassi sah den Kopierer in der Ecke stehen.

Entschlossen stellte er die Maschine an. Wer weiß, wofür das Zeug hier einmal gut war.

Er brauchte nur ein paar Minuten.

Hastig packte er die Papiere wieder in die Mappe. Die Kopien steckte er zusammengerollt in die Zollstocktasche des Blaumanns. Wo war bloß der Koffer? Viele Möglichkeiten blieben nicht, wenn Eisenheim ihn hier versteckt hatte. Vielleicht sogar ganz simpel unter den Papieren auf dem Schrank? Manchmal waren offene Plätze die besten Tarnungen. Grassi nahm die Trittleiter der Sekretärin neben dem Büroschrank und klappte sie auf.

Auf dem Schrank lagen nur Aktenordner, aber kein Koffer. Grassi stieg von der Leiter. Er verharrte, einen Moment, da war was, so ein Bauchgefühl …

Grassi stieg wieder auf den Tritt. Sein Blick suchte die Oberkante des Schrankes ab. Dicht an der Kante entdeckte er Fingerspuren im Staub, nur der Daumenabdruck fehlte, die anderen waren deutlich von der Kuppe bis zum Mittelglied eingeprägt. Ganz klar, hier hatte einer nicht etwas auf dem Schrank gesucht, sondern sein Gleichgewicht gehalten.

Grassi versuchte die Haltung zu imitieren. Die Linke auf dem Schrank, das drehte sein Gesicht fast von selbst zur Wand oder … nein, zur Decke. Alles klar!

Die Platten der abgehangenen Decke lagen in Rahmen. Grassi wackelte auf der Leiter, er fasste auf die Schrankkante, um nicht zu stürzen. Vorsichtig stieß er nun mit der Rechten unter eine der Deckenplatten, sie hob sich sofort. Er prüfte die nächste. Die dritte konnte er nicht mit den Fingerspitzen bewegen.

„Eisenheim, du ausgebuffter Kerl." Grassi drückte die Platte daneben hoch und tastete sich in den Hohlraum vor. „Bingo."

Grassi geriet ins Schwitzen, als er den Koffer aus der Öffnung herausbugsierte. Eisenheim war offensichtlich größer als er. Nun stand er auf dem obersten Tritt, bis er die Platten wieder in ihrer Halterung geschafft hatte, presste den Lederkoffer an die Brust. Rasch wischte er über den Staub auf der Schrankkante.

Im Flur draußen quietschen Räder. Schweiß perlte an seiner Wange hinunter. Die Fahrgeräusche hielten auf Höhe von Zimmer 308.

Grassi sprang federnd auf den Zimmerboden. Zwei lautlose schnelle Schritte, dann war er schon an der Tür. Aus dem Flur klang Geklapper von Plastikeimern. Grassi stellte ein Bein hinter den angekippten Stuhl an der Tür und presste die rechte Hand an das Türblatt. Er hielt die Luft an.

Einen Moment der Stille, dann wurde die Klinke heruntergedrückt und mit mäßigem Druck versucht, die Tür zu öffnen. Nichts passierte. Dann fuhr die Türklinke energisch auf und ab. Drei-, viermal rüttelte jemand an der Tür. Unverständliche Sprachfetzen drangen durch das Holz. Stille.

Dann hörte Grassi ein Stück weiter wieder das Geklapper und das Öffnen einer Tür. Aha, sie putzte weiter, die türkische Putze würde sich wahrscheinlich später einen Schlüssel vom Pförtner holen oder das Büro einfach auslassen.

Grassi wartete an der Tür, den Koffer neben den Knien. Das Zahlenschloss knackte er jetzt nicht. Er musste weg.

Er stellte den Stuhl zurück an seinen Platz, klappte den Tritt wieder zusammen und lehnte ihn an der Seite an den Schrank.

Grassi nestelte einen blauen Müllbeutel aus der Brusttasche des Blaumanns. Damit hüllte er den Koffer ein.

Dann machte die Tür auf. Im Flur sah er aus den Augenwinkeln nur den großen Putzwagen vor Zimmer 312 stehen, um die Ecke summte eine Bohnermaschine. Irgendeine Aysche trällerte was. Grassi zog sich die Handschuhe von den Händen, klemmte unter dem rechten Arm den Koffer ein.

Grassi eilte die Haupttreppe hinunter, das ging am Schnellsten, der Plastiksack raschelte, knisterte. Scheiße.

In der Haupthalle döste der Pförtner vor sich hin, sah nicht einmal zu ihm herüber. *Keller rechts.*

Grassi folgte wieder dem Schild. Er fasste den blauen Beutel stramm. Im Kellerraum drängelte er sich wieder zwischen dem Bürogerümpel, die Aktenordner bis zum Oberlicht. Grassi reckte sich hoch und schob den Plastiksack durch das angekippte Fenster.

Jens hustete dreimal und flüsterte: „Alles klar."

Grassi schloss das Oberlicht.

Es war geschafft, der Rest des Weges war kein Problem.

Im Kellerflur steckte er sich ein Zigarillo an und sog den Rauch tief ein. Im Rathausfoyer nickte er dem Pförtner zu, der den Kopf in die Hände gestützt hatte. Vermutlich war der über seiner Zeitung eingeschlafen. Grassi verließ das Rathaus. Draußen dämmerte es schon über dem Breslauer Platz.

Jens blinkte zweimal mit dem Licht des parkenden Opels und fuhr los. Grassi überquerte den Rathausvorplatz, die Hauptstrasse und lief in Richtung Innsbrucker Platz weiter.

An der übernächsten Kreuzung wartete der alte Opel in einer Parklücke. Jens öffnete die Beifahrertür. Grassi stieg ein, sein erster Blick galt dem Koffer auf der Rückbank. „Alles klar."

Sie saßen auf Grassis Wohnzimmerboden. „Nun mach schon hinne". Grassi trommelte ungeduldig auf der anderen Seite des Koffers. Jens stocherte mit einem dünnen Draht in dem Zahlenschloss und fühlte, wie er einen roten Kopf bekam.

„Mann, gib her!" Grassi schnappte sich den Koffer und stellte ihn auf die Erde. Suchend blickte er sich um, griff sich den Hammer. Mit ein paar wilden Schlägen verbog er das Schloss und bekam ein bisschen Spiel zwischen Deckel und Boden. Der Koffer aber blieb zu.

Jetzt rollte Grassi mit den Augen. Wütend kramte er in der Werkzeugkiste, schnappte sich eine Kneifzange, fasste damit das Schloss und zerrte, zog und bog an dem Schloss herum.

Jens schob den Sessel ein Stück zurück und guckte ihn besorgt an. „Vielleicht können wir ihn ja aufsägen."

„Fresse, halt die Klappe", Grassi zerrte weiter wie verrückt an dem Schloss, das eine bizarre Form angenommen hatte.

Mit einem eher kläglichen Geräusch riss das Leder um das Schloss und der Kofferdeckel flog auf. Grassis Arm mit dem von der Zange gefassten Schloss ruckte ins Leere und schlug die Tasse vom Tisch. Das Porzellan zersprang, der Kaffee floss auf den Boden. Gleichzeitig flatterten Scheine vom Tisch auf den Teppich. „Scheiße." Grassi starrte auf die bunten Bündel vor sich.

Jens wies mit dem Zeigefinger auf das Geld. „Oh Mann. Du bist der Größte."

Grassi fing sich und sammelte die Bündel ein. Den leeren Koffer stieß er mit dem Fuß in eine Ecke. Sorgfältig stapelte er das Geld auf den Tisch.

Jens berührte die Haufen ehrfürchtig. „Wieviel das wohl ist?"

Überlegen steckte sich Grassi ein Zigarillo an, lehnte sich zurück. „Haste nich mitgezählt? Da liegen jenau 175.000 Euro, mein Lieber. Jenau 175.000. Wat sachste nu?"

Jens schüttelte den Kopf. „Mann, 175.000 Euro. Da kann ich …"

„Nu heisst es Ruhe zu bewahren. Schnapp dir mal den Koffer."

Jens stand auf und bückte sich nach dem Koffer, klappte ihn hoch und sah hinein: „Nur altes Papier." Achtlos lies er ihn wieder fallen.

„Biste bescheuert? Gib mal rüber." Gleichzeitig griff Grassi sich an die Zollstocktasche seines Blaumanns und holte die Rolle mit den Kopien heraus.

Jens warf die Papiere auf den Tisch und streichelte dann wieder über die Stapel mit dem Geld. Nahm eins der Bündel, hielt es sich

unter die Nase, ließ die Scheine unter dem Daumen durchlaufen.
„Du bist ein Genie, Grassi!"
„Kann schon sein." Grassi studierte die Papiere. „Ach du Scheiße,
das is jawohl der Hammer."
Jens machte ein fragendes Gesicht, hatte aber nur Augen für den
Stapel Scheine.
„Junge, da haben wir in eine Sache jepiekt, die macht uns so richtig
satt, wenn wir das stemmen. Da läuft die richtig dicke Kohle. Wat
wir hier abjesahnt haben ist nur Geld fürs Porto."
„Aber Grassi, da können wir ewig von leben", flüsterte Jens.
„Mach den Kopp zu, wenn du nur Scheiß erzählst. Die Marie is in
ein Jahr durch. Glaub es mir. Den richtigen Fisch haben wir hier.
Der ist richtig jut. Ick sach dir, für jeden eine Mio. Und dann ab nach
Thailand."
Sein Gegenüber kratzte sich am Kopf. „Was muss ich dafür tun?"
Grassi zog genussvoll an seinem Zigarillo. Er wusste es selbst nicht
so genau. Aber das brauchte der Junge nicht zu wissen. Wieder
blätterte er durch die kopierten Papiere. Dann verschluckte er sich
am Rauch des Zigarillos. Er kapierte es jetzt erst richtig. „Ick glaube
es nich. Ick glaube es nich. Scheiße, das mir sowat passieren
musste."
„Was ist denn?"
„Ick hab die Originale mitgenommen aus det Büro und die Kopien
zurück in den Schreibtisch jelegt."
„Na und?" Lächelnd griff sich Jens ein neues Bündel vom Tisch.
„Na und, na und", Grassi nahm es ihm aus der Hand und knallte es
zurück auf den Tisch. „Die wissen jetzt, dass einer in dem Büro war.
Verstehst du das? Die wissen, dass wir im Spiel sind."
„Woher sollen die denn wissen, dass wir das sind?" Jens berührte
die Stapel mit dem Zeigefinger.
„Nich jenau wer ... "

„Dann lass uns doch die Sachen wegschmeißen und wir behalten nur das hier", sagte Jens.

„Nee, nee. Das is meine große Chance um aus dem Schlamassel raus zu kommen. Nur noch dieses eine Ding. Und dann nischt mehr. Kein Knast und kein Schöneberg mehr."

„Grassi, ich verstehe dich nicht …"

„Lass es jut sein, glaub es einfach."

Jens strich dann wieder über das Bargeld auf dem Tisch. „Und wie geht es weiter?"

„Pass uff, hier spielen die ganz dicken Fische aus der Politik. Da müssen wir vorsichtig vorgehen. Sonst ziehen die uns das Fell übern Kopp. Nur nich auffallen."

Grassi stand auf und holte eine Aldi-Tüte, stopfte das Geld hinein. Jens sah ihm zu, streckte eine Hand aus.

„Aber ich …"

„Kleener, ab jetzt gilt es den Kopp einzuschalten. Kein Alkohol mehr. Von dem Jeld nehmen wir uns jeder nur ein monatliches Taschengeld von 1.500 Euro. Damit können wir pralle leben und fallen nich uff." Er griff in die Tüte und zählte tausendfünfhundert Euro ab. „Außerdem müssen wir mit Spesen rechnen, wenn wir an die dicke Marie wollen. Hier, für dich."

Grassi ging in den Korridor und zog den Läufer weg. Direkt vor dem Stromzähler hob er zwei der Dielenbretter an und packte die Plastiktüte mit dem Geld in den Hohlraum darunter.

Jens zog nur die Augenbrauen zusammen. „Hör mal, wenn dir nun was passiert?"

Grassi nahm einen Bund vom Schlüsselbrett. „Hier ist alles dran. Briefkasten, Haustür, Wohnung, Keller. Keller ist übrigens Nummer 23. Alles klar, Partner?"

Jens hielt den Schlüsselbund in der Hand. Grassis Wohnungsschlüssel. Mann, das war ein Ding. Dabei wissen die meisten noch nicht einmal wo du wohnst, dachte er.

Der Junge ging Grassi ganz schön auf den Zeiger, aber er brauchte einen Passmann. „Wir müssen jetzt erstmal wat über den Eisenheim rauskriegen."
Jens nickte und schob die Schlüssel in seine Hosentasche.

Das gleiche, ist nicht dasselbe ...

Eisenheim sah Erikas Fingerkuppe an, die sich langsam auf seine Nasenspitze senkte. „Wenn ich es nicht genau wüsste, Schatz, würde ich denken, du hast einen ganzen Monat nicht mehr...“

Sie blinzelte ihm zu und hob eine Strähne aus ihrem erhitzten Gesicht. Er strich ihr über die Brüste und umkreiste dabei den Bluterguss, den er ihr gebissen hatte. Noch einmal ging wirklich nicht.

„Ich bin dann schon mal im Bad“, sagte sie.

Erika kniete über seinem Brustkorb, er fühlte ihre Hitze. Sie zögerte und ging langsam in die Hocke. Erika zog das linke Knie langsam über seinen Brustkorb. Eisenheim wartete bis sie neben ihm stand. Genussvoll besah er ihren perfekten Arsch, als sie auf Zehenspitzen über den Veloursboden lief, das goldene Kettchen an ihren Füßen blitzte. Eisenheim reckte sich. Wozu doch eine Fußbodenheizung gut war. Gab es eigentlich in diesem riesigen Haus einen Quadratmeter, wo er Erika noch nicht durchgenommen hatte? Selbst in der Ecke zwischen dem chinesischen Porzellanhund und den langen Stores hatten sie es schon getrieben. Einmal hatte Erika ihm sogar einen geblasen hinter den Vorhängen als Gäste draußen am Grill standen.

Eisenheim lag auf dem Rücken im Bett und hielt die Augen geschlossen. Erst diese schreckliche Nacht, dann dieser irrsinnige Tag voller Leidenschaft. Was andere Männer ihren heimlichen Freundinnen schenken mussten, gab er seiner eigenen Frau. Und sparte noch das City-Apartment für die Geliebte.

Eisenheim stand auf und ging zum Stuhl, auf dem sein Morgenmantel lag. Er zog ihn über und ging hinunter zum Esszimmer. Von der Treppe aus sah er die Morgensonne auf dem kleinen Teich spiegeln. Frischer Kaffeeduft zog herauf. Das Hausmädchen Krystyna hatte wohl schon gedeckt.

Das Speisezimmer war in Blau- und Gelbtönen gehalten. Ein bisschen viel Schweden, dachte Eisenheim immer, aber Erika mochte weiß-gelb-hellblau. Er wollte schon über den Tisch zum Brötchen im Korb greifen, da fiel sein Blick auf die Zeitungen, die Krystyna wie immer als dreiteiligen Fächer neben die Marmelade gelegt hatte.

Die Bild lag zu oberst. *Schädelmassaker in Friedenau – War es Rache?*

Eisenheim erkannte Zenkers Profil sofort. Draußen flatterte ein Spatz auf dem Tisch vor den Terrassenstühlen. Er raffte die Zeitungen zusammen und rannte nach draußen, Krystyna kam mit dem Tablett entgegen.

„Guten Morgen, Herr Eisenheim."

„Moin."

Er rannte zum Gästeklo und warf die Tür hinter sich zu, riegelte ab. Das durfte nicht wahr sein. Er hätte gestern nicht den ganzen Tag nur mit Erika im Bett verbringen dürfen, den einen Termin mit der Stadtentwicklungsverwaltung am Montagvormittag hatte er per Mail abgesagt. Aber manchmal war ihnen danach.

Beinahe wären ihm die inneren Hefte der Zeitungen heruntergefallen. Eisenheim streckte den Bauch vor und bremste das Papier. Dann legte er alles auf die sauberen Fliesen.

Die Artikel hatte er schnell überflogen. Zenker war tot. Scheiße. Er hatte zu fest zugeschlagen. Aber er hatte ihn doch noch sich aufrappeln gesehen, dort an seinem Mercedes, als er abgefahren war. Eisenheim drückte sich in den Knien hoch. Was musste das Schwein auch noch verrecken. Zenkert hatte immer nur Probleme gemacht. Selbst jetzt noch.

Eisenheim schob mit den Füßen die Zeitungen zusammen. Wenn er Glück hatte, gab es keine Zeugen. Er hielt inne. Die gab es bestimmt nicht, sonst wäre die Polizei längst hier gewesen.

Ganz klar. Er musste nur einfach seine Rolle weiterspielen, als wenn nichts wäre. Wenigstens hatte er den Koffer noch versteckt, als er ihn Zenkert abgenommen hatte.

Er drehte den Wasserhahn auf und wischte sich über das Gesicht. Wenn Erika nichts merkte, dann keiner. Sie war der Test. Eisenheim holte Luft.

Im Flur kam Krystyna wieder mit einem Tablett entgegen. „Entschuldigen Sie die Unfreundlichkeit von gerade eben, aber manchmal ..." Halt, einfach so bleiben wie immer. „Machen Sie mir bitte ein Spiegelei." Das aß er meistens, wenn ihn Erika ausgepowert hatte wie einen jungen Tennislehrer.

„Warum hast du denn alle Zeitungen mit aufs Klo genommen?" Erika schmierte gerade ein Hörnchen mit Honig ein.

Eisenmann legte ihr die Schlagzeilen neben den Teller.

„Deswegen."

„Mein Gott, das ist ja der Zenkert." Erika legte das Hörnchen weg, ohne zu sehen, wohin.

„Ich hatte vorgestern Abend noch einen Termin mit ihm in Friedenau." Eisenheim goss sich Kaffee ein und setze sich. „Er hat mir aber per Handy abgesagt."

Erika legte die Zeitung weg und nahm Milch. „Aber warum ist er dann zum Rathaus gefahren?"

„Keine Ahnung. Vielleicht hatte er es vergessen oder noch einen anderen Termin." Eisenheim trank einen Schluck. Er musste sich gut überlegen, was er sagte, auch gegenüber Erika.

„Ihr Spiegelei." Krystyna kam herein und stellte den Teller vor ihn hin.

Die grünen Schnittlauchkörnchen erinnerten Eisenheim daran, dass er völlig abgesichert in seinem Alltag saß.

„Wünschen Sie noch etwas?"

„Danke." Erika lächelte Krystyna an, sah aber gar nicht richtig hin.

Wahrscheinlicher war, dass Zenkert vor ihm jemanden getroffen hatte. Der Anwalt würde sich sicher nicht selbst zu einer Bank begeben und das Bargeld gebunkert haben.

„Mein Gott, Raubüberfall sogar in Friedenau, Berlin wird immer schlimmer", stöhnte Erika.

Eisenheim dachte an den Koffer im Rathausbüro, an den Deal mit Zenkert. Kein Wort von den Immobilienverhandlungen hatte in der Presse gestanden.

„Hast du den Anruf auf deinem Tagesplan?" Erika griff zum Hörnchen. „Für die Buchung für den Flug nach Guadeloupe, Schatz?"

„Keine Sorge, Punkt elf Uhr meldet sich mein Notebook und erinnert mich daran. Wie sieht Dein Tag aus?"

Erika schaute ihn bewundernd an. Dafür liebt er sie.

„Ich treffe mich mit Gloria und Angelika. Wir planen die Vernissage von Angelika für Anfang November. Sie soll einem karitativen Zweck gewidmet werden."

Eisenheim lächelte. Er hatte den Test bestanden. Sie war schon wieder bei ihren Sachen. „Wenn ich euch helfen kann, dann sag mir Bescheid."

„Da sei dir sicher, mein Lieber, dass ich das tun werde."

Ihre Finger streichelten zärtlich sein Handgelenk und für einen Augenblick schien es, als würde das Spiegelei von der Gabel rutschen. Er durfte nur keine Fehler machen. Zenkert war aus dem Spiel. Das schaffte ein Problem, löste aber auch eines. Den Koffer mit dem Geld hatte er ja, damit ließe sich der Deal um den Palast beschleunigen.

Auf dem gleichen Parkplatz vor dem Rathaus zu parken war Eisenheim dann doch zu viel. Er rollte lieber weiter um die Ecke.

Es war gut, dass Erika keine Zeit hatte, sondern mit ihrer Freundin verabredet war. Eisenheim hatte ihr versprochen, alles für die Reise nach Guadeloupe in die Wege zu leiten. Ein paar Telefonate, das

Studienprogramm der Partei, schon wurde aus dem Wunsch seiner Frau nach einem sonnigen Urlaub eine entwicklungspolitische Informationsreise. Damit wäre das Finanzielle geregelt. Es war eher ein Sport geworden, diese Dinge nicht mehr selbst zu bezahlen. Wer das nötig hatte, war einfach ein Nobody.

Eisenheim betrat das Rathaus.

Der Pförtner winkte ihn mit einem Zettel zu sich heran. „Bitte sehr, das lag in ihrem Fach".

Auf der Treppe entfaltete er das Papier. *Büroreinigung am Dienstag konnte nicht erfolgen, da Ihr Büro mit unserem Schlüssel nicht geöffnet werden konnte. Firma Glanz & Klar.*

Das Schloss hatte noch in der Montagnacht einwandfrei funktioniert. Eisenheim knüllte den Zettel langsam zusammen und schob die Papierkugel in die Jackettasche. Dabei fühlte er auch wieder das kleine, schwarze Buch. Gut, dass er es nicht vergessen hatte, als er den anderen Anzug mit den Blutspuren in einem Rote-Kreuz-Sammelcontainer hatte verschwinden lassen.

In seinem Büro setzte er sich an den Schreibtisch und legte das kleine schwarze Buch auf den Tisch. Mit einem Ruck öffnete er die Schublade.

„Was ist das denn?" Routinemäßig lagen diese Mappen nicht obenauf. Das Gespräch mit Zenkert muss ihn ganz schön durch geschüttelt haben, wenn er sich nicht mehr erinnern konnte, wie seine Dokumente in seiner Schublade gelegen hatten. Die Mappe *Zenkert* lag quer.

Eisenheim zog sie aus der Schublade und die Blätter rutschten auf den Tisch. Genau deshalb hatte er immer ein Gummi um diese Mappen. Blatt für Blatt sortierte er die Papiere zurück. Hier war etwas Ungutes im Gange. Seine Frau Willms kam nur Donnerstag und Freitag zu den Bürgersprechtagen. Sein Blick schweifte dabei durch das von ihr penibel aufgeräumte Büro und blieb auf der kleinen, roten Schlange hängen, die vor dem Kopierer auf dem Boden lag. Es war ein gerissenes Gummi.

Eisenheim stand auf. An der Sitzgruppe daneben entdeckte er an einem der Stühle alte Abdrücke der Stuhlbeine in der Auslegware. An dem Tisch hatte schon seit Wochen keiner mehr gesessen oder gar die Möbel gerückt.

Jetzt begriff er, was ihn eben so gestört hatte.

Eisenheim drehte sich schnell um und klappte die Mappe *Zenkert* auf. Darin lagen Kopien, nicht die Originale. Was um Himmelswillen …

Irgendein Bastard war in seinem Büro gewesen und hatte die Originale gestohlen.

Er besah sich die Kopien. Da fehlte etwas. Die kleinen Randnotizen waren nicht mehr lesbar. Hoffentlich brachte er die Zuordnung der Appartements noch zusammen. Das musste eine gezielte Aktion sein.

Er hatte dieses Büro extra für die Transaktionen ausgewählt, weil es als Parteibüro in seiner Bescheidenheit so unauffällig war.

Der Reinigungsdienst war gestern nicht da gewesen. Lächerlich. Er fasste in die Tasche, nahm den zerknitterten Zettel heraus, strich ihn glatt. Die Notiz war doch Beschiss. Zenkerts plötzlicher Widerstand …

Gab es vielleicht eine parteiinterne Ermittlung? Zenkert hatte vielleicht schon vor seinem Tod etwas angeleiert, so verdammt misstrauisch wie er gewesen war.

Eisenheim blickte zur abgehängten Decke neben dem Schrank. Schweiß brach unter seinen Achseln aus. Nein, davon hatte niemand etwas mitgekriegt, das konnte nicht sein.

Eisenheim wurde heiß, als er den Fußtritt an der Schrankseite lehnen sah. Er hätte anders herum stehen müssen, weil er immer die Trittflächen gegen die Wand richtete. Immer – auch in jener Nacht.

Eisenheim klappte das Ding aus und war mit einem Schritt oben. Mit dem Kopf stieß er fast an die Deckenplatten. Mit der linken Hand balancierte er sich am Schrank aus, mit der rechten drückte er eine der Platten heraus, fasste hinein – nichts. Leer.

„Wo ist er, verdammt?" Er hatte sich in der Platte vertan. Wieder tastete er in einem Loch umher. Das Geld war weg.

Noch einmal schickte er seine Hand auf die Suche. Er hatte ein Gefühl in den Beinen, wie er es noch nie gehabt hatte, seltsam schwebend leicht und doch blutleer.

Er war der Idiot, der das Geld als letzter hatte. Die einen würden für ihr Geld etwas haben wollen, wofür er die anderen damit bezahlen sollte. Er musste den finden, der den Koffer an sich gebracht hatte. Irgendwer haute ihn gerade in die Pfanne.

Es klopfte an der Tür. Eisenheim ließ schnell die Deckenplatte in ihre Fassung zurückgleiten.

Ein Kopf schob sich durch den Türspalt. Der Mann wirkte ziemlich offiziell und fragte: „Herr Doktor Eisenheim?"

„Ja. Was kann ich für Sie tun?" Eisenheim klopfte die Hände über dem Schrank aus. Er bemerkte den erstaunten Blick seines Besuchers. „Tja, manchmal hat Körperlänge auch seine Nachteile. Ich stoße an die Decke, wenn ich alte Akten auf dem Schrank suche." Er griff sich den erstbesten Ordner und stieg von der Leiter.

„Mein Name ist Reeker. Ich bin Kriminalhauptkommissar bei der Mordkommission."

Eisenheim hatte Untersuchungen erwartet. „Sie kommen wegen Zenkert, nicht wahr?" Er warf die Akte auf den Schreibtisch, dass der Staub von ihr aufstieg und der knittrige Zettel der Reinigungsfirma auf den Boden geweht wurde.

Reeker bückte sich und reichte ihn Eisenheim zurück. „Sie haben schon davon gehört?"

„Ja, ich lese als Politiker immer die Morgenpresse gründlich."

„Sie hatten am Tag seines Todes noch einen Termin mit ihm."

„Ja, aber Herr Zenkert ist zu dem Termin leider nicht erschienen. Warum, weiß ich ja jetzt."

„Warum wollte Herr Zenkert Sie aufsuchen?"

Eisenheim wies auf die Sitzgruppe. „Wollen wir uns nicht setzen?" Er würde jetzt dem Kriminalbeamten die lange Geschichte von der Spielplatzsanierung erzählen. In allen Details, bis der Kommissar abwinken würde. „Zenkert war der Anwalt der Baufirma, die freundlicherweise die Sanierung des Sandkastens auf dem Perelsplatz gesponsert hatte."

Der Hauptkommissar nahm Platz und hörte ihm mit einem neutralen Gesichtsausdruck zu. Eisenheim schaltete sein Politikerlächeln an und legte los.

*

„Ein Schuss zu viel Sahne." Korbach löffelte das Kresseschaumsüppchen.

„Finden Sie? Es rundet doch die Schärfe sehr ausgewogen ab." Eisenheim legte den Rest Toast auf den Brotteller. Wenigstens hatte Korbach gleich nach seinem Anruf einen Termin angeboten.

„Der Spaß an der Kresse ist doch gerade, dass sie beißt. Nun ja." Korbach_betupfte mit der gestärkten Serviette seinen grauen Schnurrbart.

Eisenheim erinnerte er an einen Eisenbahngewerkschafter in diesen typischen amerikanischen Filmen, ein bisschen füllig und ein Doppelkinn unter dem Viertage-Bart. Aber Korbach war nicht bei der Gewerkschaft, er war Anwalt in einer internationalen Kanzlei und Spezialist für Technologietransfer. Zudem reichte sein Einfluss bis in die höchsten politischen Spitzen. Sogar ganz oben schätzte man ihn als Berater. Leute die ihn nicht näher kannten, täuschten sich in seinen Möglichkeiten. Wahrscheinlich mochten sie sich deshalb, das Unterschätztwerden verband.

„Es ist schon tragisch mit dem Kollegen Zenkert. Er hatte ein gute Prozessquote."

Korbach eröffnete also. Eisenheim wollte nicht lange fackeln. „Diesmal hat er die Streitsache wohl verloren."

„Sie sind ja zynisch, Eisenheim." Korbach hob die Augenbrauen. „So kenne ich Sie ja gar nicht."

„Ich fürchte nein. Zenkert hat möglicherweise tatsächlich etwas verloren, worüber man sich noch nicht ganz einig war."

Die Kellnerin in der weißen bodenlangen Schürze räumte den Gang ab. Korbach lehnte sich zurück. „Wenn Sie mich so dringend sprechen wollen, können Sie nur den aktuellen Vorgang meinen."

„Genau." Das mochte Eisenheim an Korbach. Keine Umschweife. „Er hat mir zwar, sagen wir mal, die Kontaktmittel überreichen wollen, aber nicht die Dosierung für die einzelnen Stellen."

„Wo ist das Problem? Zenkerts Kanzlei wird von einem anderen Mann des Vertrauens..."

Eisenheim unterbrach ihn und schob den Salzstreuer zwischen sie. „Wenn aber nun ein Dritter dazwischen geht?" Sein Blick senkte sich auf den Tisch. Seine Finger ließen los. „Die Polizei ermittelt."

„Ach, was. Die Berliner Polizei hat doch bei Politikern noch nie etwas gefunden."

Eisenheim wusste das genauso gut. „Mag sein. Ich habe mich vorsichtig umgehört. Kriminalhauptkommissar Reeker ist alles andere als ein Dummkopf. Und er ist stur. Es wäre besser, wenn er gar nicht erst bis zu den Details vorstößt."

Das Hüftsteak in Madeirasoße kam. Eisenheim genoss den Duft. Korbach griff zum Messer. „Das ist natürlich richtig."

„Investorenpflege ist mühsam. Das Geld kann auch nach Japan oder Dubai gehen, wenn zu viel danach gefragt wird, wem das eigentlich einmal gehören wird. Könnte die Berliner Polizei damit nicht überfordert sein?" Eisenheim schnitt sich einen schönen Happen ab. So konnte er kauen. Und Korbach musste reden.

„Ich sehe, was Sie meinen. Ich werde mal ein paar Anrufe tätigen. Nur keine Panik. Läuft denn sonst alles?"

„Es scheint noch jemand weiteres im Spiel zu sein. Mittel und Unterlagen sind verschwunden."

Die Gabel klirrte am Tellerrand, als Korbach sie abrupt ablegte. „Was heißt das genau?"

„Mein Büro in Friedenau hat Besuch bekommen. Gezielt. Es sieht nach einer undichten Stelle aus."

Korbach kniff die Augen zusammen und stach die Gabel in ein neues Stück Fleisch. Er hatte sich gefangen. „Abbrechen wäre ein schwerer Schaden. Welchen Umfang hatten die Unterlagen?"

Eisenheim wurde das Hemd unter den Achseln nass. „Na ja, Statistiken, Firmen, ein paar Straßennamen."

Während Korbach kaute, fixierte er sein Gegenüber. „Keine Namen und Anteile, hoffe ich. Sie wissen, ganz oben darf man erst davon erfahren, wenn der Zug nicht mehr aufzuhalten ist."

„Ich denke, wenn die Akte Zenkert in den Archiven verschwindet, redet niemand mehr darüber."

Korbach nahm einen Schluck Wein. Nickte. „Gut. Gibt es einen Aufwandsfonds?"

Eisenheim schluckte den Bissen herunter. „Natürlich." Aber den gab es leider nicht mehr.

„Gut. Dann nehmen Sie eben den komplett die Sponsorenpflege dafür. – Die Soße stimmt. Das können die hier. Das Gratin ist diesmal richtig heiß. Endlich hat es mal ein Koch kapiert."

„Da ist noch etwas."

Korbach griff zum Wein und hob die Augenbraue.

Eisenheim griff zum Wasser. „Zur gleichen wie bei dem Unfall von Zenkert, ist auf dem Parkplatz in einen Kiosk eingebrochen worden."

„Was hat das denn mit uns zu tun?"

„Hauptkommissar Reeker hält es für wichtig."

„Der war schon bei ihnen?" Korbachs Stimme wurde ernst.

„Ja, weil Zenkert einen Termin mit mir in seinem Bürokalender eingetragen hatte."

„Dilettant." Korbach schob den Teller von sich.

„Da haben Sie Recht, Korbach."

„Aber trotzdem hatte er ausgezeichnete Kontakte."

„Auch da haben Sie Recht", sagte Eisenheim.

„Gibt es vielleicht eine Besucherliste? Wie lange waren Sie im Büro? Ihr ungebetener Besuch muss danach gekommen sein."

„Die Halle wird wohl ab 17.00 Uhr videoüberwacht, obwohl es einen Pförtner gibt. Ich kümmere mich darum."

„Hervorragend".

„Denken Sie, dass Sie die Ermittlungen beeinflussen können?", fragte Eisenheim.

„Nun, ich kümmere mich drum. Ein paar Informationen wären gut. Bleiben Sie an der Überwachungsaufnahme dran. Das Dessert kommt."

„Stehen sie auch im Parkhaus?"

„Ja."

„Dann gehen wir nachher zusammen." Er versuchte es mit dem üblichen Ton. „Geschäfte müssen rund laufen."

„Das schätze ich an Ihnen, Eisenheim. Wie finden Sie die Soße?"

Korbach hatte die Sache übernommen. Jetzt hatte er Appetit auf das Steak, ob zu viel Pfeffer in der Soße war, war Eisenheim herzlich egal.

*

Kriminaloberkommissar Kroll schlenderte über den Parkplatz am Breslauer Platz. Der wirkte irgendwie wie leergefegt. Der Imbiss war zwar besetzt, aber niemand stand daran. Kroll ging rüber zu dem Zeitungskiosk an der Haltestelle. „Tagchen, einmal Marlboro Light."

„Fünf Euro", sagte eine raue Frauenstimme hinter dem Tresen.

Der Oberkommissar klaubte die Packung auf, entnahm ihr eine der Zigaretten, steckte sie in den Mund und klopfte seine Kleidung nach Feuer ab. „Habt ihr auch Feuer?"

„Was soll's denn sein? Streichhölzer oder Feuerzeug?"

„Ich nehme ein Feuerzeug, macht sich besser beim Autofahren." Die Verkäuferin zuckte mit den Achseln. „Klar, vor allem wenn man auch noch dabei telefoniert."

Kroll steckte die Zigarette an. Nach einem tiefen Zug drehte er sich halb um, sah über den Platz. „Ist ja richtig ruhig hier heute. Sonst ist doch mehr Stimmung."

„Na ja, seit dem Mord hier nebenan, sind die Rabauken weg."

„Sie meinen die Stammgäste?", fragte Kriminaloberkommissar Kroll.

„Nee. Die Hartz-Vier-Leute, die verbringen hier schon mal ihren Tag."

Kroll lehnte sich gegen den Tresen am Kiosk, stützte sich mir_(t)einem Arm ab.

„Wieso eigentlich, von denen war es doch bestimmt keiner."

„Die sind rüber zum Sintenisplatz an der Post. Denen waren zu viele Bullen hier." Wieder hustete die Verkäuferin im Zeitungskiosk rau und freute sich über ihren Scherz.

Kroll nickte zustimmend, behielt die Zigarette im Mund, während er in seinen Anzugtaschen kramte. Endlich fand er die Visitenkarten, nahm eine und legte sie der Kioskbetreiberin in die Luke. „Wenn Ihnen noch etwas einfällt, dann rufen Sie doch bitte an." Er tippte mit zwei Fingern einen freundlichen Gruß an die Stirn und ging davon.

„Ich meine …", die Frau im Kiosk beugte sich aus der Luke, sie war im verlebten Gesicht ganz rot geworden.

Kroll ging an der Ampel über die Strasse, ihm kam eine junge Frau mit Kinderwagen entgegen. „Entschuldigen Sie bitte, wo ist denn hier die Post?"

„Gleich hier rechts die Schmargendorfer runter, einmal um den Platz, Sie sehen dann schon."

Kroll dankte. Nach ungefähr zweihundert Metern erreichte er einen Kreisverkehr, dessen Mitte Bäume begrünten. Kroll überquerte die Fahrbahn. Auf dem kleinen Weg zwischen den Sträuchern hörte er Gelächter und einige raue Stimmen. Eine Gruppe von fünf Männern und einer Frau saßen auf zwei Parkbänken. Immer wieder kreiste eine Flasche, Zigarettenqualm stieg auf.

Jetzt stand er ganz nah. Lustige Gesellschaft, er musterte sie unauffällig. Kroll setzte sich auf eine andere Bank, die unweit stand. Ein brauner Hund löste sich aus der Gruppe, halb Rottweiler, halb Cockerspaniel. Das Vieh schnüffelte an seiner Hand.

„Der tut nischt. Keene Angst", rief einer von den Pennern herüber. Ein großer schwarzhaariger Kerl in Jeans und Baumfällerhemd wischte durch die Luft, als wäre Kroll ein lästiger Aktendeckel. Der Penner hatte die Ärmel hochgekrempelt, an seinem Handgelenk blinkte eine Uhr golden.

Sonst versetzten die doch alles sofort. „Jo." Kroll kraulte den Hund hinter den Ohren. Der Vierbeiner setzte sich auf die Hinterläufe, lehnte seinen Kopf an Krolls Knie.

Der Mann mit der Uhr hatte sich wieder seinen Kumpanen zugewandt. Jetzt bückte er sich und holte aus einer Plastiktüte eine neue Flasche. Der Beifall seiner Freunde hallte über den Sintenisplatz.

Der Kriminaloberkommissar machte mit seinem Handy unauffällig ein paar Fotos und simmste sie ins Büro.

Die Säufer rüsteten plötzlich zum Aufbruch, warum auch immer.

„Pussy, komm!" Die Ansage wurde mit einem grellen Pfiff unterstrichen. Sofort sprang der Hund hoch, halb über Krolls Knie hinweg und lief auf den Schwarzhaarigen zu. Die Gruppe verzog sich aus dem Park, warum auch immer.

*

„Was ist denn jetzt schon wieder?" Eisenheim drückte den Knopf für die Freisprechanlage in seinem Auto. „Eisenheim", meldete er sich betont freundlich.

„Ja, ich weiß schon, dass Sie dran sind. Hören Sie? Die Palast-Kommission tagt am Freitag. Es werden die ersten konkreten Vorschläge gemacht werden."

Der Typ mit seinem Näseln wie ein schlechter Schauspieler hatte ihm gerade noch gefehlt. Eisenheim bog an der nächsten Ampel ab. „Dann geht es ja wenigstens endlich los."

„Nicht ganz mein Lieber. Muss da nicht noch ein wenig buntbedrucktes Papier ... eingereicht werden?" Das Näseln war weg, die Stimme nur noch kalt und gierig nach Geld.

„Das ist alles nur eine Frage von Stunden, maximal müssen Sie bis kommenden Montag warten. Das werden Sie wohl aushalten können. In die Sitzung am Montag werden Sie doch ohne unterstützendes Papier gehen können." Eisenheim hielt hinter einem BVG-Bus.

„Sie kennen doch unsere Entscheidungsprozesse. Wenn nicht alles optimal vorbereitet ist, werden die Politiker sehr zögerlich. Und was als optimal gilt, entscheidet nun einmal die Verwaltung – also ich. Wenn Sie nicht bar liefern, lege ich die Konzeption in dieser entscheidenden Phase nicht vor. So einfach ist das."

Wo hatte der nur dieses Schauspieler-Gestelze her? Der lief jetzt bestimmt in seinem Büro hin und her wie Cäsar persönlich. Der Bus bog ab, Eisenheim gab Gas. „Halten Sie sich erstmal an die Absprachen." Mann, ging ihm das dämliche Lachen aus dem Lautsprecher auf den Sack.

„Eisenheim, der große Plan sagt schlicht und einfach, dass Sie bei mir jetzt in die Vorlage gehen. Wenn nicht ... Sie kann man austauschen, mich nicht."

Eisenheim hatte genug am Hals. Den Stress sollte er sich sparen. „Bis morgen Abend 20.00 Uhr haben Sie, was Sie haben sollen."

„Hervorragend. Und Eisenheim ... nehmen Sie es nicht persönlich."

Eisenheim schaltete mit der Freisprechanlage das Gesülze einfach ab. „Arschloch."

Er lenkte den Mercedes auf den nächsten Parkplatz am Straßenrand vor einen Gemüsetürken.

„Scheiße." Für einen Moment schloss er die Augen und überlegte. Er nahm eine Zigarre aus dem Fach, zündete sie jedoch nicht an.

Korbach war die Lösung, der musste eine Entscheidung treffen. Er öffnete das Ablagefach neben sich und aktivierte die Abhörsicherung der Telefonanlage. Er tippte eine Nummer ein.

„Ja?" Korbach war Profi, er klang neutral wie immer.

„Eisenheim."

„Sie auf dieser Leitung? Interessant."

Eisenheim hatte keine Zeit über diese Bemerkung nachzudenken. „Hören Sie, der Bezirksausschuss tagt Freitag ..." Eisenheim nahm das Feuerzeug in die Hand.

„Das weiß die halbe Stadt, dass er zu unserem Thema tagt."

„Aber nicht, dass die Beschlussvorlage vielleicht gar nicht vorgelegt wird."

„Was heißt das?" Korbachs Stimme gewann eine Spur tieferen Klang.

„Dass der Herr mehr fordert." Korbach würde ihm die Lüge abkaufen.

„Es interessiert mich nicht, wie Sie das hinkriegen. Mir ist es gleichgültig, wie Sie den Herren davon überzeugen, sich an den vorgegebenen Rahmen zu halten. Sie haben diese Aufgabe übernommen. Sorgen Sie für einen ordnungsgemäßen Ablauf."

Eisenheim legte das heiße Feuerzeug wieder beiseite. „Ich ... bis Montag."

„Nein."

„Wenn es bis Montag keine Zeit hat, dann müssten wir gemeinsam eine Lösung ..."

„Nein. Hören Sie genau zu. Sie sind in der Pflicht. Befriedigen Sie die Forderung jetzt. Sonst sind Sie nicht nur draußen, sondern fertig, auf ganzer Linie."

Eisenheim starrte nach draußen in die Gemüseauslage auf dem Bürgersteig.

„Ein Rat noch ..."

Eisenheim zuckte ans weiche Leder der Nackenstütze. Die Pause schien Eisenheim endlos.

„... riskieren Sie nicht unüberlegt Ihren Kopf."

Ehe er etwas erwidern konnte, hatte Korbach aufgelegt.

Scheiße. Er brauchte die Summe für das korrupte Verwaltungsschwein vor Montag, unbedingt.

Eisenheim kicherte und klopfte mit dem Handballen aufs Lenkrad.

„Selbst wenn ich das gute Stück in Zahlung gebe ..." So viel brachte der Mercedes nicht. Es reichte nicht. „Verdammt."

Kleinvieh macht auch Mist - manchmal sehr viel …

„Die Susi zieht ja wie verrückt." Jens zerrte den Rauhaardackel von der Laterne in der feinen Straße im Grunewald.

„Kein Wunder, ist ja alles neu hier für sie." Grassi stand drei Schritte entfernt vor Jens. Sie sahen Susi beim Kacken zu. Grassi war froh, dass Jens den Köter aufgetrieben hatte, sonst hätte er sich nur den Kampfhund seines Kumpels Gerhard ausleihen können. Am wenigsten würden sie mit einem Hund wie Susi auffallen. Die niedliche Dackeldame passte alle mal besser in diese Villengegend im Grunewald.

„Nicht nur für Susi ist alles neu", sagte Jens.

Es wäre besser für dich Junge, wenn du mit offenen Augen durch die Stadt gehen würdest. „Dann mal schön langsam weiter. Die Villa von Eisenheim steht in der Lassensstraße. Immer Susi schnuffeln lassen ..."

In den feinen Stadtteilen waren die Straßen noch gekehrt wie früher selbst in seinem Kiez.

„Hier liegt nirgends Hundescheiße", sagte Jens.

Sie bogen ab in die Querstraße. „Quatsch nicht. Merk dir lieber, wie viele Parteien in den Nachbarhäusern wohnen. Immer schön unauffällig die Klingelschilder ablesen."

„Und was mache ich mit den Büros?"

„Was glaubst du, warum wir uns hier die Füße platt latschen?"

Jens zerrte Susi vom Baum. „Mann Grassi, was machen wir eigentlich hier? Mit der Kohle, die wir jetzt haben, können wir hundert Jahre leben."

"Das glaubst auch nur Du. Die reicht mal jerade ein oder zwei Jahre." Grassi wusste, wovon er sprach. Hatte man Kohle, hatte man Ansprüche. Aber irgendetwas in seinen Fingerspitzen flüsterte ihm, dass in der Villa ihre gemeinsame Zukunft verborgen lag.

„Du hast die Papiere jesehen, wat? Da wird ein janz großer Kuchen jebacken, Alter. Wenn wir da ein Stück abknapsen, dann adieu Berlin, adieu Deutschland. Welcome Strand, Wasser, Palmen."

Jens bückte sich und kraulte der Dackeldame den Kopf. „Ich will gar nicht hier weg."

„Halt die Klappe. Und komm jetzt."

Vor der Hausummer Eisenheims ließ Jens die Leine für Susi aus dem Kästchen in seiner Hand schnurren. Grassi holte seine Zigarette betont umständlich aus seiner Jacke. Dann reichte er Jens die Packung, der aber abwinkte.

Grassi ließ den Blick über die dunklen Eibenhecken schweifen. Dahinter leuchtete weißes Gemäuer, das Gebäude war von der Straße kaum zu sehen. Das Aluminiumtor vor der Einfahrt sah nach Designerschnickschnack aus, nach irgendeinem System waren Leisten übereinander geschweißt. Auf dem Parkplatz dahinter stand ein VW-Golf in Sonderlackierung. „Zitronengelb, sowas."

„Darauf kommt nur eine Tussi, was Grassi?"

„Eisenheim hat bestimmt eine. Da haste Recht. Wir müssen die Olle beobachten, sonst liegt die bei unserem Besuch im Bad und macht Schönheitskur."

Die Olle interessierte Grassi aber gar nicht wirklich. Er wolle ran an die Sache, die es mit den Papieren auf sich hatte, die er aus Eisenheims Büro geholt hatte. So oft er auch zuhause die Skizze hin und hergewendet hatte, er war einfach nicht dahinter gekommen. Nur dass es um irgendein wichtiges Grundstück gehen musste, die hohe Quadratmeterzahl stand ja drauf. Das Stück war nach Anteilen zwischen den großen Firmen aufgeteilt worden. Aber die Abkürzungen sagten ihm nichts. Lauter große Buchstaben. HolDBAG, InvestDD, CORVest.

Bei den tausend Baustellen in Berlin war das aussichtslos, die bauten an zig davon.

Grassi hatte keinen Schimmer, wieso Eisenheim nachts Geschäfte mit einem Anwalt wie Zenkert machte. Aber sein sechster Sinn sagte ihm, dass die Lösung bei diesen Papieren über das Baugrundstück lag.

„Susi, nicht!" Jens tat so, als wollte er die Hündin daran hindern vor das Tor zu pissen, nutzte aber die Zeit um das Grundstück zu checken.

„Weiter, Jens. Hier sehen wir eh nichts."

Jens grinste ihn an. „Müssen wir wohl wiederkommen."

„Du kapierst ja schnell." Grassi warf die Kippe neben einen Straßenbaum. Eine Frau, die im Daimler vorbeifuhr, schüttelte nur den Kopf.

„Dick Benzin verprassen, aber uns arme Raucher scheel ankieken." Jens drehte sich nach der Fahrerin um. „Mensch, Grassi! Das ist ja wie im Lotto. Die Tussi fährt aufs Grundstück."

Der schwarze Daimler rollte gut zehn Schritte von ihnen entfernt durchs Designer-Tor auf Eisenheims Grundstück. Der Wagen musste gar nicht anhalten, so schnell wich das Tor aus. „Nicht glotzen. Schön brav mit Susi weitergehen."

Sie gingen ein paar Hecken und Zäune entlang.

„Jetzt hat sich Susi ausgepisst."

An der Straßenecke sahen sie vor der nächsten Querstraße einen Kiosk und daneben eine Filiale von *Kamps*.

„Ich könnte in eine Schrippe beißen", sagte Jens.

Grassi hatte auch nichts gefrühstückt. Er nickte bloß und schob Jens an der Schulter über den Damm. Die Tür der Bäckerei stand offen.

„Zwei Kaffee und die Schinkenschrippen da rechts." Grassi deutete in die Auslage.

„Für mich Käse, bitte", sagte Jens.

„Mit oder ohne Milch und Zucker?", fragte die Bedienung.

Grassi hatte nie verstanden, was die Weiber an so viel schwarzem Kajal gut fanden. „Beides."

„Für mich schwarz."

„Du musst wohl immer eine Extrawurst haben."

Jens zog die Stirn kraus. „Ich? Nee. Aber die Susi. Kriegt die auch was?"

„Mensch, woher soll ick das wissen? Du hast doch die Töle range-schafft." Grassi griff sich den Schinken und den Pappbecher. Vor die Wand neben der Theke waren zwei Stehtische gestellt. Jens schob mit den Füßen Susi so unter den vorderen, dass die sich auf ihren wolligen Arsch setzte. Grassi nahm einen Schluck Kaffee, draußen fuhren ein Bus und die Stadtreinigung vorbei.

„Da ist eine Katze entlaufen."

„Hä?", machte Grassi.

Jens deutete auf ein großes Bild eines Siamkaters, das an der Wand an einem Brett mit Zetteln aus der Nachbarschaft hing. Grassi sah Anzeigen für Englischunterricht, Piano spielen. Chi-Gong-Kurse, Yoga. „Die Leute hier haben Geld für jeden Scheiß."

Susi fiepte und zappelte an der Leine, aber Jens hielt sie kurz.

Jens stieß Grassi so abrupt an, dass der mit dem Kaffee kleckerte, den er gerade zum Mund führte. „Pass doch uff." Vor dem Bäcker fuhr ein Wagen vor, ein gelber VW-Golf, in knallgelb, die Sonderla-ckierung.

„Tu ich doch. Kuck mal, die Olle hat die Farbe gewechselt."

Grassi blickte durch die Scheibe der Bäckerei. Die Fahrertür am Golf öffnete sich. Grassi drückte Jens den Arm hart herunter. „Mensch Junge, entspann Dir. Kiek uff den Tisch. Können wir ja gleich ein Schild um unsere Köppe hängen."

Jens rührte in dem Kaffee, während er gleichzeitig aus dem Fenster linste.

Jetzt sahen sie die Frau richtig. Die Vierzig hatte sie zwar, aber war verdammt gut in Form. Die Lederhose saß genau richtig auf dem Arsch, der Grassi richtig Freude machte, enger Pulli und tailliertes Jackett, rosa Krallen. Die heizte Eisenheim bestimmt ein. Unter den

79

schulterlangen hellgefärbten Wellen blitzten zwei hellblaue Augen. Wenn die geschminkt war, dann so gut, dass man es nicht sah. Irgendetwas in den feinen Gesichtszügen verriet Lebenserfahrung. Vielleicht war es die halbe Sekunde mit der sie ihn und Jens mit dem Blick streifte. Er schätzte ihre Größe auf ungefähr 165, besser ging nicht.

Die Blonde wandte sich der Verkäuferin hinter dem Tresen zu. Susi fiepte, stand auf und wedelte mit dem Schwanz. Sie freute sich ständig über jeden neuen Menschen.

„Haben Sie die Bestellung fertig?", fragte die Blonde.

„Moment." Die Verkäuferin ging vom Tresen weg in einen Nebenraum.

Eine Polin, klar, das Blond war echt. Ihr leichter Akzent verlieh ihrer etwas heiseren Stimme einen besonderen Reiz, das raue „chaben Siii" durchfuhr ihn bis in die Hose. Er flüsterte Jens zu. „Lass mal die Töle los."

„Was?", fragte Jens halblaut.

Schrei doch gleich, du Arsch. „Die Susi loslassen, mach schon."

Die Verkäuferin kam aus dem hinteren Raum zurück und stellte ein großes Paket auf die Glasplatte des Tresens.

„Möchten Sie gleich bezahlen oder kommt es auf die Monatsrechnung?"

Grassi wand Jens energisch die Leine aus der Hand und ließ sie auf die Erde gleiten.

„Heute nicht. Ich zahle das gleich."

<u>Cheute</u> nicht. Wie wahr. Grassi sah Susi zu, die schwanzwedelnd nach vorne schnuffelte, gerade als die Blonde ihr Portemonnaie öffnete

„Haben Sie den Kassenzettel …"

Susi sprang an ihr hoch. Die Blonde ließ ihre Geldbörse los. „Co to … nie … "

Auf dem Boden sprangen ein paar Münzen auf den gefliesten Boden.

„Mein Gott, meine Süße, Du hast mich aber erschreckt." Die Polin bückte sich zu Susi hinunter, tätschelte sie, während die Hündin versuchte, ihr die Hand zu lecken.

„Tut mir leid, wir haben nicht aufgepasst." Grassi mimte Bestürzung, klaubte die Münzen auf. „So etwas macht die Susi sonst nie." Er schaute in die blauen Augen der Blonden. In ihren Augenwinkeln bildeten sich Lachfältchen. Grassi hielt nicht stand. Er lachte mit.

Sie nahm ihm das Portemonnaie aus der Hand. „Da sind Sie sich wirklich sicher?"

Ihre Stimme fuhr durch seine Nervenstränge. „Die Hose ist ja nun erstmal hin."

Die Ch-Hose, sie klopfte sich die Pfotenspuren von den Knien.

Grassi kam zu sich. „Die Reinigung bezahlen wir natürlich. Darf ich Sie auf einen Kaffee einladen, ich gebe ihnen dann meine Adresse."

Wenigsten schaltete der Junge. Jens nahm sich wieder Susis an und zerrte sie zum Tisch zurück.

Ihr Duft streifte ihn, als sie sich wieder der Verkäuferin zuwandte, die ihr die Quittung der Bestellung hinhielt. „Tut mir Leid, ich muss arbeiten."

Jens wollte die eingepackten Sachen vom Tresen nehmen, aber sie war schneller. „Ich schaffe das schon alleine, danke."

Grassi hielt ihr die Tür auf. „Wegen der Reinigung, der Hose, wie kann ick Sie da erreichen?"

„Vergessen Sie es einfach. Tiere sind so. So ist das Leben."

„Ja, aber ....."

Grassi folgte ihr zum Golf. Er nahm ihr das Paket einfach ab. Sie schloss den Wagen auf, stieg ein. Er reichte es ihr hinein.

„Vielen Dank." Sie zog die Tür zu. Der Motor startete. Mit einem leisen Surren fuhr die Scheibe in der Fahrertür nach unten. „Vielleicht sind Sie ja gelegentlich wieder hier." Sie lächelte kurz, oder war es doch eine Sekunde länger, Grassi hätte beinahe gewinkt, als sie den Wagen zurücksetzte. Doch dann winkte sie kurz und zwinkerte ihm vom Lenkrad aus zu. Weg war sie.

Susi sprang an Grassi hoch, als wenn sie ihn gerade erst kennen lernen würde. Jens hielt ihm eine angebissene Schinkenstange hin und wischte sich die Essensreste vom Mund. „Die hat dich wohl umgehauen, was?"

Die hatte ihn umge-ch-auen. Aber Jens begriff das noch nicht, dass eine Frau erst wirklich gut war, wenn sie was vom Leben verstand. „Quatsch. Das war unser Schlüssel für die Villa. Das war nicht dem Eisenheim seine Olle, sondern die polnische Putzfee."

*

Kriminaloberkommissar Kroll raufte sich die Haare. Er stand mitten im Anwaltsbüro auf dem grauen Veloursboden, presste die Lippen aufeinander und starrte zur Decke. So hatte Hauptkommissar Reeker seinen Kollegen noch nie gesehen. „Was ist ..."

„Mitten aus der Arbeit rausgeholt, einfach die Unterlagen aus den Händen gerissen, ja, einfach so ..., Chef. Ich könnte die ..." Kroll fuhr sich durchs Haar. „Muss ich mir das geben lassen, nach zwanzig Dienstjahren, von so einer Fo..." Sein Blick erfasste die Sekretärin, er verschluckte die Silben. Er hieb mit der flachen Hand gegen die Tür.

Reekers Hirn ergänzte automatisch das Schimpfwort. Die Sekretärin Gerlinde Erhardt warf ihm aus ihren unglaublich schwarzen Augen einen Blick zu, den Alice Schwarzer nicht hätte besser vormachen können. Ihre schönen Lippen kräuselten sich. Kriminalhauptkommissar Reeker ärgerte sich über Kroll. Sie stand betont langsam auf und trat zum Fenster.

„Kriminalhauptkommissar Reeker?", fragte eine junge, frauliche Stimme.

Die hatte er noch nie gehört. Kroll schnaubte und ging einfach nach draußen. Reeker drehte sich um. Ein lange, schmale Hand mit manikürten Fingernägeln streckte sich ihm entgegen. „Mein Name ist Verena Siebert. BKA. Die Bundesanwaltschaft hat den Fall an sich gezogen. Ich übernehme den Fall."

„Wie bitte?" Reeker betrachtete das glatte, ebenmäßige Gesicht, die Kollegin hätte seine Tochter sein können. Nur ein paar Falten um die dezent geschminkten Augen verrieten ihr Alter über der Dreißig. So sahen die Versicherungsvertreterinnen aus, die ihm am Wochenende auf den Geist gingen. Knapper, aber nicht zu knapper Hosenanzug in dezentem Dunkelblau, dazu eine rosa Bluse. Dezent, dezent, aber eine Härte in der Stimme wie ein Diamant. „Was, bitte, tun Sie?"

Ihr Händedruck war überraschend warm, aber fest. Reeker ließ sie abrupt los.

„Ich übernehme Ihren Fall." Sie lächelte kaum. „Die Akten habe ich schon angefordert. Sie brauchen sich um nichts zu kümmern."

„Und wieso erfahre ich davon nichts von meinen Vorgesetzten? Wieso hat Kroll nichts davon gewusst?" Der hätte sich doch sonst nicht auf den Weg nach Mitte gemacht."

„Haben Sie mein Fax nicht bekommen?" Die Siebert setzte sich auf die Schreibtischkante.

Keine Ahnung, das Sekretariat schlampte manchmal, aber bestimmt nicht bei einem Fax vom BKA. „Nein."

„Das tut mir Leid. Also ..." Sie lächelte wieder matt. „Sie können diesen Tag neu gestalten, wie es aussieht."

„Was ich mit meiner Zeit mache, überlassen Sie besser mir."

„Natürlich. Nur hier in dem Büro Zenkert muss ich Sie jetzt bitten zu gehen. Ich und meine Kollegen ..."

Reeker flog gerade von einem Tatort. Das war neu. Kein Wunder, dass Kroll ... „Moment. Sie interessiert nicht einmal der Stand meiner Ermittlungen?"

„Natürlich." Sie stand auf, zog aus der Seitentasche ihres Jacketts eine Karte. „Schreiben Sie Ihren Bericht und mailen Sie ihn mir via Intranet."

So nicht, Mädchen. Reeker griff betont langsam in seine Jackentasche und holte aus der Brieftasche seine Visitenkarte. „Fordern Sie ihn doch einfach an, wenn Sie ihn brauchen. Kollegin."

Sie schüttelte die Locken und reckte das Kinn. „Gern, Hauptkommissar ...", sie lugte auf die Karte.

Reeker nickte Gerlinde Erhardt zu, die sich ans Fenster gelehnt hatte und ihn erwartungsvoll ansah. Er konnte nicht umhin, die Faust zu ballen. „BKA, ts."

Von der Siebert sah er nur noch die schlanke Taille im Gegenlicht zu den Anwaltsräumen verschwinden. Das Arschwackeln hatte etwas, konnte die sich aber sparen.

Vor der Tür saß Kriminaloberkommissar Kroll auf einem Stuhl, die Hände hinter dem Kopf verschränkt. „Wollen wir gleich kündigen, Chef? Oder sollen wir froh sein, dass wir den toten Anwalt nicht an der Backe haben? Wenn das BKA reingeht, hängen die ganz Großen dran."

Kroll, typisch Kroll. Lieber kleine Brötchen backen und Dienstschluss pünktlich haben als ran an den Speck. „Ich brauch jetzt erstmal frische Luft."

Reeker ließ Kroll sitzen und lief die Treppe nach unten.

Sie hatten sich den ganzen Weg zum Präsidium über dieses Weib ausgekotzt. Reeker setzte Kroll ab. „Ich schreibe dann den Übergabevermerk."

„Gut, ich hole mir eine Curry", sagte Kroll.

„Haben Sie dem BKA den Hinweis auf die Verbindung zu Eisenheim gegeben?"

„Ich bin doch nicht blöd. Die Erhardt hat so nebenbei erzählt, dass Zenkert den Eisenheim wohl kannte und ihn auch getroffen hat.

Dann hab ich Sie sofort angerufen. Die Kuh vom BKA kam erst später."

„Gut so, behalten Sie es für sich."

Als sie ruhiger geworden waren, hatte Kroll etwas Wichtiges gefragt. Woher wusste das BKA überhaupt von dem Fall – lasen die in Wiesbaden die Berliner Presse? Über die internen Server hatten weder der Kriminaloberkommissar noch er eine Anfrage zur Politrelevanz geschickt.

Reeker parkte an der Straßenseite ein. Kroll stieg aus und ging direkt zur Currywurstbude an der Ecke. Da vibrierte das Handy in seiner Brusttasche. Er stellte den Motor ab.

Seine Finger verhedderten sich am Revers, dann drückte er endlich auf die grüne Taste. „Ja?"

„Gerlinde Erhardt hier, Herr Kriminalhauptkommissar?"

Reeker spürte seinen Unterleib. „Guten Tag, äh, schön, dass Sie anrufen." Verdammt flacher Spruch, aber sein Gehirn blockierte bei dieser Stimme.

„Ich ... ich weiß nicht recht. Können wir uns treffen?"

Reeker sah im Rückspiegel sein dummes Gesicht. „Gern. Sicher. Ich meine, worum geht es denn?"

„Ich könnte Sie gar nicht anrufen, wenn Ihre Kollegin nicht Ihre Visitenkarte hätte liegen lassen ..."

„Ach ..." Diese arroganten Arschlöcher vom BKA.

„Vielleicht können Sie mir ja das alles erklären. Ich ... nun, ich verstehe ja nichts von Polizeiarbeit, aber ... dürfen denn Polizisten Akten schreddern?"

„Schreddern?" Reeker hörte sich fiepen wie ein Junge im Stimmbruch. Er räusperte sich. „Wann haben Sie Zeit?"

„Um fünf werde ich hier gehen. Kennen Sie das Café Tucher? Direkt am Brandenburger Tor."

„Ich werde es finden."

Sie dankte noch, dann brach die Verbindung ab. Hätte er doch nur die Karte dieser Tusse vom BKA eingesteckt. Im Computer würde es eine Verena Siebert geben. Reeker steckte das Handy weg und stieg aus.

*

Eisenheim stieg die Stufen zum Rathaus empor. An der Loge hielt er an. Pförtner Schwiederick saß wie immer vor seiner Zeitung.

„Herr Eisenheim. Was kann ich für Sie tun? Sonst kommen Sie doch erst ab 14 Uhr zur Sprechstunde."

Wenn die wollten, wussten die von der Pforte schon, wer mit wem ins Haus kam und ging. Wie alle kleinen Leute, war der nett zu ihm. Kaum war er zum Vorsitzenden des Bezirksbauausschusses aufgestiegen, bückten sich gerade die kleinen Scheißer.

„Wir haben mal wieder Streit mit den Grünen. Sie wissen schon, Datenschutz und so. Dass jetzt sogar schon in Friedenau Leute vorm Rathaus erschlagen werden, interessiert die nicht."

„Hören Sie auf mit denen." Der Pförtner winkte ab. „Die ganzen Vorschriften kann doch keiner mehr einhalten."

„Eben. Wenn es nach meiner Fraktion geht …" Eisenheim nickte und reckte das Kinn zu der Videoanlage. Alles war so unsinnig. Der Seiteneingang, zu dem er den Schlüssel hatte, wurde gar nicht überwacht. Wäre der doch nur mit Zenkerts Koffer dort hinein, auf die zwei Minuten Umweg wäre es nicht angekommen.

„Die Überwachungskameras gehörten gleich mit der Polizei verschaltet, dann wäre das mit dem Mann nicht vorm Rathaus passiert", sagte der Pförtner.

„Wenn ich eine Mehrheit dafür kriegen könnte …" Eisenheim nickte und heuchelte Verständnis. „Die Kamera dort oben über dem Treppenaufgang, ist die auch beweglich? Jedenfalls behauptet das die Kühnfeld-Voringer. Ich möchte der Dame mal ein paar Worte schreiben. Sie sind doch hier für die Anlage zuständig."

„Nee, zuständig sind wir hier nicht, aber die Arbeit dürfen wir machen."

„Den Sicherheitsbeauftragten habe ich schon gefragt." Eisenheim rollte die Augen. „Aber dass der mir nichts sagt, können Sie sich ja denken."

Der Pförtner winkte ihn in die Loge. „Hier. Das ist das gute Stück." Er zeigte auf einen Geräteturm, der wie eine Stereoanlage aussah. „Technisch wird die Kamera über Bewegungsmelder gesteuert."

„Aha, und wird nur aufgenommen, wenn sich im Eingang was bewegt?", fragte Eisenheim. Dass es wie bei seiner Villa funktionierte, brauchte der Kerl da nicht zu wissen.

Schwiederick setzte sein lahmes Bein um. „Genau. Das Band reagiert aber nur abends 17.00 Uhr bis zum nächsten Tag um 09.00 Uhr."

„Gibt es Probleme, ist die Aufnahme verlässlich?" Eisenheim tat interessiert und inspizierte die Anlage genauer.

„Seit Jahren keine Reparatur. Das war mal ein Pilotversuch zur Hausbesetzerzeit, seit dem läuft es."

Eisenheim kratzte sich am Kopf. „Na ja, wenn es etwas nutzt. Aber wo bleiben denn die ganzen Bänder? Das müssen doch jetzt Unmengen sein. Nicht dass mir die Kühnfeld-Voringer mit den Lagerkosten kommt."

Schwiederick lachte heiser und räusperte sich. Die Kippen im Aschenbecher sprachen für sich. „Nein, Herr Doktor Eisenheim, nichts wird gelagert. Die Bänder werden nur sieben Tage aufbewahrt und dann wieder überspielt. Da im Schrank liegen sieben Kassetten für sieben Tage." Der Pförtner dreht sich herum, ging zwei Schritte und winkte Eisenheim hinein. „Hier", Schwiederick öffnete. „Da stehen immer genau 25 Kassetten. Sieben davon werden ein halbes Jahr im Umlaufverfahren benutzt. Der Rest ist Reserve. Der Sicherheitsbeauftragte hat sie gekauft, als mal Geld dafür da war. Aber die Kassetten halten ewig."

„Da freut sich doch der Steuerzahler."

„Die Kühnfeld-Voringer kann Ihnen nichts. Und es ist auch nicht so, dass die Polizei nicht danach fragt."

Eisenheims Magen zuckte. „Aha. Wie oft kommt das vor?"

„Na, ab und zu. Wenn irgendwo Randale bei den Türken auf dem Parkplatz war oder ein Auto aufgebrochen wird. Aber dann muss ich die Unterschrift vom Sicherheitsbeauftragten haben, sonst darf ich die nicht rausgeben."

„Danke, vielen Dank. Interessant, wirklich interessant." Eisenheim grüßte und ging langsam über den Flur. Er musste die Kassette überspielen. Niemand braucht ihn mit Zenkerts Koffer in der Hand zu sehen. Vielleicht war sein Kofferdieb auf dem Band. Nur leider war die Loge immer besetzt.

*

Am ersten Morgen ohne den Fall Zenkert erledigte Kriminalhauptkommissar Reeker einfach die Aktenablage. Sein Schreibtischapparat klingelte. Er schob noch ein paar Unterlagen auf seinem Schreibtisch hin und her, nahm den Hörer ab.

„Hauptkommissar Reeker, Mordko ...."

„Spar dir den Atem. Ich bin´s, Kleinschmidt."

„Was hast du für mich?" Auf den Spurensicherer war Verlass.

„Also, ich weiß nicht. Alles ein bisken komisch. Das Schloss im Kiosk am Breslauer Platz ist mit einem Dietrich geöffnet worden. Zugleich aber auch mit einem Hebelwerkzeug, wahrscheinlich einem Schraubendreher, bearbeitet worden."

„Was ist denn daran komisch?"

„An der Arbeit nichts. Aber an den Zuständigkeiten. Zuerst kümmerst du dich um den Einbruch, okay, wegen der parallelen Mordgeschichte. Dann ruft das BKA an, eine Frau Siebert, und fragt mich, ob es Spuren im Zusammenhang mit dem Mord gibt. Danach meldet sich Kriminaldirektor Schüssler, um deutlich zu machen, dass alle Erkenntnisse an das BKA zu gehen haben, insbesondere an Verena Siebert. Und vorhin meldet sich auch noch Kroll und fragt nach den Ergebnissen."

„Kleinschmidt, das ist eine verworrene Sache, wem hast du was gesagt?"

„Mann, Reeker, wir kennen doch unsere Pappenheimer. Erst mal habe ich nichts gesagt. Ich will erstmal von dir wissen, was da eigentlich los ist."

„Die haben mich von dem Fall abgezogen. Stell dir vor und das auch noch ohne eine Erklärung, zack, von einem Moment zum anderen. Das stinkt gewaltig."

„Tippe auf dicke Bonzen im Spiel. Was wollen wir machen?"

„Schick die Unterlagen ganz normal an das BKA. Einfach nur die Einbruchsmerkmale. Vielleicht denkst du dann ja mal laut?"

„Gehst du ab und zu in die Kantine, Reeker?", lachte Kleinschmidt.

„Du bist eingeladen."

Reeker stand auf, bekam kaum die Arme hoch. Für einen Augenblick schien es ihm, als wären alle Glieder eingeschlafen, auch wenn er gar keine Nadelstiche fühlte. Er konnte mit diesem Vorgang nicht abschließen.

Trieb ihn wirklich nur der Frust, abgezogen worden zu sein? Er spürte seinen Instinkt, den viele Jahre Polizeiarbeit geschärft hatten, der ihm in der Nase kribbelte. In dem Fall Zenkert war es das gleiche Gefühl, das ihn beim Skilaufen erfasste, wenn er auf eine gesperrte Piste traf und den gefährlichsten Hang erst recht hinunterfahren wollte. „Zenkert ... ein Anwalt", murmelte Reeker vor sich hin.

„Mahlzeit Chef." Kriminaloberkommissar Kroll stand breitbeinig in der Tür.

„Und?"

„Sie hatten Recht, es war kein Raubmord."

„Sicher?"

„Ja. Am Breslauer Platz vor dem Rathaus hängt immer eine Truppe Penner rum. Die haben den Toten gefunden und ihm die Uhr abgenommen, das Portemonnaie geplündert und auch den Ring des Toten abgezogen."

„Leichenfledderer. Deshalb also der zerwühlte Anzug des Toten."

Kroll schloss die Tür hinter sich. „Genau, Chef. Aber die Penner haben niemanden vorher gesehen. Die hatten sich vor dem Regen in die Ecken der Häuser verdrückt. Sie schwören auch, dass sie keinen Knüppel, Eisenstange oder so etwas gesehen, geschweige denn angefasst hätten. Nichts, was die Wunde am Kopf des Toten bewirkt hat."

Reeker rieb die Hände aneinander. Ein Indiz mehr, dass er es hier nicht mit einem einfachen Überfall zu tun hatte. „Und der Einbruch im Kiosk? Ist da einer von den Pennern aktiv geworden, hat noch einer nach Schnaps gesucht?"

„Das waren die nicht." Kroll hakte die Finger in die Hosentaschen. „Als ich das Grüppchen danach befragte, war es fast zum Lachen."

„Wieso?" Reeker konnte sich kaum vorstellen, was witzig sein konnte, wenn man eine Horde stinkender Penner befragen musste.

„Einer meinte: Scheiße, das hätte man wissen müssen, dass der Kiosk offen war."

„Die haben Sorgen."

Kroll setzte sich und öffnete eine Akte, die er unter dem Arm getragen hatte. „Der Kerl, der die Uhr umhatte, rückt erst mal ein. Da war noch ein Haftbefehl wegen einer Geldstrafe offen. Wiederholter Ladendiebstahl."

„Ist das der große Schwarzhaarige mit der ‚Pussy'?"

Kroll glotzte. Kriminalhauptkommissar Reeker kannte sein Revier eben. Dann machte es Klick. „Ja, der mit der ‚Pussy'."

„Sieh zu, dass der Hund in ein Tierheim kommt, sonst kriegen wir noch die Tierschützer von Friedenau auf den Hals."

„Um eine Pussy kümmere ich mich doch gern." Kroll stand auf und lachte dreckig.

Reeker hob nur pflichtschuldig die Mundwinkel. Die Penner fanden die Leiche ... das passte zusammen und auch wieder nicht.

*

Eisenheim fluchte vor sich hin. Mit der Bank in Luxemburg hatte er bereits telefoniert. Es war kein Problem gewesen, dass Konto mit den 200.000 Euro aufzulösen. Aber mit dem Transfer von heute auf morgen stellten die sich vielleicht an ... Eisenheim legte das Bestätigungsfax in den Schredder. Von diesem Konto wusste auch Erika nichts. Für den Fall der Fälle wäre die Scheidung billiger, hatte er damals gedacht. Inzwischen hätte das Geld die Überraschung für Erika sein sollen, wenn sie sich beide ihren Traum vom Süden erfüllen wollten. Nun würde er das schöne Depot diesem Scheiß-Näseler dieser Scheiß-Palastauswahlkommission in den Rachen werfen müssen. Einfach so, weil ihn jemand ganz einfach beklaut hatte. Er würde sich das Geld wiederholen und sich dann aus diesem Berliner Zirkus verabschieden.

Heute war Donnerstag. Die Videokassette würde erst nächste Woche wieder überspielt werden. Er hatte nur noch heute die Chance, denn am Wochenende brauchte er es gar nicht zu versuchen, da langweilten sich die Pförtner zu sehr. Heute und zwar nach 17.00 Uhr. Sonst war am Ende die Polizei schneller.

Eisenheim drückte den Startknopf. Das Geräusch des Schredders machte ihn ruhig. Er würde es schaffen, er hatte es immer geschafft. Seine Uhr piepte den eingestellten Alarm. 16.40 Uhr war ideal.

*

Reeker schnaufte einmal richtig durch, schluckte seine Salmiakpastille herunter und strich sein Jackett glatt. 17.10 Uhr. Warum schaffte er es bloß nie pünktlich zu einer Verabredung mit einer

Frau? Er freute sich doch darauf, endlich einmal wieder. Aber bestimmt kam sie noch viel später. Hatte er es jemals erlebt, dass eine vor ihm angekommen war? Er betrat das *Tucher*, sah sich nach einem freien Platz um.

Sein Blick erfasste den Tresen, ein paar Thonet-Stühle standen am Rande, eine Treppe führte nach oben. Sehr schön hell war es und das Mobiliar klassisch einfach. Reeker mochte die angenehme Atmosphäre von intellektueller Lässigkeit mit einem Hauch gehobenen Standards. Wiener Plüsch war nichts für ihn.

Das passt zu ihr, es war ihr Vorschlag. Er musterte die Sitzplätze.

Er hatte sich wieder in ihr getäuscht, sie war keine von diesen Frauen, die stets zu spät kamen. Sie nicht. In der Ecke neben dem großen Fenster saß sie und musterte ihn amüsiert, in der Hand schwebte ein Kaffeelöffel über der Tasse. Reeker kniff die Lippen zusammen und unterdrückte sein Lächeln. Das war kein schlechter Einstand.

Als er an ihrem Tisch angekommen war, fühlte er wieder diesen Reiz in ihrer Nähe. Am liebsten hätte er sie gleich geküsst wie ein dummer Junge.

„Sie sind ja nicht zu übersehen." Sie schaute ihn von unten her über den Rand der Kaffeetasse an.

Gleich legt sie dir die Arme um den Hals … du Wunschträumer durchzuckte es Kriminalhauptkommissar Reeker. „Entschuldigen Sie vielmals, aber ich habe es nicht gleich gefunden." Reeker schüttelte ihre Hand und setze sich.

Was flackerte da in ihren dunklen Augen? Sie waren sorgsam geschminkt und klar. Sie legte ihre Hand auf seinen Unterarm. „Die Polizei hat bestimmt genug zu tun in dieser Stadt. Ich bin ja auch gerade eben erst gekommen. Wegen der ganzen Baustellen weiß ich bald nicht mehr, wo ich überhaupt noch parken kann."

Reeker spürte die Wärme ihrer Hand durch den Stoff. Er fühlte, wie er ein wenig rot wurde, er griff zur Speisekarte und hielt sie höher als nötig. „Haben Sie sich schon etwas ausgesucht?"

Gerlinde Erhardt antwortete nicht, Reeker senkte die Speisekarte. Sie hatte ihr Kinn auf ihre zusammengefalteten Hände gestützt und beobachtete ihn.

„Ich meine ... wir wollen doch etwas essen?"

Ihr Lächeln war eine Mischung aus Spott, Liebenswürdigkeit und Überlegenheit. Sie sah aus wie eine Boutiquenbesitzerin im Fernsehen, die einen Lieferanten abfertigt.

Aber die Sekretärin sagte: „Wenn Sie möchten, gerne. Aber mir genügt ein Kaffee."

Die Kellnerin kam. Reeker bestellte sich ein großes Bier. Enttäuscht verließ die Bedienung den Tisch. Reeker fing sich. Er schaute ihr direkt in die Augen. „Geschreddert!"

Etwas blitzte spöttisch in dem Schwarz der Pupillen.

Wie konnte er bei diesen Augen nur so etwas Banales sagen.

„Richtig. Geschreddert, da haben Sie Recht. Das Geräusch des Papierwolfs kenne ich zu gut. Was glauben Sie, wie viele Akten ich schon in meinem Leben in solche Maschinen hineingeworfen habe. Ich habe das Geräusch aus dem Büro von Herrn Zenkert gehört."

Die Erhardt hatte sich zurückgelehnt.

Ihre Halsschlagader pochte deutlich und zeichnete sich an dem schlanken, weichen Hals ab. Reinbeißen wollte Reeker, einfach nur reinbeißen. Aber hormongesteuert wie ein Sechzehnjähriger kam er nicht weiter, weder im Fall noch bei ihr. „Haben Sie nachher noch etwas gefunden?"

Gerlinde Erhardt wartete einen Augenblick mit der Antwort und nahm die Kaffeetasse. Während sie Reekers Brust ansah, trank sie einen Schluck. „Seltsamerweise war der Büroschredder noch so sauber wie ich ihn nach dem letzten Gebrauch in den Schrank gestellt hatte. Ich klopfe immer die Schnipsel aus den Ritzen des Behälters über dem Papierkorb aus."

Der Kriminalhauptkommissar schloss die Augen. Das BKA hatte also einen Schredder angeschleppt – oder sich der gleichen Mühe wie die Sekretärin unterzogen. Er spürte plötzlich eine warme Berührung an seiner Hand.

Gerlinde Erhardt ließ nun ihre Hand auf dem Tisch so liegen, dass sie seine berührte. „Alles in Ordnung?"

Ihre Stimme klang besorgt. „Entschuldigung. Das ist einfach sehr seltsam, wenn das BKA selber geschreddert haben sollte."

„Vielleicht hatten sie einen mobilen Reißer mit."

„Mobilen Reißer?" Reeker verstand nicht sofort.

Die Sekretärin lachte und zog leider die Hand weg. Sie warf eine Haarsträhne vom Auge zurück. „Natürlich. Es gibt recht kleine für die Aktentasche."

Also konnten sie doch einen Schredder …

„Herr Reeker, störe ich Sie in ihren Überlegungen?"

Reeker zuckte hoch. Er hatte schon Ihre Hand ergriffen. „Verzeihung. Aber manchmal ist dieser Beruf auch eine Plage." Sie ließ ihre Hand in seiner. Reeker schwang sich zu einer gewagten Attacke auf. „Wollen wir vielleicht ein Stück Unter den Linden spazieren gehen?"

„Wenn es Sie auf andere Gedanken bringt, gern. Das ist eine schöne Idee."

Reeker legte ein paar Münzen für sein Bier und ihren Kaffee einfach auf den Tisch und stand auf.

*

Eisenheim streckte den Kopf durch die Tür der Pförtnerloge. Im Augenwinkel registrierte er, wie die Anzeige auf der Amtsuhr des Rathauses auf 17.07 Uhr sprang.

„Herr Schwiederick, haben Sie …?"

Ein Korb knallte zu Boden, Büromaterial schlitterte über das Linoleum, eine Spitzerdose kullerte herum. Der kleine dicke Mann zuckte erschrocken vom Regal zurück. „Gott, bin ich erschrocken."

„Entschuldigen Sie, ich dachte, Herr Schwiederick sei noch hier. Wo ist er denn?"

„Wie haben doch um 17.00 Uhr Schichtwechsel. Der Kollege ist schon weg. Kann ich Ihnen denn weiterhelfen."

Eisenheim hatte Schwiederick über den Parkplatz zum Bus laufen sehen. Er tat so, als ob er zögerte und wandte sich halb aus der Tür in den Flur, bevor er sich umdrehte. „Vielleicht könnten Sie auch nachsehen. Herr Schwiederick wollte mir noch zwei Glühlampen herauslegen."

Der Pförtner humpelte mit seinem Stock zu seinem Schreibtisch. Eisenheim sah zu wie er in die Schubladen schaute und mit den Augen die Postfächer an der Wand abtastete. „Tut mir Leid."

„Das ist aber ärgerlich. Mein Vorzimmer ist dunkel und morgen die Sitzung des Bezirksausschusses über die Kinderspielflächen ..."

„Ich hole Ihnen nachher beim Rundgang die Glühbirnen aus der Vorratskammer und bringe sie Ihnen nach oben."

Na, prima. Eisenheim nickte bloß. „Ich will Sie nicht unnötig mit Treppensteigen belasten. Vielleicht könnten Sie sie gleich holen. Ich warte hier an der Loge", Eisenheim zückte sein Handy, „ich habe genug zu telefonieren, das kann ich auch von hier."

Der Pförtner drehte das Schild in der Trennscheibe zum Treppenhaus auf *Komme gleich wieder*. „Wäre ja gelacht, wenn ich für Sie nicht mal eine Ausnahme mache."

Eisenheim war egal, was der Dicke damit meinte. Der überlegte nicht lange, sondern humpelte los. „Danke, das ist sehr nett von Ihnen."

Das Geräusch des Gummipfropfens am Stockende verlor sich. Eisenheim wartete, den Blick durch die Trennscheibe in die Eingangshalle gerichtet. Der Schrank mit der Videoanlage stand rechts. Ein

Blick genügte ihm, die Videobänder lagen noch so, wie Schwiederick sie ihm gezeigt hatte. Also war die Polizei noch nicht hier gewesen.

Die Kassette mit der Aufzeichnung von der Montagnacht stand ziemlich am Ende der Reihe. Ordentlich mit Bleischrift beschriftet. Ein Griff. Das war's. Die Kassette glitt in seine Anzugtasche. Dann tippte er in die Tür gelehnt wieder auf seinem Handy herum. Die Mailbox war leer. Also war Erika wirklich sauer.

Der Gummipropfen quietschte wieder auf dem Fußboden, Eisenheim klappte das Handy ein.

Der Dicke hielt ihm dienstbeflissen die Glühbirnen hin. „Bitte schön. Hier haben Sie drei, falls mal wieder eine werkseitig kaputt ist."

„Besten Dank, Meister." Eisenheim nahm die Glühbirnen in seine Hand. „Jetzt steh ich nicht mehr dumm im Dunkeln."

„Soll ich Ihnen den Schlüssel für die Abstellkammer geben? Die Putzkolonne hat auf jedem Stockwerk eine Leiter zu stehen." Der Dicke hielt ihm einen Schlüssel mit rotem Schildchen hin.

„Ich nehme die Trittleiter meiner Sekretärin, danke, es wird schon gehen."

Der Dicke tippte mit den Fingern wie zum Gruß an die Stirn.

Eisenheim würde jetzt die Aufnahme aus der Nacht löschen, in der er hier mit Zenkerts Koffer an der Kamera im Eingangsbereich vorbeigelaufen war. Und dann das ganze Spielchen hier noch mal sozusagen rückwärts ablaufen lassen.

*

Reeker begleitete Gerlinde Erhardt zur Eingangstür ihres Wohnhauses in Mitte. Er kam sich vor wie ein Konfirmand, der nicht recht wusste, wohin mit seinen Händen. Gerlinde Erhardt hatte ihre Wohnungsschlüssel in der Hand. Das Klingelbrett des Hochhauses leuchtete hinter ihr. Reeker wünschte sich, dass sie als nächstes fragte *Wollen Sie noch einen Kaffee?* Doch Gerlinde nickte nur einer

Frau zu, die in ein Auto auf einem der Parkplätze stieg. „Entschuldigen Sie, meine Nachbarin, die mir immer die Blumen gießt, wenn ich im Urlaub bin."

Reeker riss sich zusammen. „Sie haben über all das auch mit meiner Kollegin Siebert gesprochen?"

„Ich wollte erst Ihre Meinung dazu hören."

Kriminalhauptkommissar Reeker versuchte erst gar nicht zu lächeln. Gerlinde war zu klug. „Sie werden das schon richtig einschätzen."

„Ihre Kollegin schien mir … ich weiß nicht, wie ich sagen soll. Unkonzentriert." Sie wandte sich zur Tür. „Sie werden bewerten können, was Herrn Zenkerts Beraterverträge bedeuten mögen. Vielleicht ist das ja alles für die Ermittlungen gar nicht wichtig."

Sie wusste wie er, dass diese Verträge mit der ConInvest garantiert irgendeine Bedeutung hatten. Sie waren fast zehnmal höher dotiert als alle, die Zenkert jemals vorher abgeschlossen hatte. Und gerade mal vor drei Wochen unterschrieben worden.

„Sie sind ja ganz weggetreten." Gerlinde Erhards Hand zupfte Reeker am Sakkoärmel. Für Sekunden spürte er nichts als diese Finger. Er sah hinunter auf ihre fein gezogenen Lippen, wieder entdeckte er etwas Neues an ihr. Diese beiden kleinen Fältchen, rechts und links neben dem Mund. Unscheinbar, aber wenn man sie entdeckt hatte, waren sie von unheimlichem Reiz.

Gerlinde drückte die Tür ein wenig auf. Reeker machte einen Schritt, half ihr. Über ihren Kopf greifend, schob sein rechter Arm den Türflügel weiter auf. Diese drehte sich um, wich nicht zurück und blieb stehen. Ihre Haare kitzelten seinen Handrücken. Er ließ mit seinem Arm nach. Die Tür drückte zurück und schob Gerlinde auf ihn zu. Ihr Parfüm, irgendwo zwischen Sommerwiese und Morgenfrische, stieg auf. Reeker fühlte, wie er schwitzte. Er hob die linke Hand und strich ihr mit zwei Fingern ganz kurz über die Hand, in der sie den Hausschlüssel noch immer hielt. „Ich melde mich die

Tage. Wir, wir sehen uns." Er machte einen halben Schritt zurück. Warum fielen ihm bei Frauen nur nie die richtigen Worte ein.

Ein Zucken umspielte Gerlindes Mund, das er nicht zu deuten vermochte. „Viel Erfolg, Herr Kriminalhauptkommissar." Sie drehte sich um, tippte den Lichtschalter an und bog um die Flurecke ab.

Das Parfüm war immer noch zu riechen. Sollte er einfach klingeln? Reekers Arm fuhr zurück. Sie würde höchstens denken, dass er ein besonderes Vertrauensverhältnis ausnutzte, um Zeuginnen flachzulegen.

Er hörte die Sirene eines Streifenwagens, die Realität war etwas ganz anderes. Reeker ließ die Tür des Hochhauses zufallen.

Verdammt, mit Gerlindes Informationen zeichnete sich ein vollkommen neues Bild von Zenkert und Eisenheim. Wieso hatte ein Berliner Politiker aus der zweiten Reihe wie Eisenheim genau wie der Ex-Kanzler einen lukrativen Beratervertrag in der Schweiz bei einem Unternehmen mit dem Sitz im Kanton Zug, für das dieser kleine Anwalt in Berlin tätig war. Nun hatte es den erwischt. Zenkert, Investmentfirmen, Eisenheim …

Eine seltsame Linie. Was hatte denn Eisenheim zu bieten? Er war Politiker. Richtig. Aber er war eher die kleine Nummer auf Bezirksebene. Aber die Siebert vom BKA war nicht umsonst in der Kanzlei Zenkert herumstolziert und hatte Gerlindes Akten auseinander genommen. Schweiz hieß Geld. Geld hieß Korruption. Soweit, so klar, so wenig. Heute kam er nicht weiter.

Nicht in dem Fall und nicht bei Gerlinde.

Als Kriminalhauptkommissar war er jetzt definitiv ein Fall für seine Stammkneipe.

*

Eisenheim löste im Rathausflur an der Pinnwand einige Plakate mit seinem Gesicht. Erika hatte sie sogar sexy gefunden. Vielleicht hatte er sogar deshalb mehr Stimmen von Frauen bekommen. Jedenfalls hatte das die Wahlanalyse gezeigt. Er zog auch noch die

Reißzwecken aus dem Übersichtsplakat der Fraktion in der Bezirksversammlung.

Dann schnappte er sich die beiden Aktenordner zu seinen Füßen. Die Pins und Reißzwecken warf er einfach zu Boden. Die Putzkolonne war schon durch.

Eisenheim lief die Haupttreppe hinunter. Wenn er Glück hatte, war der dicke Pförtner gerade auf Tour und schloss die Nebenausgänge ab. Hatte er aber nicht. In der Loge ließ der seinen Kopf über ein Heftchen hängen.

Eisenheim klopfte.

„Was ... Guten Abend, Herr Eisenheim. Sie schon wieder hier?"

Er äugte auf das Heftchen. „Sie sind Sudoku-Fan? Alle Achtung."

„Naja, mit Zahlen hatte ich es immer schon. Rechnen hält den Kopf fit. Ich will ja was von meiner Rente haben."

Für mehr Geplänkel hatte er keine Zeit. „Im Fraktionsflur hat ein Scherzkeks die Plakate abgelöst. Morgen früh ist Sitzung. Wie sieht das denn wieder aus ... Ich muss leider dringend weg. Könnten Sie vielleicht ..." Wenn der Dicke ihm jetzt mit Zuständigkeiten kam, würde er förmlich.

Der Dicke zog seine Schublade auf und seufzte: „Mehr fällt der Opposition wohl nicht ein als Kinderkram." Er wog ein Kästchen Reißzwecke in seiner Hand und griff zu seinem Stock. „Dann wollen wir mal."

Der Typ sollte hier nicht abschließen, Eisenheim sagte rasch. „Ich muss noch mal telefonieren. Haben Sie ein Telefonverzeichnis vom Abgeordnetenhaus da?"

Der Pförtner beugte sich zu einer Kladde links neben der grauen Telefonanlage und blätterte auf.

Eisenheim trat zu ihm hin. „Lassen Sie, ich komme schon zurecht."

„Na, dann werde ich mal die Plakate verarzten."

Eisenheim wartete, bis das Gequietsche des Gummipropfens am Stock des Pförtners im Flur verklungen war. Er zog die Kassette der

Überwachungsanlage aus dem Jackett, öffnete den Schrank und stellte die Kassette wieder an ihren Platz. Ihm war plötzlich wohler. Na bitte, es ging doch. Sein VHS-Camcorder, mit dem er das Band im Büro oben gelöscht hatte, steckte in seiner Aktentasche.

Er nahm den Hörer der Telefonanlage ab und tippte die Nummer der Zentrale des Abgeordnetenhauses ein. Er legte sofort auf, als abgenommen wurde. Sicher war sicher, jetzt war der Anruf registriert. Für jede Art Überprüfung belegte das im Zweifel seine Version. Falls es überhaupt dazu kam.

*

Jens kam mit einem Nudelauflauf aus Grassis Küche heran. Der Zigarillo schmeckte. So ein Tag auf der Terrasse im Liegestuhl war prima, und wenn man dann noch einen Laufburschen hatte, der einem das Bier ranschleppte.

„Grassi, warum machen wir mit dem Geld nicht einfach ein Café auf?"

„Kleener, ick sach dir mal eins, lass die klugen Sprüche. Von Finanzen verstehste nischt." Jens packte den Salat auf den Tisch.

„Wieso? Wenn das Café läuft, haben wir beide saubere Kohle genug. – Willste einen Teller Nudeln?"

Grassi hob das Kinn und wies auf den Teller. Jens packte brav drauf. So ein Service war doch was. Auch wenn der Junge mit den Fragen nervte wie eine Olle. „Wie willste die Penunse erklären, wenn dich das Finanzamt fragt, wie du an die Kohle für das Café jekommen bist?"

„Na, ein Kredit." Jens nuschelte und knabberte sich Mayonnaise von den Lippen. Dass wir die Raten von dem Geld unter den Brettern bezahlen, merkt doch keiner."

Zu wenig Salz, aber Jens wollte ja unbedingt vom Pizzaservice um die Ecke liefern lassen. „Schlau, schlau. Und? Bekommste einen Kredit?"

„Könnte man doch probieren. Es steht doch jede zweite Kneipe leer. Wenn die Bank nicht will, Kredite bekommt man auch von einer Brauerei."

Ach du Scheiße, der Junge hatte sich ja richtig was zurechtgelegt.

„Wat soll das Geplärre? Ick will kein Café."

„Aber ..."

Grassi sah Jens an, so'n Jungengesicht, keine Falten und noch ein Pickel an der Backe. Grassi stellte den Teller Nudelauflauf auf den Tisch. „Kleener, gib Ruhe. Nun höre mal zu. Kein Café, das is Quatsch. Ick will an die dicke Marie. Egal wie. Ick werde nicht schuppern im Café, sondern ick werde mir unter Palmen entspannen."

Jens zog die Stirn kraus und legte die Gabel weg. „Du hast doch wieder einen Plan."

Plan war übertrieben. Aber Jens würde er sowieso dazu brauchen. Grassi nahm einen tiefen Schluck aus der Pulle Bier und ließ einen Rülpser steigen. „Die Polackin ist unser Goldkind. Da werd ich morgen früh mal auf Parade gehen, da bei dem Bäcker."

„Und was soll ich dabei machen?"

„Du kannst ja mal hier saubermachen und einkaufen." Grassi drückte das Zigarillo aus und zog die Schüssel mit dem Nudelauflauf zu seinem Teller heran.

„Was soll ich?"

Jetzt war die pickelige Backe aber blass. „War'n Scherz. Lass mal. Putzen tun hier nur noch die Weiber. Mit dir habe ick anderes vor. Hol mal zwei frische Bier."

Locken machen aus einem Wolf kein Schaf …

Korbach lehnte sich in seinem Ledersessel zurück. Banker waren doch alle gleich, man musste sich ihre Position in der Hierarchie im Grunde gar nicht merken. Sie waren nach internationalen Standards normiert wie ihre Bilanzen, je höher der Rang, desto teurer die Anzüge und die Armbanduhren. Korbach unterdrückte ein Lächeln, von den schmalen oder dicken Handgelenken der vier Herren, die um seinen Couchtisch herumsaßen, hätte man eine halbe Auslage eines Juweliers im *Quartier 206* auf der Friedrichstraße bestücken können.

„Wieso läuft der Architektenwettbewerb noch?", fragte Hahnewinkel.

Das Frankfurterisch des Managers von der Deutschen ging Korbach gehörig auf die Nerven. Wenn der Mann den Mund aufmachte, fiel die ganze kosmopolitische Aufmachung des High-Potentials in sich zusammen, da halfen weder Bürstenschnitt noch randlose Brille.

„Wie ich schon sagte ist das der Screen für die Öffentlichkeit. Was die Schloss-Jury entscheidet ist irrelevant."

Um seinen Couchtisch herum verschwanden Jaeger-LeCoultre, Mercier und Glashütte unter Manschetten oder in Hosentaschen.

„Das saage Sie. Mir wolle Blahnungssischerheid." Hahnewinckel gab nicht nach.

Dieses Hessisch würde er nicht lange ertragen. „Tit for tat. Der Bundestag hat beschlossen, das Schloss wieder aufzubauen. Da müssen wir erst einmal die Haushaltspolitiker dazu bringen, das offiziell für zu teuer zu erklären und den Beschluss auf Eis legen lassen. Dann muss eine vorgeblich neutrale Sponsorensuche eingefädelt werden, für die Sie, meine Herren, als Retter auftreten können. Wie Ihre Architekten dann außen Schloss und innen Privatapartments bauen …"

„Mer wolle kee Schloss hawwe", Beaume-et-Mercier und Glashütte winkten beifällig. Korbach ließ sich nicht beirren.

Gefälschter Preußenglanz war genauso geschmacklos wie internationaler Konzernstil – zu einer Pyramide wie im Louvre oder einem Bank-of-China-Tower wie in Hongkong würde es bei diesen genormten Hirnen vor ihm niemals reichen. „Sie werden das Schlossareal nutzen, wie Sie wollen, sobald der Beschluss gekippt ist." Korbach sprang auf und trat zu den Panoramascheiben. Er wies über die Terrasse hinaus über das Häusermeer Berlins. „Da rechts neben dem Fernsehturm sehen Sie den oberen Rand des alten Palastes der Republik." Die Blicke der Augenpaare der Vorstände irrten über die Skyline.

„Korbach, was soll das jetzt?"

Er lächelte, das sollte ihm Hessisch ersparen, aber das würden die Herren nicht begreifen. „Sie bekommen das Filetstück von Berlin. Sie werden das Zentrum besetzen und dort privat residieren, wo vormals Kaiser und Könige das Land regiert haben." Männern, die über Gelder in Milliardenhöhe verfügten, bedeuteten Dinge viel, die für andere Menschen schlicht unverständlich waren. Aber wenn man alles kaufen konnte, hatte nur das Wert, das scheinbar unverkäuflich war. „Sie und Ihre Großaktionäre wollen dort hin, das kostet."

Beaume-et-Mercier schwenkte den grauen Anzugarm. „Korbach, das ist doch nicht das erste Mal, das ich Geld aufwende für eine Entscheidung: Woran liegt es denn? Die Gelder sind in Genf geflossen. Pacta sunt servanda, um mal einen Ihrer Altvorderen zu zitieren. Was will Ihre Partei denn noch?"

Korbach drehte den Rücken zum Panorama Berlins. Er machte es lieber kurz, solche Leute wurden nervös, wenn man zu lange redete. „Der Widerstand ist größer als erwartet. Ich muss in", er setzte sich auf seinen Sessel und sagte betont langsam, „in allerhöchstem Auftrag persönliche Zuwendungen an eine Reihe einflussreicher Personen in den Fraktionen sorgen."

„Dachte ich mir's doch, das übliche topping." Glashütte schnaubte und rieb sich über das Kinn. „Fünf über Genf, mehr ist von unserer Seite nicht zu erwarten."

„Drei in bar", sagte Jaeger-LeCoultre und schob das goldene Uhrarmband über den dunkeln Haarpelz.

„Viereinhalb in einer credit line verschleiert, das muss reichen."

Korbach legte die Hände ineinander. Sie hatten sich also abgesprochen, das war offensichtlich. „Ob das reicht, kann ich nicht versprechen." Wenn er überschlug, was allein die Pflege der Berliner Lokalpolitik verschlang. Aber jeder Sand im fein austarierten Getriebe störte nur. Das Gesicht von Eisenheim flackerte vor seinem geistigen Auge auf. Um den Problemfall musste er sich auch noch kümmern. Aber das ging die Herren nichts an.

„Sie sollen uns nichts versprechen, sondern Entscheidungen liefern. Dafür werden Sie bezahlt."

Korbach erhob sich. Manchmal war Schweigen die beste Antwort. „Ich werde Sie über die relevanten Zusagen unterrichten."

„… grie Soß", Hahnewinckel murmelte etwas in seinem Dialekt.

Korbach verstand es nicht. Er geleitete die Herren zur Tür seines Appartments. An der Steuerkonsole rief er per Knopfdruck den Fahrstuhl. „Der Aufzug wartet auf Sie."

Niemand würde die Limousinen beachten, die in Kürze aus der Tiefgarage fahren und im Verkehr von Berlin Mitte verschwinden würden, geschweige denn ahnen, dass gerade eben das symbolische Herz Deutschlands nach dem Draufsatteln von 12,5 Millionen Euro verschachert worden war. War es nur sowenig Wert? Korbach wunderte sich über den Stich, den er spürte. Er selbst hätte als Patriot mehr genommen. Wie er immer mehr nahm als die anderen. Aber das war das Geheimnis seines Erfolges. Und den würde ein Eisenheim nicht schmälern.

*

Wieder … dieses Gewicht, dieses Nasse-Sack-Gewicht drückte ihn nieder, walzte ihn platt. Zenkerts Augen quollen auf, wurden lilablutig wie die großen 500er Euros, die sich verschoben zu einem Fächer hinter dem Korbachs Nase auftauchte, der säuselte etwas, Zenkert drückte ihn nieder, immer weiter nieder, und hoch oben über ihm hallte Korbachs Lachen aus dem regennassen Himmel, Scheine regneten herunter, waren weg, dann war da nur noch sein leerer Koffer und Erikas Mund, der fragte, wo willst du hin, wo willst du hin … Eisenheim schrie mit aller Kraft: An den Strand in die Karibi, bi, bi, bik, endlich wurde er Zenkerts Gewicht los, Erika griente wie eine alte Frau. Er schlug nach der lilablutigen Hand Zenkerts …

„Wieso schlägst du nach mir? Was ist denn los?"

Er spürte Finger, die sanften Erikas. Er wurde wach und setzte sich auf.

„Du bist ja nass geschwitzt."

Eisenheim begriff nichts, erst als das Licht der Nachttischlampe auf das Bett fiel. „Ich … ich habe schlecht geträumt."

„Das habe ich gemerkt." Ihre Stimme drang in sein Hirn. Erika war ihm böse. „Habe ich dich geweckt?"

„Es ist bloß drei Uhr früh."

Sie setzte sich und zog das Spitzenhemdchen über ihren Busen zurecht. Ihr praller Prachtbusen, Eisenheim hätte sich am liebsten einfach daran geschmiegt und geschlafen.

„Ich will wissen, was los ist. Die letzten Tage kommst du immer später nach Hause, wir küssen uns nicht mal, geschweige denn, das wir mal ein bisschen Spaß haben. Und jetzt auch noch das Theater!"

„Liebling, ich weiß auch nicht. "Eisenheim griff nach Erikas Hand. Er konnte ihr unmöglich jetzt sagen, was los war. „Ich … ich habe einen Albtraum gehabt."

105

„So?" Sie legt sich wieder zu ihm ins Bett. „Und wer ist Bibi?"
Er kannte keine Bibi.

„Ich verstehe nicht, was du meinst."

„Na, so richtig vorstellen kann ich mir auch nicht, dass du wegen einer Bibi einen Albtraum kriegen würdest." Erika schmiegte sich an ihn, langte zärtlich nach seinen Eiern und begann ihn zu kraulen. Das machte ihn sonst immer scharf. Sonst.

Er nahm Erikas Hand von seinem Sack. „Schatz. Ich weiß auch nicht, vielleicht ist es einfach der Stress ..." Als er ihre Hand einfassen wollte, entzog sie sie ihm.

„Die Schlampe kann sich auf etwas gefasst machen." Erika drehte sich abrupt auf die Seite, langte zu ihrem Nachttisch und knipste das Licht aus.

Eisenheim blieb auf dem Rücken liegen. Kaum schloss er die Augen, tauchte Zenkerts lilablutiges Auge wieder auf, das ihm keck zublinzelte. Eisenheim starrte in die Dunkelheit, aber auch an der Decke zeigte sich ein Bild. Korbach kam aus der Dunkelheit, an seinem Arm hing ein leerer Koffer. Eisenheim stöhnte.

„Nun ist aber genug."

Er riss die Augen auf.

„Ab aufs Sofa." Erika drückte ihn mit den Füßen an seinem Rücken aus dem Bett.

*

Es war wieder Morgen, wieder Routinearbeit und wieder saß Reeker in seinem Büro und ärgerte sich über die verkratzte Schreibtischfläche mit den Brandflecken. Er hatte ausnahmsweise einmal alles abgeräumt, sogar den vollgestapelten Ablagekorb auf den Boden neben die Mineralwasserflasche gestellt. Dennoch reichte der Platz nicht. „Jetzt sitzen die Dinger auch noch fest!"

„Wer sitzt fest, Chef?"

Reeker legte eine leere Karteikarte an den Rand des Schreibtischs.

„Schön wär's. Fest sitze nur ich."

Kriminaloberkommissar Kroll legte zwei Aktenordner auf einen freien Stuhl und blieb stehen. Seine Augen überflogen das Kartenbild. „Hätten Sie auch gleich zu einer Kartenleserin gehen können, Chef." Er kratze sich über dem Bauch. „Ich dachte, dass wir aus dem Fall draußen sind."

„Offiziell schon. Aber ich habe mir so etwas in meiner ganzen Laufbahn noch nicht bieten lassen müssen."

„Dass Sie ein Kollege rauskegelt, der jünger ist und noch dazu weiblich?" Kroll nahm sich die Thermoskanne von der Fensterbank, schraubte den Verschluss auf und roch daran.

Der und sein ewiger Pfefferminztee. „Vielleicht bin ich nur eitel, aber da haben die in der Direktion die Vorschriften gedehnt, dass selbst der weichste Gummiparagraf platzen würde."

„Sie haben ja Vergleiche."

Reeker schob sich ein paar Salmiakpastillen in den Mund und lutschte. „Es ärgert mich einfach. Uns machen die die Arbeit schwer mit ihrem Zuständigkeitsgerangel. Aber wenn es den Herren in den Kram passt", er wedelte mit einer Karte, „alles in den Wind."

Kroll goss sich einen Becher Tee ein und kam auf seine Seite des Schreibtisches. Reeker schrieb auf eine Karte: *Wer hat das BKA eingeschaltet?* Kroll schaute ihn an und hob die Augenbrauen.

Wer wusste schon, dass Zenkert tot war? Er legte die Karte vor die Reihe.

Reeker trommelte mit seinen Fingern auf der Tischplatte.

Kroll nahm sich eine leere Karte und krakelte drauf: *Wer deckt die Siebert?*

Reeker klemmte ein Augenlid etwas zu. „Stimmt, das ist wichtig. Aber das können Sie vergessen, Kroll."

„Die halten dicht, wenn's ums operative Geschäft geht." Kroll schüttelte den Kopf. „Das geht nicht auf dem Dienstweg." *Kontenklärung*

Zenkert. Krolls Finger kreiste über dem Papier. „Ohne Ermittlungsauftrag kommen Sie da nicht ran, Chef. Oder kennen Sie auch jemanden bei den Banken?"

Bei der Kreditaufsicht nicht, aber jemand im Haus schuldete ihm einen Gefallen. „Mal sehen."

„Mann Chef, machen Sie keinen Quatsch. Die Direktion schießt Sie ab, wenn Sie auf diese Weise Amtsanmaßung begehen."

Reeker sammelte die Karten vom Schreibtisch, die sich nur zäh lösen ließen.

„Die hängen echt fest. Das ist alles so versifft."

Kroll lachte. „Wie soll die Putzfrau ihren Job tun, wenn Sie nie den Tisch abräumen?"

Reeker steckte die Karten in seine Jackentasche. Er blickte zu Kroll auf, der sich einen Aktenordner von dem Stuhl nahm, wo er sie geparkt hatte. „Was haben wir denn Schönes in der Pipeline?"

Kroll klappte eine Akte auf. „Ach, das übliche. Hier ist der Obduktionsbericht des Dealers, dem letzte Woche die Päckchen im Bauch geplatzt sind."

„Willkommen im Berliner Dreck." Reeker sah nicht richtig hin, als Kroll ihm die Akte in die Hand drückte. Der schale Pfefferminzgeruch aus Krolls Tasse passte dazu. „Scheißarbeit."

Kroll zuckte mit den Achseln. „Was soll's? Sie wird nicht weniger, eher mehr."

*

So langsam hatte er alle großen, neuen Wagenmodelle vorbeirollen sehen, die es gerade zu kaufen gab. Außer im Grunewald gab es in Berlin ja auch keine Kohle mehr.

Als der knallgelbe Golf sich der Bäckerei näherte, löste sich Grassi aus dem Schatten des Baumes und schlenderte über den Bürgersteig auf die Bäckerei zu.

Die Polin hielt wieder direkt vor der Bäckerei. Sie warf die Tür des Wagens zu und drehte sich herum. Ein Lächeln umflog ihre Lippen. „No to, der Herr mit dem Hundchen gestern."

Der Ch-herr, Grassi genoss das Kribbeln, das seinen Bauch erfasste und langsam nach unten schlich. Sie ging an ihm vorbei, ihr Blick war geradezu belustigt, dass sie nicht zwinkerte, war alles.

Bevor er hätte antworten können, war sie schon im Laden verschwunden. „So nich meine Liebe, nich mit mir."

Lieber zählte er noch ein paar Minuten die fetten Autos, die vorbei fuhren. Er könnte ja als Zeitvertreib schon mal eines aussuchen, dass er sich demnächst zulegen würde.

Da kam die Polin mit drei Tüten, die sie zwischen den Armen und ihrem Kinn eingeklemmt hatte. Grassi stand an der Fahrertür. Er bewegte sich nicht, sondern sah ihr direkt in die Augen. Schöne blaue Augen mit einem Stich ins Grüne, sorgfältig geschminkte Lider, nicht so dick aufgetragen wie bei einer Hure aus'm Kiez. Aber auch nicht teuer aufgetakelt wie die Damen hier aus dem Viertel. Krystynas Augen waren einfach wie eingefasste Schmuckstücke.

Sie erwiderte seinen Blick. Sie gab nicht nach, sie hatte keine Angst vor ihm. „Ich muss arbeiten, okay?"

Sie beugte sich über die Motorhaube, legte die Tüten ab. Grassi war sich sicher, dass sie genau wusste, dass ihre Hinterseite in den roten Stoffhosen so mancher Zwanzigjährigen den Neid ins Gesicht trieb. Die schärfte ihn richtig an, er machte aber auf Alltag.

Mit einer Hand hielt er den Griff der Wagentür so, als ob er öffnen wollte, ließ die Tür aber zu. „Ick will dir treffen. Wann haste denn Zeit?"

Die Polin verschränkte die Arme und legte den Kopf schräg. „Umwege machst du wohl nicht?"

„Wozu Umwege? Ick denke seit zwei Tagen nur an dir. Das kommt bei Grassi selten vor. Is das nich Grund jenug?"

Wieder traf ihn ein grünblauer Blick. „Grassi ... Nie wiem. Lass mich erst einmal die Sachen in den Wagen legen."

Grassi gab nun die Tür frei. Sie legte ihren Einkauf auf der Beifahrerseite ab und setzte sich ans Steuer. „Ich bin Krystyna. Vielleicht heute Abend. Ich muss allerdings heute vielleicht länger arbeiten. Rufe vorher an." Sie kramte in ihrer Handtasche, nahm einen Kugelschreiber heraus.

Wenn die jetzt eine Visitenkarte zückte, wäre er platt.

Die Berührung durchrieselte ihn, beinahe hätte er gezuckt. Sie hob seinen Ärmel hoch, drehte mit der linken Hand die behaarte Pranke und schrieb ihm eine Handynummer auf die Innenseite seines Daumenballens. „Zobaczymy, tschüss."

Sie startete den Knallgelben. Grassi merkte, dass er wie der letzte Grünschnabel auf die Nummer glotzte. Jens hätte das auch gemacht. Scheiße.

„Ick heiße Grassi ... Uwe ..."

Doch die Polin rangierte den Golf schon aus der Parklücke. Grassi hob die Hand und hoffte, dass es wenigstens cool aussah. Krystyna setzte den Blinker und war weg.

*

Schon als Hauptkommissar Reeker die Treppe zur Polizeikantine hinunterging, stieg ihm der Dunst entgegen. Es roch immer gleich, egal was gekocht wurde, feucht-würzig-abgestanden. Warum tat er sich das an. Er lenkte seine Schritte durch die zwei Flügeltüren, die wieder offen standen. Der Geräuschpegel nahm zu, Tellergeklapper, Gläsergeklirr und Stimmen in unterschiedlichen Lautstärken mischten sich zu jahrelanger Routine. Er war am Ende der Warteschlange angekommen.

„Mann, kiek mal auf Seite elf, hat die Titten! ... Ich weiß nicht, was ich machen soll. Meine Mutter wird immer seltsamer ..."

Reeker stellte sich an den metallglänzenden Ausgabetresen an, schnappte sich eines dieser braunen Plastiktabletts, legte Besteck und Servietten drauf.

„Ach rede doch nicht, Ballack wird das in England nie schaffen … Meine Ex will schon wieder mehr Unterhalt, ich weiß auch nicht mehr wie … „

Ruckweise ging es vorwärts. Reeker suchte mit dem Blick Kleinschmidt, der als Experte in der Spurenermittlung arbeitete.

„Erbseneintopf oder Wiener Schnitzel?"

Die Bedienung hinter dem Tresen sah ihn ungeduldig an.

„Ja." Reeker war für einen Moment von der Rolle.

„Was, ja? Wollen Sie beides? Auf einen Teller?"

Reeker konzentrierte sich. „Erbseneintopf. Zwei Würstchen."

„Der Kriminalhauptkommissar will immer eine Extrawurst." Der Dicke an der Ausgabe grinste, als ob er einen Comedypreis gewonnen hätte. Der stand auch schon seit ewig hier.

Reeker schob sich mit der Schlange weiter vorwärts zur Kasse. Von vorne wehte ihm der Mischmaschgeruch verschiedener Gerichte in die Nase und von hinten bekam er zum wiederholten Mal das Tablett des Nachfolgenden in die Nieren. Reeker drehte sich herum.

Ausgerechnet, der Kollege Weinert vom Personenschutz drängelte. Bevor Reeker sich rechtzeitig abwenden konnte, zeigte Weinert sein ungepflegtes, schadhaftes Gebiss.

„T´schuldigung, war keine Absicht."

Reeker zuckte zusammen, als er den fauligen Atem roch. Weinert war berüchtigt deswegen, aber es schien ihm nichts auszumachen. Reeker nickte und sah wieder nach vorn. Er nahm noch eine Cola, einen Schale Kirschquark und bezahlte.

„Kollege …," Weinert folgte ihm. Reeker ignorierte das. Dieses Stinkmaul konnte ihn mal.

Sein Blick glitt über die Reihen der abgenutzten Resopal-Kantineneinrichtung und blieb an der großen Uhr hinten an der Wand hängen.

„Reeker", Weinert stand direkt neben ihm. „Sag mal …"

„Mach die Fliege, Weinert." Reeker hörte die Stimme von Kleinschmidt und fühlte eine Last von den Schultern genommen. „Wir haben etwas zu besprechen."

„Aber ich …"

„Und nimm mal ein Pfefferminz." Kleinschmidt drängte Reeker zu einem Tisch. Sie ließen Weinert abziehen.

„Danke." Reeker nickte dem Kollegen zu, während er sein Brötchen in die Erbsensuppe tunkte.

Kleinschmidt rückte seine Brille zurecht und schnitt einen Happen des Wiener Schnitzels ab, das vor ihm auf dem Teller lag und in Größe und Form seit Jahrzehnten genormt schien. Kriminalhauptkommissar Reeker ließ ihm Zeit.

„Du hast mich ganz schön in die Bredouille gebracht. Fast wäre ich aufgeflogen."

Kleinschmidts Goldkrone glänzte in seinem Mund.

Reeker lachte freundlich mit, schließlich hatte der ihm einen Gefallen getan, auch wenn Reeker damit nur etwas für eine frühere Gefälligkeit eingefordert hatte. Selbstverständlich war das ja heutzutage nicht mehr, dass sich jemand an das Prinzip der Gegenseitigkeit hielt. Aber ein Ossi wie Kleinschmidt war von einem anderen Kaliber. Der wusste genau, was Seilschaften, Gefälligkeiten und Handreichungen in einem Apparat, wie es Polizei nun einmal war, Wert waren. Er hielt sich an das ungeschriebene Gesetz, dass man immer etwas schuldig bleibt. Für ihn war es eine Sache der Spiellogik gewesen, Reekers Bitte zu folgen.

„Wieso?" Reeker aß von der Erbsensuppe, die inzwischen abgekühlt war.

„Ich konnte das ja nicht zu Hause machen, also ging es nur in meinem Labor. Dabei ist mir die Siebert vom BKA reingerauscht."

Reeker hielt den Atem an und die Hand mit dem Würstchen blieb in der Luft hängen. Kleinschmidt winkte ab.

„Die kam nur wegen der Lackspuren am Mercedes dieses Toten, Zenkert hieß er, nicht? Weil wir da ein paar fremde Lackspuren am Heck gefunden haben. Wenn du mich fragst, von einem Metallwerkzeug."

Wenn Reeker den Techniker nicht stoppte, dann würde der jetzt den ganzen Detailbericht der Spurensicherung abspulen.

„Und die Videoaufnahme?" Reeker biss vom Würstchen ab. Ein feiner Bogen Fett spritzte fast auf sein Hemd, aber Reeker ignorierte die Flecken auf dem Teller. Kleinschmidt schnitt wieder an seinem Schnitzel.

„Leider war gerade das Rathaus Friedenau auf dem Monitor. Die Siebert hat ja die Augen überall und fragt ja sofort nach und bleibt ewig dran."

Das klang gar nicht gut.

„Ich habe irgendwas von laufender Auswertung erzählt. Sie hat einen Augenblick gezögert. Dann hab ich ihr das Ergebnis der Lackspuren am Mercedes gegeben. Ich weiß nicht, ob sie es nicht doch begriffen hat. Jedenfalls hat sie nicht gefragt. Auch einen Kaffee?"

Kleinschmidt stand auf und sah Reeker fragend an.

„Lieber Espresso, bitte."

Kleinschmidt ging in Richtung Ausgabe. Reeker sah den schweren Gang. Der Techniker war nicht doof. Kein Wunder, dass er es zum leitenden Spurensicherer gebracht hatte, auch wenn der früher in einer ziemlich inoffiziellen Abteilung des Ost-Apparats gearbeitet hatte. Die Jungs hatten schon einen besonderen Riecher. Die Kaffeeausgabe war heute schnell.

„Und?" Reeker sah Kleinschmidt zu, wie der die beiden Tassen auf den Tisch stellte.

Kleinschmidt sah zu Reeker herab. Seine sonst so spöttischen Züge waren ernst, seine Stimme wurde eindringlich. „Reeker, ich hab dir das Ding auf DVD gebrannt." Er fasste in die Seitentasche seines Sakkos und holte die kleine Hülle heraus, die fast von seiner Hand verdeckt wurde. Sein Blick blieb an den Augen von Reeker kleben, als er unauffällig die DVD neben dessen Teller schob. „Das ist alleine dein Ding. Ich brauche später meine Pension."

„Kleinschmidt, ist klar. Ich weiß doch Bescheid."

„Das ist gut." Kleinschmidt fuhr sich unter den Lippen mit der Zunge über die Zähne. „Weißt du, was mich wundert? Die Siebert dirigiert die Untersuchung sehr professionell, aber sie informiert uns nicht, wen sie als Tatverdächtigen im Auge hat. Da muss doch was sein, sonst hätte man uns doch nicht Wiesbaden vor die Nase gesetzt! Wenn die überhaupt aus Wiesbaden ist. Sie hat sogar die direkte Frage von Tucher – der mit dem alten BWM, der immer so vom Eishockey quatscht – einfach überhört."

„Sie hängt halt die BKA-Elite raus."

„Die Dame hat dich ja ganz schön abgekanzelt dort in der Kanzlei." Reeker schnaubte und legte die Arme über der Brust zusammen. „Das hat wohl schon die Runde im Haus gemacht. Kroll hat mal wieder gequatscht."

Kleinschmidt drehte die Hände nach außen. „Du kennst doch die Buschnachrichten." Er legte die Hände aufeinander vor den leeren Teller. „Pass auf, wenn du freizeitmäßig an dem Fall dranbleibst. Die Siebert zögert keine Sekunde, dir wegen Amtsanmaßung in die Eier zu treten, wenn sie es spitz kriegt. Wäre doch schade um die Zulage bei der Pension, oder?"

Reeker war lange genug dabei. „Keine Sorge. Ich habe nichts zu verschenken."

*

114

Korbach saß im Interconti im Winkel zwischen der Bar und der blumendekorierten Fensterfront zur Budapester Straße. Er schmunzelte, manche alte West-Berliner Tradition hatte tatsächlich überlebt. Geschäfte machte er immer noch gern hier vormittags an der Bar. Tempi passati – inzwischen bot die vernachlässigte City-West einen großen Vorteil. Hier trieb sich kein Journalistenpack herum wie in Mitte.

„Haben Sie noch einen Wunsch?" Die junge Kellnerin mit der bodenlangen weißen Schürze hätte seine Tochter sein können.

„Nein, danke. Sie können gern abräumen."

Sie klapperte nicht einmal mit dem Frühstücksgeschirr. Korbach legte die FAZ zur Seite. Der Mann mit dem akkuraten Haarschnitt und dem Schnauzer musste der Oberkommissar sein. Er gab ihm ein Zeichen mit einem Kopfnicken.

„Herr Dr. Korbach?"

Dieser Kriminaloberkommissar Kroll stand ein wenig ungelenk vor ihm. „Setzen Sie sich." Er deutete auf den freien Ledersessel neben ihm. „Ich kann Ihnen das ausgezeichnete bayerische Frühstück von der Karte empfehlen."

„Danke, so viel Zeit habe ich leider nicht." Der Blick des Kriminalbeamten überflog die leere Bar, in der die Servicekraft gerade die Liste für die Bestandsprüfung weglegte und herbeikam.

„Nehmen Sie etwas, das ist unauffälliger."

„Was darf ich Ihnen bringen?" Das Mädchen war dem neuen Gast zugewandt, Korbach nutzte den Moment und steckte die Papiere, die noch auf dem kleinen Tisch lagen zurück in seinen Hermès-Koffer.

„Eine Apfelsaftschorle, bitte."

„Gerne." Die Bedienung ging.

Korbach lehnte sich etwas zurück und betrachtete den Beamten, der etwas ungelenk nicht ganz auf der Stuhlfläche saß.

„Ich habe mich mal für eine halbe Stunde freimachen können ..."
Kroll schob sich ein wenig steif an den Tisch, blieb mit dem Jackett hängen, so dass die Wasserflasche ein wenig ins Wanken geriet. Korbach fing sie ab. Der saß aufrecht, angespannt in dem Ledersessel und hielt seinen Blick aus. Allerdings wie ein Schüler, der auf die nächste Frage wartet. „Das ist ja schön, dass Sie Zeit für mich haben."

Krolls Stirn zogen Falten. Er kniff die Augen etwas zusammen. „Man kann das mal einrichten, das geht schon."

Sie warteten bis der Service die Apfelschorle auf eine weiße Serviette abgestellt hatte. Kroll nahm einen Schluck.

Korbach beugte sich etwas vor und senkte die Stimme. „Sie werden sich gefragt haben, was ich von Ihnen will."

Krolls linke Schulter hob sich etwas, die rechte bewegte sich eher nach unten. Sein Blick streifte die Tischdecke. „Ein bisschen überraschend fand ich Ihren Anruf schon."

„Ihre Arbeit hat Aufmerksamkeit erweckt. Immerhin waren Sie an der Aufklärung wichtiger Fälle beteiligt."

„Eigentlich ist das ja eher Teamarbeit, was wir machen."

„Nicht doch, Oberkommissar, nicht doch. Machen Sie sich nicht kleiner, als Sie sind. Der Recherchespezialist sind Sie."

Kriminaloberkommissar Kroll sah auf den Tisch und hielt sich an der Apfelschorle fest. „Sie sind ja gut informiert."

Das war Korbach allerdings, sein Netzwerk pflegte er systematisch seit Jahren. Sonst wäre er nie so schnell auf diesen nützlichen Idioten hier gestoßen. „Kroll, diese Unterhaltung hier ist privat, aber dennoch möchte ich Ihnen ein quasi dienstliches Stillschweigen abverlangen."

„Das geht klar." Der Beamte ließ die Apfelschorle los.

„Passen Sie auf. Es besteht die Möglichkeit, dass man Sie ins BKA befördern wird."

Kroll entfuhr ein Laut wie ein missglückter Pfiff. „Das ist ja ein Ding."

Korbach kontrollierte, ob inzwischen in der Hotelbar jemand in Hörweite saß. „Das ist inoffiziell. Ich hin nur der Überbringer der Botschaft. Sozusagen um Ihre Bereitschaft zu erfragen, Ihre Loyalität zu testen und ihre Kooperation zu prüfen. Wenn Sie sich bewähren, kommt man offiziell auf Sie zu."

Kroll hustete. „Entschuldigung, die Überraschung."

„Wir brauchen jemanden, der sich engagiert. Jemanden, der vorurteilsfrei an Ermittlungen herangeht."

Krolls Stirn schlug Falten. „Um welche Art Ermittlungen geht es? Ich bin gut in Sachbeschädigungsdelikten und ..."

Gott, Mann. „Sie sollen nichts weiter als Ihre Arbeit tun."

„Welchen Fall soll ich denn übernehmen?"

Korbach zögerte, nein, er würde nicht auf diese Ebene eingehen. Er führte das Gespräch. „Kooperieren Sie einfach. Sie werden in den nächsten Tagen eine Berufung in eine Ermittlungsgruppe Ihrer Dienststelle bekommen, die vom BKA dirigiert wird."

Krolls Mundwinkel sackten. „Und ich dachte, die haben genug eigene Leute mitgebracht. Geht es um Zenkert?"

„Ich sehe, Sie sind informiert." Gar nichts begriff der, aber das sollte der auch nicht.

„Ich habe in dem Fall ermittelt, bevor er uns entzogen wurde."

Korbach setzte ein Lächeln auf.

Kroll bewegte die Lippen, sagte erst nichts. Dann fügte er an. „Sie wissen das wohl schon. Soll ich deshalb ..."

„Tja." Korbach nahm eine Akte aus dem Koffer. „Das ist nur leider die unerfreuliche Entwicklung in den letzten Tagen."

„Welche unerfreuliche Entwicklung?"

Korbach schlug nebenbei, unendlich langsam den Deckel zurück. Der Beamte würde den roten Balken *Geheim* nicht übersehen. „Sie arbeiten ja nun mit Kriminalhauptkommissar Reeker zusammen. Sie sind gut befreundet, wie ich höre." Er ließ Oberkommissar Kroll den Laufzettel der Akte sehen, damit der sah, dass sie tatsächlich zum Mord an Zenkert gehörte.

„Sicher, wir verstehen uns ….“

„Ich hoffe, dass Sie Ihre Objektivität bewahrt haben.“

Korbach blätterte weiter bis zu den Fotos des Erschlagenen.

Krolls Blick ging zwischen der Akte und ihm hin und her. „Was meinen Sie?“

Korbach faltete die Hände zusammen, lehnte sich zurück und sah Kroll lange an. „Sie meinen, Sie haben nur weisungsgebunden für diesen Reeker gehandelt?“

„Man könnte es so ausdrücken.“

„Hat ihnen Reeker die Anweisung gegeben?“

Kroll wand sich. „Nun, er hat mich gefragt, ob ich nicht einmal dies oder das nachschauen könnte.“

„Aber während der Arbeitszeit und mit Hilfe von Diensteinrichtungen.“

Krolls Haltung wurde steif. „Nein.“

„Wir müssen schon offen miteinander sprechen. Hat Ihnen Hauptkommissar Reeker Weisungen für die Ermittlungstätigkeiten im Fall Zenkert erteilt, nachdem er von dem Fall abgezogen wurde, oder nicht?“

Kroll schüttelte langsam den Kopf. „Unter Kollegen redet man halt. Man ärgert sich immer, wenn einem ein Fall weggenommen wird. Reeker … er denkt nur, dass hinter dem Mord einiges mehr steckt als alle vermuten.“

„Sonst hätte das BKA kaum den Fall übernommen. Warum sitze ich heute hier und biete Ihnen an, in der Sache wieder mitzumachen?“

„Die haben Hauptkommissar Reeker wegen Befangenheit abgezogen. Mannomann.“ Kroll machte große Augen.

„Das habe ich nicht gesagt, will es aber auch nicht dementieren. Aber zählen Sie zwei und drei zusammen. Kriminaloberkommissar

Kroll, genug mit der Spielerei. Ihre Loyalität liegt bei den Ermittlungen, nicht bei Ihrem Kollegen. Damit das klar ist. Deshalb ..."

Kroll nickte langsam. Korbach nahm eine neue Akte aus dem Koffer. „Dann schauen Sie mal hier."

Korbach schenkte ihm ein distanziertes Lächeln. Der Mann ahnte wohl, wen er vor sich hatte. „Es geht wie immer in solchen Dingen um Information. Wenn Sie kooperieren, werden Sie dort eingebunden. Es ist unerheblich, wie es dazu kommen wird. Um Ihre Loyalität zu prüfen oder ... sagen wir mal, Ihre Zusatzaufgabe besteht darin, mich persönlich über alle Überlegungen und Schritte", Korbach schärfte seine Stimme, „en détail zu informieren, die von der leitenden Beamtin in der Ermittlung eingeschlagen werden."

Kroll öffnete den Mund, sagte aber nichts. „Ich soll bloß mitschwimmen, und Sie informieren."

Der dachte dasselbe Wort wie er: U-Boot. Nichts anderes sollte Kroll für ihn sein.

„Eigentlich darf ich nur Vorgesetzte informieren."

„Sie sehen doch, dass ich den Fall in der Hand habe." Korbach legte die Hand auf das Papier.

„Ja, schon. Aber ..."

„Aber?" Wenn er jetzt den Schwanz einzog, würde Korbach ihm anders kommen müssen.

Kroll legte seine Hand auf den Tisch neben die Apfelschorle. „Aber es wird schon seine Richtigkeit haben. Immerhin haben Sie ja die laufenden Akten zur Hand."

„Gut. Machen Sie ansonsten Ihre Arbeit wie immer."

„Wird es darüber hinaus ... Anweisungen von Ihrer Seite geben?"

„Das ist nie auszuschließen."

Korbach zog einen Umschlag aus dem Hermès-Koffer und legte ihn neben sich auf den Tisch. „Spesen, damit sie notfalls reagieren können. Noch eines. Sie arbeiten mit einem Kollegen zusammen, mit dem sie gut befreundet sind. Trennen Sie beruflich und privat in diesem Fall konsequent. Er wurde nicht umsonst abgelöst."

„Das dachte Reeker auch schon."

„Was dachte er?"

„Das der Fall zu groß für uns ist, weil der Anwalt zu viel wusste."
Korbach hätte auch gern gewusst, in wessen Auftrag Zenkert wirklich Informationen zusammengetragen hatte, am Ende hatte er für jemand im BKA als Maulwurf fungiert. „Es reicht, wenn Sie wissen, was die Gruppe ermitteln wird, und mich umfassend über den Fortschritt informieren. Mitteilungen an mich, niemanden sonst. Haben wir uns verstanden?"

„Ja."

„Sie erreichen mich unter dieser Nummer für sensible Informationen." Korbach legte ihm eine Visitenkarte auf den Umschlag.
Korbach stand auf. „Ich wünsche Ihnen einen guten Tag."
Er ließ den Umschlag einfach liegen. Er war sich sicher, dass ihn Kroll nicht vergessen würde.

*

Grassi lag bequem in den Polstern der Ledercouch des Parkcafés und wartete auf Krystyna. Klar hatte er die Alte angerufen. Wenn Frauen schon ihre Handynummer rausrücken, wollten sie sich auch einen schönen Abend machen. Dann hatte sie ihn aber abgewimmelt. Die Eisenheims gaben eine Gartenparty und sie musste servieren.

Am anderen Ende der Leitung hatte Grassi im Hintergrund eine Stimme rufen hören, dann hatte Krystynas rasch Antwort gegeben: *Ich muss wieder zu den Gästen ... Ich freue mich auf Montag und sei schön artig.* Verkohlt hatte sie ihn nicht. Grassi hatte das Telefon angestarrt. Diese Stimme hatte sogar Fernwirkung.

Vor der DVD-Wand im Shop hatte er sich später einen Porno herausgesucht, mehr würde an dem Abend eh nicht drin sein. Grassi streckte die Beine von sich und rührte in seinem Kaffee mit Anis. Er würde mit dieser Polackin sein Spielchen treiben. Er wollte sie richtig heiß, hörig machen. Grassi schloss die Augen und strich sich mit der Hand über die Barthaare.

Von der Tür her kam ein klapperndes Geräusch. Grassi stockte der Atem. Da war sie. Das Kinn hocherhoben und ihr suchender Blick flog über die Besucher des Parkcafés. Grassi wurde der Mund trocken. Sie sah einfach umwerfend aus. Die Figur von einem aprikot farbenen Kostüm perfekt gefasst. Die Stümpfe hatten eine sichtbare Naht, vom Fuß bis unter den Saum. Krystyna wusste, was sie zeigen konnte. Die blonden Locken fielen wie von einem Windstoß durchgeschüttelt auf ihre Schultern.

„Wie geht es dir, Grassi?"

Lieber Gott, lass sie bloß noch ein paar Mal Grassi sagen. Er strich sich den Schnauzbart glatt.

„Öh, mir geht es jut. Prima sogar." Unter dem Kleid wogten ihre Brüste und im offenen Ausschnitt der Jacke bewegte sich das Fleisch. Ihre Hüften hatten genau den Schwung, den man nicht trainieren konnte, den musste eine Frau von Natur aus drauf haben. Grassi stellt sich diesen runden Schwung vor, wenn sie nackt auf ihm sitzen würde.

Krystyna streckte die Hand aus. „Na, mein Lieber, wartest du schon lange?"

Grassi schälte sich aus der Polsterung. „Och, nöö, ick bin auch gerade erst jekommen." Er drückte ihre Hand, während sie mit einem leichten Schmunzeln die halb geleerte Tasse und die aufgeschlagene Zeitung betrachtete.

„Das sehe ich." Sie lächelte leicht, öffnete dabei noch einen Knopf des Kleides. Der Ausschnitt gab die Sicht auf ein schwarzes Etwas von BH frei. Krystyna sank tief in den Sessel gegenüber Grassi ein. Ihr Kleid rutschte hoch, sehr hoch.

Grassi ließ fast die Tasse los, die er angehoben hatte. Er hatte das nackte Ende der Strümpfe gesehen. Die Polin lächelte freundlich, zog ganz einfach den Stoff wieder herunter.

Grassi studierte den Inhalt in seiner Tasse. Irgendwie bleiben die Gedanken stehen.

„Was ist, Grassi?" fuhr ihm ihre Stimme durch das Rückenmark. "Du bist ja so still. Etwas nicht in Ordnung?"

„Nee, mit mir is alles in Ordnung. Da kannste sicher sein. Ick weiß bloß nicht, wo ick hingucken soll."

„Einfach dahin, wo es dir gefällt."

Grassi sah ihr direkt in die Augen. „Komm doch mal auf die Couch. Da kann ick dann noch alles besser bekieken."

Krystyna lachte und stand auf. Sie kam um den Tisch und sah auf Grassi hinunter. Als sie sich setzte, hörte er, wie sich ihre Strümpfe knisternd aneinander rieben. Sie wich ihm nicht aus, sondern ließ sich direkt neben Grassi fallen, der seinen Arm breit auf die Sofalehne legte. Seine Pranke reagiert wie von selbst und berührte ihren Nacken. Krystyna drehte ihren Kopf zu ihm hin und ihre Augen bekamen einen eigenartigen Ausdruck. Grassi griff nun fester zu und massierte leicht die zarte Haut. Krystyna schnurrte.

„Kann ich den Herrschaften etwas bringen?"

Die Stimme des Kellners kippte sie in die Wirklichkeit zurück. Krystyna setzte sich wieder gerade und Grassi hätte dem freundlichen Mann mit dem Serviertuch am liebsten eine gescheuert.

„Wollen wir wat spachteln?"

„Ja. Geben Sie uns die Karte." Der kahlrasierte Kellner zog für eine winzige Sekunde die linke Augenbraue hoch, legte die Karte auf den Tisch und ging.

Krystyna lehnte sich an Grassi. Wie zufällig fiel seine Hand auf ihr Bein oberhalb des Knies. Sie öffnete wie zufällig kurz ihre Beine, schloss sie sittsam, hielt aber Grassis Finger erstaunlich fest. Grassi spürte die Muskeln ihrer Schenkel unter den seinen Fingerkuppen.

Krystyna spielte das Spiel sicher nicht zum ersten Mal, aber Grassi waren Anfängerinnen sowieso nur lästig.

Der kahlköpfige Kellner stand schon wieder am Tisch, kaum dass sich Grassi die ersten Fingerübungen herausnehmen wollte. Sicher wollte er auch nur einen Blick auf die Polin erhaschen. Krystyna bestellte Frühstück Manhattan, Grassi entschied sich für München. Sie rückten ein wenig auseinander.

Da kam schon das Brot im Körbchen mit blauweißer Serviette.

Grassi sagte, während er zur Semmel griff. „Wie kommt denn eine wie du zu die Herrschaften im Grunewald?"

Krystyna lachte. „No, ganz einfach. In Polen ist die Arbeit nicht so üppig gesät. Die Kerle sind nur am Saufen und das Geld ist knapp."

Grassi runzelte die Stirn. Das gefiel ihm weniger. „Wie, nur besoffen? Haste einen Macka?"

Sie strich eine Haarlocke aus dem Gesicht. „Ich war mal verheiratet, aber nur sieben Monate."

„Wie lange bist jetz in Berlin?"

„Seit gut 15 Jahren."

„Also gleich nachdem die Mauer weg war?"

„Na ja, fast."

„Und, wie ist es bei die feinen Leute?"

Der Kahlkopf brachte zwei voll gepackte große runde Teller und stellte sie mit Schwung vor ihnen ab. Krystyna schenkte ihm ein halbes Lächeln. Grassi schob einen den Verpiss-Dich-Blick hinterher. Krystyna schlürfte am Tomatensaft und packte Butter auf den Toast. „Ich bin vier Jahre bei denen. Aber es gefällt mir nicht besonders, auch wenn sie gut zahlen. Die sind nicht herzlich. Ich bin immer noch Frau Krystyna. Fertig. Szczypiorska können die sowieso nicht aussprechen."

Grassi versuchte es lieber nicht und biss in die Semmel mit der Wurst.

„Der Eisenheim ist ein hohes Tier in der Politik und sie macht viel Sozialarbeit. Irgendein Kinderprojekt in Neukölln."

Grassi nickte nur und streifte ihr Knie.

„Naja, richtig hochnäsig sind sie nicht, aber eben reserviert. Ich merke halt jeden Tag, dass ich ihnen völlig egal bin. Wenn ich weg wäre, gäbe es halt eine andere Krystyna. Wie man einen neuen Hund kauft, wenn der alte wegläuft."

Grassis Knie begann ein Eigenleben.

Krystyna kicherte. „Man glaubt es ja nicht von so Leuten, aber die sind ständig scharf." Krystyna lutschte an dem Stück Honigmelone von ihrem Teller. „Überall treiben die es. Du glaubst nicht, aus welchen Ecken ich ihr schon ihre Schlüpfer nachgeräumt habe. Oder seine Slips."

Grassi grinste breit. „Sowas hängt nicht vom Zuhause ab."

„Ich nehm dich beim Wort." Sie lehnte sich zurück und stupste ihn mit dem Fuß. „Geld haben die auch satt."

„Immer Bargeld im Tresor?", fragte Grassi mit dem Blick auf sein letztes Salamistück.

„Ja. Aber da kommt keiner ran. Die ganze Villa ist voller Elektronik. Nur was für Spezialisten." Sie schaute ihn schräg über die Kaffeetasse an. Grassi verschluckte sich. Er setzte seinen treuesten Blick auf.

„Wat denkste denn? Ick will ja nur so wissen, wat du so machst. Bleibste denn für immer hier?"

Krystyna sah ihn nachdenklich an und schüttelte den Kopf. „Bestimmt nicht. Ich spare. Ich will in Polen eine kleine Pension aufmachen, in der Nähe von Frombork."

„Wo is das denn?"

Krystyna räkelte die Schultern. „An einem wunderbar weißen Strand in der Danziger Bucht."

Frauen, die eigene Pläne hatten, wurden nicht so leicht zur Klette. Grassi stippte das Stück von der Schrippe in seinen Kaffee. Krystynas Blick wirkte plötzlich ein wenig verbittert, als sähe sie weit weg in die Vergangenheit, die nicht so toll gewesen war.

„Ja, ich möchte irgendwann einmal wieder hier weg. Die Eisenheims gehen ja auch mal woanders hin. Das haben sie schon gesagt."

„Wohin macht denn der die Fliege?"

„Auch an den Strand, aber in die Karibik." Sie kippte den Rest Tomatensaft.

„Schweinebande."

„Erzähl mir mal von dir, Grassi. Wovon lebst du?"

Das Semmelstück war doch ein bisschen groß für seinen Hals. Er spülte mit O-Saft nach.

*

Seit Stunden betrachtete Kriminalhauptkommissar Reeker den von der Technik digitalisierten Zusammenschnitt der Überwachungsaufnahmen aus dem Rathaus. Aus Erfahrung hatte man sich dort nicht auf die Beschriftung der Kassetten verlassen und lieber das ganze Material geliefert. Reeker brannten die Lidränder. Zum ersten Mal registrierte er, wie sein Finger die Taste des DVD-Players berührte, er traf, ohne dass er hingesehen hätte. Reeker schmunzelte über den Automatismus. Die Aufnahme hatte er jetzt bestimmt zehnmal angesehen.

Oberkommissar Kroll stand hinter ihm und biss in einen Hamburger. Ein Stück Zwiebel fiel auf den Boden und glänzte feucht in ein paar Tropfen Soße.

„Müssen Sie so schmatzen beim Essen, Kroll." Keine Kinderstube mehr, aber Reeker verkniff sich den Anraunzer nicht. Auch wenn ihm Kroll den Gefallen tat, nach Dienstschluss die Aufnahme mit anzusehen. Kroll kannte das Revier fast so gut wie er, vielleicht fiel ihm ja etwas auf.

„'Tschuldigung, Chef." Kroll bückte sich und warf das Zwiebelstückchen in den Papierkorb. Dann wischte er sich die Finger mit einer dünnen Papierserviette ab. „Ich habe den ganzen Tag noch nichts in den Magen bekommen."

„Da laufen zig Leute durch das Bild ... Ich werde das Gefühl nicht los, dass ich einen kenne ..."

Kroll fischte mit dem Nagel des kleinen Fingers etwas aus seinen Zähnen. „Das Bild ist ja nicht das Beste."

„Ist es auch nicht. Schön, dass der Staat einmal spart, aber manchmal an den falschen Dingen. Die legen immer die gleiche Kassette für den Wochentag ein."

„Das heißt, die Aufnahmen bleiben eine Woche verfügbar?"

„So ist es. Wenn die Pförtner nicht einfach das Wechseln vergessen, dann ist ein Tag eben weg. Kommen sie mir aber jetzt nicht mit Datenschutz."

„Lassen sie mich mit denen in Ruhe." In Krolls Kehle verunglückte der Lacher. „Haben Sie die Technik checken lassen, Chef? Offiziell haben Sie ja weder den Fall noch die Aufnahme."

„Sie fragen wie bei einer Ermittlung Kroll. Aber wenn es Sie beruhigt – auf dem kleinen Dienstweg."

„Und?"

„Schnellanalyse, mehr ging nicht, aber trotzdem. Die Aufnahmen, auch die überspielten, stammen alle vom selben Gerät. Also aus der Anlage im Rathaus Friedenau, davon können wir ausgehen. Interessant ist aber, dass irgendjemand ein Stück der Aufnahme mit einem fremden Gerät gelöscht hat."

„Das kann man feststellen?"

„Zweifeln Sie an unseren eigenen Leuten?"

Diesmal lachte Kroll richtig. „Nein. Mir hat mal einer einen Bruce-Willis aus dem Net besorgt, bevor der Film überhaupt angelaufen war." Kroll kratzte sich am Hals. „Das heißt doch: Jemand stört ein Teil der Aufnahme, klaut aber nicht einfach das Band, damit es nicht auffällt. Andererseits braucht er auch nicht das Original … Die Leute hinter der Siebert waren es also nicht, die bräuchte das Beweismittel."

Reeker fuhr mit dem Kopf herum. „Wie kommen Sie denn jetzt auf die Kommissarin?"

„Ruhig Chef, ruhig. Das liegt doch auf der Hand. Die ist doch offiziell an dem Fall. Hätten die so eine Idee gehabt, dann hätten sie das Beweismittel sichergestellt und nicht in die Anlage zurückgebracht."

„Da sehen sie mal, auch das BKA denkt nicht an alles. Warum sollten sie auch gleich auf die Eingangskontrolle im Rathaus kommen. Wir kennen unser Revier halt." Aber der Oberkommissar hatte natürlich Recht. „Dann ging es jemandem nur um die Information. Das heißt also Erpressung."

Krolls Augen wanderten kurz von links nach rechts und zurück. „Dann war etwas auf dem Band, das den Täter belastet."

„Einen Beteiligten oder einen Mitwisser." Kriminalhauptkommissar Reeker stoppte das Band. Am liebsten hätte er gelüftet, so stank es nach der Knoblauchsoße. Krolls Döner lag in Alu auf seinem Schreibtisch. „Einen Mitwisser, der den Täter aber noch kontrollieren oder erpressen will. Schließlich fehlt nur ein ganz kurzes Stück der Aufnahme, fast hält man es für einen Fehler im Band."

„Möglicherweise. Auf jeden Fall hat derjenige einen Grund, sich nicht bei uns zu melden", sagte Kroll.

Reeker nickte.

„Sie müssen das aber der Siebert melden." Kroll legte die Hände ineinander und schlug die Daumen aneinander und sah ihn ruhig an.

Alles andere wäre Beweisunterdrückung und Begünstigung einer Straftat und was die Abteilung *Interne Revision* noch daraus drehen würde. „Ja", sagte Reeker knapp.

„Wie wollen Sie es machen?" Kroll griff zu seinem Döner, wickelte ihn ein und steckte den Aluklumpen in seine Aktentasche.

„Ganz einfach. Ich nehme die DVD hier und gebe sie ihr unter vier Augen."

„Sie könnte Ihnen schwer Stress machen, wenn sie das meldet." Kroll schloss die Aktentasche.

„Wird sie nicht." Reeker drehte sich auf dem Stuhl herum und sah Kroll nachdenklich an.

„Was macht Sie so sicher?"

„Ich werde sie fragen, wieso das ach so professionelle BKA diese Spur nicht verfolgt hat."

Kroll wiegte den Kopf. „Vertun Sie sich nicht in der. Vielleicht ist sie inzwischen schon darauf gekommen. Dann sitzen Sie in der Falle." Sein Blick fiel auf den Monitor.

Das Risiko ging Reeker ein. Er konnte immer noch behaupten, sie beim Ablösegespräch informiert zu haben.

„Moment mal, spulen Sie das mal zurück", sagte Kroll.

Reeker drehte sich rasch um und drückte die Tasten. „Das ist aber schon der Dienstag. Langsam oder Standbilder?"

„Langsam."

Auf dem Monitor sah man einen Mann von schräg hinten, das Gesicht war nur in ein, zwei Bewegungen in einem Halbprofil zu erkennen. Der Mann rauchte und lief quer durch die Halle.

„Was raucht der da?"

„Auf jeden Fall keine Zigarette."

„Der Typ ist so um die fünfzig." Krolls Augen wanderten wieder. „Behaarte Hände, eher kräftige Statur. Der Mann läuft so komisch, eher wie ein Seemann auf schwankenden Planken."

Kriminalhauptkommissar Reeker hatte das Gefühl, dass ein Film in seinem Kopf flackerte. Planken ... Pranken ... genau die hatte er mal Bretter von einem Lastwagen schleppen sehen. „Grassi!"

„Was?"

Reeker hieb sich mit der flachen Hand auf den Kopf. „Na klar, der alte Sack." Er spulte für Kroll noch mal zurück.

Kroll lächelte und deutete mit dem Finger auf dem Monitor auf die Fußstellung. „Stimmt. Der watschelt so."

Reeker nahm die Hände hinter dem Kopf zusammen und faltete die Unterarme auseinander. „Der ist aber eher Spezialist für Brüche – gewesen muss man fast sagen, der hatte mal hier bei uns seine große Zeit zu Mauerzeiten. Und danach noch eine Weile im Osten, als es da nach der Wende polizeimäßig noch Brachland war."

Kroll hatte die Tasche zur Seite gestellt und stand vor dem Schrank mit den Akten. Über die Schulter sagte er: „Ich weiß. Grassi ist doch Ende 95 wegen des Einbruchs in der Postfiliale in der Hauptstraße eingerückt."

Reeker stoppte das Band und betrachtete das Standbild. „Danach war Ruhe. Vielleicht hat er nur etwas im Rathaus beantragt?"

„Nein. Sehen Sie doch mal auf die Zeitanzeige. Das ist doch schon der Dienstag und nach Öffnungsschluss."

„Auch wieder wahr. Sie haben Recht. Ob Grassi da auf der Pirsch war?" Wieder flackerte der Film in seinem Kopf. „Bin ich blöd? Da war doch der Einbruch in dem Kiosk."

„Schauen Sie mal hier, Chef", Kroll legte ihm die Akte vor.

Er las die Stelle, die Krolls Finger markierte. Die Spurensicherung hatte am Kiosk Spuren eines Schraubensdrehers entdeckt, mit dem versucht worden war, die Tür aufzuhebeln, bevor das Schloss gedreht worden war.

„Eigentlich ist für Grassi ein Kioskbruch zu piefig."

„Der wird auch älter und die Gelegenheiten immer weniger, um mit einem Schraubendreher …" Oberkommissar Kroll klappte die Akte wieder zu.

Reeker sah den Mann vor sich. „Kann schon sein. Aber ein Kiosk? Der Junge ist schwerer."

„Schwer genug für eine Erpressung?"

„Grassi ist es allemal wurscht, wenn einer, der einen Politanwalt erschlägt, nicht einrücken muss, wenn er für sein Schweigen gut bezahlt wird."

Reeker schaltete den Monitor ab und nahm das Band aus dem Recorder.

„Warum aber ist Grassi einen Tag nach dem Einbruch und dem Mord im Blaumann im Rathaus unterwegs?"

Kroll pfiff. „Zufall ist das sicher nicht."

„So ein schwerer Junge wie er geht dort nicht putzen, das steht fest."

„Kroll, jetzt ist Feierabend. Und denken Sie dran, das war hier nicht offiziell. Um Grassi kümmere ich mich."

Kroll machte die Tür auf, Reeker schaltete das Licht aus.

*

Grassi stand vor Krystyna, die sich mit ihrem Rücken an den gelben Golf lehnte.

„Tut mir echt leid Kleene, aber ick muss sofort los. Mein Partner is inne Klemme. Es geht nich anders."

Seine Hand streichelte ihre Hüfte, die andere ihre Wange. Er zog sie zu sich heran. Krystynas Augen wurden schmal. Ihre Zunge tastete sich zwischen den Lippen hervor. Grassi küsste sie, sog daran. Krystyna wölbte ihren Unterleib vor. Seine Finger suchten die Brustwarzen.

„Grassi, bist du verrückt? Machst mich scharf, obwohl du abhaust."

„Kleene. Is nich böse gemeint."

Sie stippte ihn mit dem Finger auf die Nase. „Aber wir sollten es uns dann auch nicht so schwer machen. Wann sehen wir uns?"

„Wann haste deinen freien Tag?" Grassi streichelte die Brust.

Krystyna hielt seine Hand fest. „Hör auf … Mittwoch. Da sind die Herrschaften beide ausser Haus."

„Okay, Mittwoch. Wieviel Uhr?"

„So um zehn Uhr? Ich hole dich ab."

Grassi überlegte, seine Bude kam als Treffpunkt nicht in Frage.

„Gut, sagen wir doch einfach von hier, wa?"

Wieder fanden sich ihre Lippen. Grassi fühlte das pralle Fleisch Krystynas. Fast wurde er schwach, hätte sie am liebsten hier im Stehen genommen. Er rieb seinen Unterleib gegen ihren. Sie wich nicht aus, im Gegenteil. Diese schamlose Bereitwilligkeit machte ihn umso schärfer. Das war fast schon ... Das Klingeln seines Handys zerstörte den kurzen Rausch.

„Wat is?", fragte Grassi in das Teil. Krystyna nestelte neben ihm ihren Autoschlüssel aus der Tasche.

„Er hat schon wieder angerufen. Was soll ich sagen?", fiepte Jens in sein Ohr.

Der Junge klang vielleicht panisch. „Geh einfach nich ans Telefon. Ick bin gleich da."

Krystyna lächelte, fasste ihn kurz, aber zielsicher an die Stelle, wo sie zu recht seinen hart gewordenen Schwanz vermutete. Grassi zuckte gegen seinen Willen. Mit der anderen Hand öffnete sie die Autotür und setzte sich in den Wagen.

„Du verdammt scharfes Luder." Grassi beugte sich in den Wagen und küsste sie noch einmal. Sein Blick fiel auf ihren Schoß. Prall leuchteten die Schenkel durch die Strümpfe, ein winziges Stück schwarze Spitze blitzte unter dem Rocksaum hervor. War das der Strumpfrand oder Schlüpfer? Grassi schob die Hand vor ... aber Krystyna lachte und schlug schnell die Tür zu.

Grassi sah dem Wagen nach und zwang seinen Schwanz durch die Hosentasche in eine erträglichere Lage. „Mittwoch. Du Stück, Mittwoch, bist du fällig."

„Weißt du, dass das mein erstes Fahrrad mit Tacho ist?" Jens schob sein neues Fahrrad im Korridor langsam auf und ab. Er wusste wohl noch nicht recht, wohin damit.

„Siehste, kaum hast du Kohle, fängst du an, sie rauszuwerfen." Wenigstens guckte im Schöneberger Kiez niemand komisch, wenn man mit bar bezahlte.

„Ey, ein Titanrad für 1200 ist ein gutes Geschäft. Du kannst ja mit deiner Hollandgurke fahren."

„Unauffällig bleiben, Jens. Darum jeht's. Und jetzt raus mit die Sprache. Wat war das für ein Anruf? Haste ein Namen? Wat wollte der?" Grassi nahm Jens das Fahrrad aus der Hand, stellte es einfach an die Wand und drückte den Jungen an der Schulter rückwärts ins Wohnzimmer.

„Der Typ sagte, ihr wärt alte Bekannte. Du sollst dich mal beim Reeker melden."

„Reeker?" Grassi blickt Jens an, der seine Fahrradhandschuhe untersuchte.

„Mit zwei E. Er hat es mir für den Zettel buchstabiert. Und dass er Hauptkommissar bei der Mordkommission ist. Stimmt das oder hat mich da einer verarscht?"

Grassis Körper verlor seine Spannung. „Nee, wat?" Er roch sofort wieder den typischen Knastgeruch und irgendwo in seinem Kopf hallten die Geräusche des Vollzuges. Vielleicht hatte der Anruf ja nichts mit dem Bruch zu tun. Vielleicht war ja Kriminalhauptkommissar Reeker in Pension und nur einsam. Grassi ärgerte sich über sich, er wusste genau, dass das alles nicht in Frage kam.

„Was ist nun? War das ein Bulle oder ein Kumpel von dir? Ein Bulle will dich doch nicht auf ein Würstchen am Breslauer Platz oder in der Kantine im Rathaus treffen."

Grassi verstand die Anspielungen von Reeker sofort. Der Hauptkommissar wusste also etwas vom Einbruch in den Kiosk und seinem Besuch im Rathaus. „Hat der sonst noch was gewollt?" Grassi ließ sich in den Sessel fallen.

„Na ja, wer ich denn sei, wollte der wissen."

„Wat haste gesagt?"

„Ich wäre ein Handwerker von der Hausverwaltung und würde einen Schaden beheben."

„Gut, Jens."

„Na ja, er wollte dann wissen, wie meine Firma heißt. Aber da habe ich aufgelegt."

„Nich gut. Und beim zweiten Mal?"

„Hat er mich gefragt, ob ich auch dein Telefonist bin. Dann hat er mir seine Nummer gegeben. Du sollst dich bei ihm bis Freitag melden."

Scheiße, da war er wieder bei den Bullen aufgelaufen. Dreck aber auch. Grassi erholte sich langsam von dem Schreck. Aber irgendetwas war nicht koscher an der Sache. Reeker hätte ihn längst vorführen lassen oder wäre selber vorbeigekommen. Da war was nicht ganz rund. Grassi steckte sich ein Zigarillo an und griff nach der Flasche Bier auf dem Tisch.

„Was ist da nun los", Jens war ungeduldig.

„Ja, das war ein echter Bulle. Halt jetzt bloß die Klappe Kleener, ick muss überlegen."

„Scheiße. Werden wir nun verhaftet?" Die Stimme von Jens klang dünn.

Seine Frage hatte etwas von der Naivität eines Neunjährigen. Durch Grassi ging ein Ruck. „Scheiß dir nich ein. Ick regel dat." Er nahm einen tiefen Schluck aus der Flasche. Wenigstens hatte der Junge keinen Flurschaden angerichtet.

„Wirst du mit ihm reden?" Jens schien zu begreifen, dass Grassi jetzt das tun musste, was er am meisten hasste, nämlich ins Rampenlicht zu geraten. Der Junge verließ sich drauf, dass er sich vor ihn stellte. Der machte es sich einfach. Grassi zog an dem Zigarillo, aber wenn sich der Junge reinritt, hing er mit dran. Es blieb ihm nichts übrig.

„Warum soll ein unbescholtener Bürger nich mit die Polizei reden? Das wäre nur verdächtig. Und nun hol mal noch zwei Bier."

133

Jens nahm die leeren Flaschen vom Tisch und ging in die Küche. „Scheiße!" Grassi war auf die Terrasse gegangen und spuckte auf die Böschung hinter dem Geländer. Er griff zum Handy und tippte Krystynas Nummer.

Was für ein Weib. Grassi hatte tatsächlich feuchte Hände. Aber Krystyna hatte ihm eingeheizt. Schließlich hatte er die aufgebrachte Krystyna am Telefon davon überzeugt, dass er sie nicht verarschen, sondern seine Wohnung nur besonders romantisch für sie beide herrichten wollte. Er hatte seinen Besuch bei ihr in Grunewald am Mittwochmorgen abgesagt und sie dafür mittags zu sich nach Hause eingeladen. Aber schließlich hatte sie eingesehen, dass er ja nur um ein paar Stunden Verschiebung bat.

Grassi stand auf der Terrasse. Mist, er hatte tatsächlichen einen Schlitz in seine Burg eingeladen. Das bedeutete vielleicht genauso viel Unglück wie bei den Piraten eine Frau auf dem Schiff. Aber die Gefahr war verdammt verführerisch. Vielleicht musste er endlich mal die alten Gepflogenheiten sausen lassen. Dieses polnische Mordsweib war ein Risiko Wert. Und wenn er über sie noch in Eisenheims Villa kommen würde …

Grassi betrachtete sein Handy wie ein Orakel. Einerseits war es riskant, andererseits verspürte er plötzlich so etwas wie Skrupel, Krystyna zu hintergehen. „Ick und Skrupel", er schnaubte. Die Erpressung Eisenheims konnte er auch von außen steuern. Vielleicht am besten mit einer Nachricht an den feinen Herrn.

In der Küche klapperte Jens beim Abwasch. Grassi rief durch den Korridor. „Is noch was vom Karamellpudding übrig?"

Jens erschien in der Tür. Die Hemdsärmel hochgekrempelt, über die Hände gelbe Spülhandschuhe gestreift und das blauweiß karierte Trockentuch als Schürze hinter den Hosengürtel geklemmt. „Der hat dir wohl geschmeckt, was?"

Der Junge freute sich richtig. Grassi schauderte es plötzlich bei diesem hausmännischen Anblick, er redete ja mit Jens schon wie nach fünfzig Jahren Männerwirtschaft. Dafür hatte er nicht die Sicherheit seiner abgeschiedenen Burg aufgegeben. „Ja, war lecker."

„Ist aber alle. Soll ich dir noch einen anrühren?"

Grassi hatte plötzlich eine Vision, dass ihn Jens bald Alter nenne würde, wenn es so weiterging. Absurd, dieser Junge mit Küchenhandtuch. Er schüttelte den Kopf, während er sich auf den Bauch schlug. „Nee, lass man. Ich will Krystyna nicht zu viel aufhalsen."

„Die steht doch auf deinen Bauch, mach dir keine Sorgen", Jens verschwand in der Küche.

Seit wann hatte der Junge denn Ahnung von Weibern?

Grassi holte sich aus dem Medizinschrank ein paar Gummihandschuhe und nahm ein paar alte Zeitungen aus der Küche. Dann breitete er sie im Wohnzimmer auf dem von Jens abgesaugten Boden aus. Jens kam mit einem Korb vorbei und ging zur Terrasse.

„Wat machste denn nu?" Grassi hielt mit seiner Arbeit inne.

„Ich hänge die Wäsche auf."

„Lass den Quatsch, setz dir hin."

„Aber …"

„Kein aber, stell den Krempel hin, hol zwei Pilsetten und setz dir."

Jens zögerte einige Augenblicke, brachte aber erst den Wäschekorb auf die Veranda. Dann holte er aus der Küche zwei Bier.

„Nischt anpacken, pass bloß auf. Das schaff ick schon allein."

Grassi hielt schützend die Hand über seine Zeitungen und Papierschnitzel.

Jens hielt die beiden Flaschen Bier mit den ausgestreckten Armen vom Tisch weg. „Was machst du denn da?"

Grassi zeigte mit der Schere auf den Tisch. „Ick füll sozusagen unsere Zahlkarte aus. Verstehste?"

„Nee."

„Kleener. Ick formulier die Forderung an Eisenheim."

„Da bin ich aber mal gespannt."

„Na, das geht heute noch inne Post."

„Inne Post? Wir wollten doch in die Villa und den Brief dort geheimnisvoll platzieren?"

„Nee. Is nicht so gut, jetzt wo ich so nahe an die Polackin dran bin."

„So nahe?"

„So nahe?" äffte Grassi den naiven Tonlaut von Jens nach, „Hör bloß auf mit die Fragen. Das hält ja keiner aus."

„Aber …"

„Nischt is mit aber. Ick will das jetzt nich. Haste nischt zu tun?"

„Wenn du meinst, die Post ist besser." Jens hielt ihm die Flasche hin. Grassi stieß an.

Dann sah Jens zu, wie Grassi auf den Knien über den Boden rutschte, Wort um Wort in den Zeitungsausschnitten suchte und dann hier und da eines ausschnitt.

Erichs Lampenladen - ein Schnäppchen ...

„Von hier sieht man es tatsächlich gut. Die Stahlträger scheinen ja ganz schön Widerstand zu leisten. Wer hätte der DDR soviel Qualität zu getraut."

Ob Bauer oder Vorstand, der Mensch will sehen. Korbach trat vor dem Fenster zur Seite und ließ dem Vorstandsvorsitzenden von Weilheim noch mehr Platz. „Für den Abriss ist das ohne Bedeutung. Widerstand der alten Seilschaften wäre schlimmer gewesen, aber die", Korbach legte die Hand auf die Fensterbank, „haben sich ja inzwischen ausreichend angepasst."

„Sie haben sogar der Ost-Partei gespendet?" Von Weilheims Seidenkrawatte glänzte im Halogenlicht des großen Seminarraums der Stiftung.

„Aber ja. Die müssen ihren Overhead finanzieren wie alle. Und ewig können die von ihrem ins Ausland verschobenen Parteivermögen auch nicht zehren." Von hier hatte man den richtigen Überblick über das Filetstück, zumindest solang die Bauakademie noch nicht aufgebaut war. Aber Korbach konnte sich nicht um alles kümmern. Das sollten mal die Star-Architekten durchsetzen.

„Wo liegen die Privatappartements später einmal? Der Blick auf diesen Dom ist ja nicht gerade berauschend."

Es war doch richtig gewesen, das Treffen bei der Bertelsmann-Stiftung zu arrangieren. Korbach zeigte mit dem Finger auf eine hochragende Wand, die vom alten Palast der Republik noch stand. „Noch etwas höher werden die Appartements liegen. Ungefähr in der Höhe der Privaträume Kaiser Wilhelms des Zweiten."

Von Weilheim kniff die Augen zusammen. „Westseite wäre mir am liebsten, da müsste man doch die Linden bis zum Brandenburger Tor hinunter sehen können, oder?"

„Sie haben ein ausgezeichnetes räumliches Vorstellungsvermögen, genau so ist es." Aber ob von Weilheim wirklich eines der beiden besten Appartements würde haben können, hing ein wenig von seiner Kooperation ab. „Die Zuordnung der Appartements klärt sich dann bei einer Geberkonferenz im Herbst."

„Ich habe genug investiert." Von Weilheim hob die Augenbraue und musterte ihn kalt. „Oder haben wir neue associates?"

„Nein, der Kreis bleibt so exklusiv wie er war." Korbach richtete den Blick auf die Bagger die auf dem Schutt vor den Palastresten herumrangierten. Natürlich hörte man hier hinter den schallisolierten Scheiben nichts vom Lärm der Linden oder dem Abriss.

„Was macht der Wettbewerb?"

„Läuft planmäßig gegen Null. Natürlich werden wir demnächst einen offiziellen Wettbewerb um die Innenräume des Schlossneubaus starten. Aber die fünfundzwanzig Appartements werden gebaut. Keine Sorge."

„Ich dachte zwanzig. Von Weilheims glattes Gesicht zog kaum Falten. Wahrscheinlich Botox, aber Korbach hörte den Unterton.

„Es gibt keine Neuzugänge. Ein wenig Spielraum muss sein, falls wir einen Amtssitz des Bundespräsidenten oder so etwas einräumen müssen. Die zu erwartende öffentliche Debatte lässt sich unter Umständen so am schnellsten kanalisieren."

„Nun, das ist ihr Job." Von Weilheim überhörte einen Signalton seines Handys. „Sie kennen meine Präferenzen. Ich war gestern in Amman. Neue Wünsche." Er trat vom Fenster weg und blinzelte in das gelbliche Halogen.

Korbach folgte ihm zu einer Sesselgruppe. Von Weilheim würde ein Stück des Filets bekommen, das Stück, das er ihm zuteilte.

„Wünsche erfüllen wir doch gern." Korbach setzte sich. Dann konzentrierte er sich auf von Weilheims Körpersprache. Der Mann log.

*

Das Hausmädchen hatte die Post wie immer auf die offene Klappe des Biedermeierschreibtischs gelegt. Eisenheim zuckte zusammen.

Der seltsame braune Briefumschlag zwischen den Bankauszügen und Werbeprospekten hatte ein ungewöhnlich breites Format. Eisenheim riss ihn auf. Darin steckte ein schmutziges Papier, auf dem aus billigen Zeitungen ausgeschnittene Worte aufgeklebt waren. *WIR WISSEN WAS DU GETAN HAST. WIR MELDEN UNS*

Eisenheim sah, dass seine Hand zitterte. Zielte das auf die Schiebungen um den Palast oder Zenkert?

Einen Moment glaubte er an einen schlechten Scherz Korbachs. Aber das war nicht dessen Niveau. Es kreiselte in Eisenheims Kopf. In der Nacht, da hatte es geregnet wie Sau, da, da konnte es doch keine Zeugen ... Oder doch? Der Breslauer Platz war groß.

Eisenheim steckte das Papier weg. Ein Arschloch erpresste ihn. Aber jeden Euro, den er hatte, würde er für den Palastdeal brauchen. Das Arschloch würde leer ausgehen, ausgehen müssen.

Eisenheim lachte und warf den braunen Umschlag auf den Sekretär.

Plötzlich war er scharf auf Sex, sein Schwanz juckte. Er hätte seine Wut am liebsten gleich mit Erika ausgetobt. Aber sie war sauer auf ihn, hatte ihren halbjährlichen Eifersuchtsanfall.

Eisenheim kratzte sich am Sack. Außerdem war der Schwanz kein guter Ratgeber.

Eisenheim griff zum Telefon und wählte die Nummer seines Freundes und Hausarztes. Die Mailbox ging ran. „Ich bin es, Eisenheim. Hast du mal einen Termin für mich? Am Freitag, um 11.00 Uhr? Prima, ich bin da."

Erika erschien im Türrahmen, das Kinn gereckt und die Hand am BH verkrallt. Sie war wütend.

„Freitag? Machst du jetzt mit deinen Nutten schon Termine?"

„Mit Gerolf!"

„Erzähl mir nicht, dass du krank bist." Sie linste von der Seite. „Oder hast du dir bei dieser miesen Schlampe was weggeholt?"

„Aber Erika, ich ..."

„Ach halt dein Maul. Was ist das eigentlich?"

Sie schmiss ihm das Fax mit der Bestätigung aus Luxemburg hin, dass die Sofortüberweisung getätigt würde.

„Das kann ich dir erklären …"

„Ja, das glaube ich, dass du das kannst. Wahrscheinlich 'ne Schwarze oder eine aus Asien. Ich werden dich fertigmachen, dass du in einen Schuhkarton passt."

Sie stand nur wenige Meter vor ihm, Ihre Augen blitzten und der Busen wogte vor Erregung.

„Erika, hör bitte zu …"

„Bequatsch mich nicht! Wir sind durch dick und dünn gegangen und jetzt hintergehst du mich, du gemeiner, hinterhältiger Drecksack. Ich werde dich …"

Sie ging mit den Fäusten auf ihn los. Eisenheim fing ihre Hände ab, hielt sie fest. Aus dem Gesicht seiner Frau wurde die blutige Fratze von Zenkert. Erschrocken ließ er sie los. Erika trat nach ihm und traf ihn am Oberschenkel. Eisenheim verlor den Halt und stürzte hinterrücks zu Boden.

Erika war vor Eifersucht wie von Sinnen und setzte nach. „Dich bekommt keine andere. Vorher mache ich dich fertig. Du kannst dich schon mal von deiner Karriere verabschieden."

Eisenheim erwischte einen Fuß und hielt ihn fest, zog daran. Erika fiel auf ihn. Ihre Haare hingen ihr wirr ins Gesicht, sie versuchte ihn zu beißen.

„Du Schwein …"

Eisenheim wusste, dass er noch mehr Geld auftreiben musste. Aber Angst machte ihm nur der Gedanke, dass ihn seine Frau verlassen könnte. „Erika, nicht auch noch du …"

„Was heißt das – nicht auch du …"

Eisenheim umarmte sie. So lag sie auf ihm, den Kopf auf seiner Brust. Eisenheim rieb ihr den Rücken und hielt ihre Hand fest. „Ohne das Geld aus Luxemburg macht Korbach mich fertig." Erikas

Widerstand kippte unter ihm weg. Sie sah ihn lange an. Sie begriff und tastete sich heran. Dann lag ihre Hand dort, wo er sie jetzt brauchte.

„Hör mir zu, Kleines …"

*

„Der Zenkert war der Puffer, was sonst?" Die Siebert stand vor der weißen Board und zog einen dicken grünen Strich links neben dem Namen.

Kriminalhauptkommissar Reeker überflog mit den Augen noch einmal das Tafelbild im Besprechungsraum, das sie in der letzten halben Stunde entwickelt hatten. „Offensichtlich war seine Pufferzone nicht groß genug, sonst wäre er nicht tot."

Die Siebert legte den grünen Malstift auf die Alukante des Boards. Einen Moment schwebten die Hände über dem roten Stift für Fragen. „Kollege, verstehen wir uns richtig? Zenkert hatte keine Pufferzone – er war die Pufferzone."

Reeker gab sonst wenig auf die ganzen screenings, data clusters und wie der ganze neue Methodenkram hieß. Es lief immer auf das gleiche hinaus. Der Polizist musste das Verbrechen nachvollziehen. „Ich weiß schon." Die Siebert hatte ihm Achtung abgenötigt, sie hatte aus ihm und Kroll alle relevanten Infos rausgequetscht und in einer Weise dort vorn am Brett sortiert, dass er auf einmal begriffen hatte, dass hier mindestens drei unterschiedliche Ebenen zusammenspielten. „Um im Bild zu bleiben … seine Pufferkapazität hat nicht ausgereicht."

Die Siebert lächelte schwach und lehnte sich leicht an den linken Rand des Boards. „So sieht es aus. Und womit wird in der Politik gepuffert?"

„Mit Luft bestimmt nicht." Reeker nickte. Sie hatte Recht. „Mit Geld natürlich." Er verschränkte die Arme hinter sich und streckte die Beine. „Zenkert hatte bestimmt genug Geldquellen, bei der Klientendatei." Reeker sah zur Decke.

„Würde man einem Spitzenanwalt, der zwischen großvermögenden Herren vermittelt, eigentlich auch zutrauen", sagte Kroll.

„Es könnte ja auch umgekehrt gewesen sein." Die Siebert machte ein paar Schritte zum Fenster. „Menschen, die viel Geld haben, sind oft geizig. Vielleicht wollte er einen Preis nicht zahlen, obwohl er das Geld hatte, weil die Gegenleistung nicht stimmte."

„Welche Gegenleistung?" Kriminalhauptkommissar Reeker setzte sich auf und legte den Kopf schief.

„Genau." Die Siebert schrieb das Wort in Rot an die Wand. „Das ist die neue Ermittlungshypothese: Zenkert hat nicht bekommen, was er wollte und hat nicht gezahlt. Dafür ist er umgebracht worden, weil das Gegenüber der Meinung war, geliefert zu haben."

„Halt, Moment mal." Reeker beugte sich vor.

Die Siebert hatte Ringe unter den Augen, war aber konzentriert. Der Stift schwebte über der weißen Fläche. „Ja?"

„Wo ist das Geld? Wir haben bei Zenkert nichts gefunden und seine Konten scheinen in Ordnung."

„Die offiziellen Konten sind immer sauber." Der Stift schrieb Geld mit einem Fragezeichen. „Irgendjemand hat sich das Geld verschafft. Wäre schön, wenn wir es fänden. Dann wüssten wir auch, wer es Zenkert abgenommen hat."

„Wenn es nicht weitergegeben worden ist."

Die Siebert sah Kriminaloberkommissar Kroll an.

„Stimmt, Kollege. Trotzdem, keine voreiligen Schlüsse."

„Wollen wir uns sein Klientenfeld noch einmal anschauen?" Reeker überflog die lange Liste in seinen Unterlagen.

Die Siebert setzte sich in ihrem Hosenanzug auf den Rand des Dozententischs. Trug die immer solche auf Kante genähte Klamotten?

„Wir sollten uns auf seine Tätigkeit für die ConInvest konzentrieren sowie auf seine Verbindung zu Korbach." Die Siebert betrachtete den Stift in ihrer Hand wie eine Glaskugel.

„Wieso?" Reeker legte die Daumen aneinander. „Oder teilt das BKA nicht seinen ganzen Wissensvorsprung mit?"

Ihre Wimpern flatterten. „Wir … ich habe die Klientendatei und die aktuellen Fälle der Kanzlei Zenkert mit der Sekretärin durchgesprochen und die Akten gründlich analysiert."

Und geschreddert. Reeker nickte aber nur. „Mit unseren Anhaltspunkten kommen wir an die Leute nicht ran. Deren Anwälte machen uns platt, wenn wir nicht mehr vorlegen. Nur in der Klientendatei eines Mordopfers zu stehen, reicht nicht für einen Zugriff auf Geschäftsunterlagen."

Die Siebert hob die Augenbrauen. „Den Grundkurs Ermittlungsrecht haben wir wohl alle nicht mehr nötig, Reeker. Natürlich haben wir was, dass uns die Geschäftsräume öffnen wird."

„Ach", der ganze Zirkus nur, weil sie ihn auf eine Strategie einschwören wollte. Kriminalhauptkommissar Reeker spürte Ärger aufsteigen. „Und warum erfahre ich das jetzt erst?"

„Weil man es nur im Zusammenhang versteht und außerdem hatten wir bis jetzt noch keinen gemeinsamen Gedanken, nicht wahr?" Sie wies mit dem Daumen hinter sich auf die weiße Tafel.

„Nu mal Butter bei die Fische." Reeker legte die Hände flach auf den Tisch vor ihm.

Die Siebert öffnete die Tasche neben sich und entnahm eine grüne Kladde, schob sie ihm hin. „Darum geht es, glauben Sie mir."

Reeker öffnete den abgegriffenen Kartondeckel. Er erkannte die Ruine sofort. „Der Palast? Aber der wird doch längst abgerissen."

„Sicher, und dann?"

Reeker sah den Spott im linken Augenwinkel der Siebert. „Dann wird dort das Preußenschloss wieder aufgebaut."

Die Siebert nickte. „Das ist, was alle glauben sollen. Nehmen Sie mal die Fotos weg. Zenkerts Klienten haben etwas anderes vor."

„Wer ist das?", Reeker hob das Kinn.

„Das müssen wir noch herausfinden." Die Siebert setzte sich auf den Dozentenstuhl und sah Reeker direkt an. „Machen Sie mal einen Vorschlag. Womit fangen wir heute an?"
Sie nahm die Akte wieder an sich und schob sie zurück in die flache, lederne Tasche. Direkt neben die andere Akte mit der Aufschrift *Mastermind*.

*

Im Café Breslau war am Mittwoch nicht viel los. Grassi fing den gelangweilten Blick der Servicekraft auf. Er blieb einen Augenblick stehen, um sich an das Licht der tief hängenden, gedimmten Lampen zu gewöhnen.
Der dicke Siegfried vor dem Tresen studierte die Zeitung und trank dabei einen Schluck Bier aus seinem Weizenglas. Am Tisch neben der Treppe zur Kegelbahn stand Günter und sortierte die fliegenden Zettel in seinem Terminplaner. Grassi nickte in seine Richtung. Die Schwarzhaarige mit der Schürze sah ihn fragend an. Grassi gab ihr mit den Augen ein Zeichen und zeigte mit Zeigefinger und Daumen einen „Kleinen" an. Die Schwarze verstand. Gutes Mädchen.
Grassi ging am Tresen längs in Richtung der Spielautomaten. Kein Zocker war damit beschäftigt, ebenso leer war es am Billardtisch. Hier im rückwärtigen Teil des Cafés war es genau richtig. Grassi schob sich hinter einen der dunkelbraunen Holztische.
Peinlich, wenn ihn der eine oder andere Bekannte draußen auf dem Bürgersteig an den Tischen sitzen gesehen hätte. Hier hinten, hinter den Spielautomaten bei den Billardtischen war er erst einmal aus dem Focus.
Aber warum hatte ihn der Hauptkommissar nicht vorführen lassen … Ein Blick auf die Uhr zeigte ihm 09.50 Uhr. Jens würde jetzt wohl vom Einkaufen zurück sein und die Bude für Krystynas Besuch auf Vordermann bringen. Überhaupt, der Junge, es war ganz praktisch, wenn einer spülte. Aber Grassi würde ihn loswerden müssen. Jens

würde nicht lange brauchen, bis er merkte, dass der große Grassi gar nicht mehr so großkriminell war. Grassi fühlte sich auf einmal alt. Aber er zögerte noch, Jens seinen ganzen Anteil zu geben. So ein grüner Junge warf das Geld nur zum Fenster raus, dass es jedem im Kiez auffiel. Außerdem brauchte er ihn noch als Partner bei dem dicken Ding, das er im Grunewald anleierte. Sonst hätte er selbst Jens kaum zum Putzen gebracht, wenn er ihm nicht Krystyna als strategisches Pfund für den Grunewald verkauft hätte.

„Fast hätte ich dich nicht gefunden!"

Grassis Blick glitt an der Gestalt des Kriminalhauptkommissars empor. Nur grauer um die Ohren war der geworden, nicht mal dicker.

„Na ja, sie wissen ja, ick muss auf meinen Ruf achten. Is ja nu mal keine Referenz, mit die Polente gesehen zu werden."

„Ach Grassi, wir sind doch alte Bekannte, das weiß doch jeder. Immer noch Kaffee mit Anis?" Reeker zeigte auf die Tasse, die die Servicekraft hinstellte.

„Muss man ja auch nich gleich in die Öffentlichkeit poussieren, wa?" Reeker lachte und bestellte sich ein Mineralwasser bei der Kellnerin, dann setzte er sich zu ihm an den Tisch, legte beide Unterarme darauf.

„Grassi, Lass uns mal gleich zum Thema kommen und nicht lange herumfackeln."

„Ick hab auch nich ewig Zeit. Is mir recht."

Reeker schob die Augenbrauen zusammen. „Ich kann dir beweisen, dass du an dem Kioskeinbruch beteiligt warst und ich habe Beweise, dass du im Rathaus gewesen bist. Dazwischen ist ein Mord passiert."

Grassi schaffte es nicht, den Kriminalhauptkommissar anzusehen.

„Hab ick von alles gelesen."

Reeker fasst Grassi hart am Arm. „Mann, hör auf mit dem Gesülze. Sieh mich an."

„Das Wasser, bitte." Die Serviererin stand am Tisch und stellte Glas und Flasche ab.

Der Kriminalhauptkommissar ließ Grassi los und lehnte sich zurück, goss sich ein. „Lass mal dieses blöde Ganoven-Polizeispiel. Es geht hier um deinen Arsch. Alter, ich kenn dich doch. Du und deine Legende. Wie oft hab ich dich verhaftet? Zehnmal? Fünfzehn mal?"

Grassi sagte nichts und blickte den Kriminalhauptkommissar nur an.

„Komm mir nicht mit der Gangstermasche. Keiner weiß so gut wie ich, dass du mehr schlechte wie gute Tage gesehen hast. Dein Arsch ist mir sogar im Prinzip total egal, aber hier sind noch ganz andere Leute am Werk. Hast du den Anwalt auf dem Parkplatz umgelegt? Sag es lieber mir, bevor die anderen dich kriegen."

Ach du Scheiße. Der Kriminale war zwar ein Bulle, aber kein Scheißbulle. Der log nicht. Reeker sah Grassi weiter direkt an, er hielt aber dem Blick mit letzter Kraft stand. „Keine Aussage."

„Soso. Warst du am Kiosk?"

„Keine Aussage."

„Grassi, du warst wieder mit deiner Schraubenzieher-Nummer am Werk. Mensch, das BKA ermittelt. Die kommen früher oder später genau wie ich auf dich. Die sind verdammt froh, wenn sie die heiße Sache einer kleinen Nummer wie dir zuschieben können."

„Keine Aussage."

„Ich werd verrückt." Reeker hieb auf den Tisch. Das Glas Wasser verschob sich. „Lass die Schau. Mann, ich kenn auch deine Knastakte. Also nun Butter bei die Fische. Warst du nicht allein, deckst du jemanden?"

„Ick sach nischt."

Reeker nagte an seiner Unterlippe. Grassi grüßte mit einem Kopfnicken einen Musiker, der jeden Morgen hier abhing. Je normaler es aussah, desto besser, aber seine Hände waren schon ganz schwitzig. So eine Scheiße.

„Moment, war etwa der Junge vom Telefon dabei? Soll ich mir den mal vornehmen?"

„Kein Kommentar." Ihm fiel einfach nichts Besseres ein.

„Am Kiosk war jemand mit den Nachschlüsseln dran. Ich kann ja auch einmal eine Spurenquernachfrage starten. Wir bekommen ihn."

Grassi holte tief Luft. „War das nicht ein privates Gespräch, Kriminalhauptkommissar?"

„Das ist privat, Grassi. Aber ein Gespräch ist das nicht. Ein dienstliches Gespräch ist etwas ganz anders, das hast du doch noch nicht vergessen!"

„Lass den Jungen da raus."

„Können wir drüber reden, wenn ..."

„Nee, nix wenn! Lass ihn raus."

Der Kriminalhauptkommissar nickte langsam und hob den Arm über die Tischkante.

Grassi sah auf die hingestreckte Hand von Reeker, zögerte und schlug dann ein. Der Griff war trocken, hart und kurz. „Abgemacht."

„Und?", fragte Reeker.

„Wat und?"

„Was war da nun los?"

„Na ja, ick war da. Im Kiosk. So ca. 200,-- Euro und ein paar Püllekes ..."

„Der Kiosk interessiert mich doch gar nicht. Was ist auf dem Parkplatz passiert.?"

„Dunkel war es und geregnet hat es." Grassi kaute die Worte wie Papier.

„Mensch Grassi, hör auf zu Sülzen."

„Jau Reeker, weißte, ick kann das nich. Kann nich einfach einen Bullen von die Aktion erzählen, wird mir schlechte dabei."

„Grassi, ich bin jetzt hier nur der Werner Reeker."

„Ick würge trotzdem dran." Grassi nahm einen Schluck aus seiner Kaffeetasse. „Also jut …"

Grassi sah dem Kriminalhauptkommissar an, dass der mit Bulleninstinkt roch, dass er einige Elemente ausgelassen hatte. Aber Grassi hatte nichts genau gesehen, schon gar nicht die Tat selber. Zwei große Wagen und zwei Männer im dunklen Regen, das war die Wahrheit, das hatte er gesehen. Aber wer glaubte schon die Wahrheit.

„Denk an die Konsequenzen, Grassi." Reeker leerte sein Mineralwasser. „Pass bloß auf, dass du nicht in die Schusslinie gerätst. Die Leute sind drei Nummern zu groß für dich."

Grassi nahm das alles mit stoischer Ruhe auf, aber in seinem Bauch rumorte es. Kriminalhauptkommissar Reeker kannte sich aus und setzte nichts drauf. Es reichte eh schon.

„Und sonst war weiter nichts?"

„Nee, nischt."

„Und was war im Rathaus?"

„Nischt, nur mal gekiekt. Sie wissen doch, Input und so."

„Kennst du Eisenheim?"

Grassi schluckte am Aniskaffee. Nahm denn die Scheiße heute gar kein Ende. Davon hatte der Bulle also auch schon Wind. „Nee. Wer is'n das?"

Doch Reeker drehte nur sein leeres Glas auf dem Tisch. „Ich weiß, dass du noch was in petto hast. Sei vorsichtig. So wie ich dahinter gekommen bin, werden auch die anderen dahinter kommen."

„Da pass ick schon auf."

Reeker beugte sich vor. „Unterschätz die Sachlage nicht. Sag ehrlich, hast du Material oder sonst etwas gebunkert, wo andere drauf heiß sein können?"

„Ick hab nischt."

„Nun gut, wie du willst." Der Kriminalhauptkommissar stand auf. „Du hast ja meine Nummer. Melde dich, wenn irgendetwas Ungewöhnliches passiert."

„Mach ick."

Reeker ging und Grassi beobachtete, wie er vorne am Tresen bezahlte. Grassi lehnte sich zurück und setzte eine selbstzufriedene Miene auf, keiner sollte merken, dass ihm Arsch mit Grundeis ging. Der Bulle hatte ein düsteres Szenario aufgezeichnet, gelogen hatte er bestimmt nicht.

Automaten-Fritz betrat den Laden und sah in seine Richtung, schwankte zur Toilette und grinste quer über die Tische zu ihm hin. Grassi grüßte mit einer lässigen Handbewegung.

Abhauen kam nicht in Frage. Er brauchte ein Versteck. Die Kohle musste sicher untergebracht werden und der direkte Kontakt mit dem Jungen abgebrochen werden. Ging aber nicht gleich.

Langsam erhob er sich und ging zum Tresen. Grassi wollte die halbe Million haben, die er von dem Haufen abschmecken wollte. So groß war der Haufen bestimmt, sonst hingen nicht die großen Fische im Netz des BKA.

Die Servicekraft sah nur kurz von der BZ auf. „Hat dein Kollege schon erledigt."

Mann, Reeker, warst du also doch privat hier. Grassi schaute aufs Handgelenk. 11.30 Uhr, ach du Scheiße, schon. Um 12.00 Uhr wollte Krystyna da sein und Jens vereinbarungsgemäß schon wieder weg. Grassi setzte sich in Bewegung. Notfalls würde er dem Jungen Beine machen. In seine Burg würde er es gerade noch schaffen. Eine scharfe Nummer mit Krystyna war jetzt genau das richtige, um den Dreck zu vergessen, in dem er bis zum Halse steckte.

*

Eisenheim lauschte in die Stille des Wohnzimmers hinein. Erikas Hand lag auf seiner Brust. Er spürte, dass seine Frau erleichtert und besorgt zugleich war.

„Zenkert hat sich immer schon überschätzt. Der hätte dich nicht so in die Enge treiben dürfen, Karl-Heinz." Sie sah an seiner Nase vorbei zur Zimmerdecke.

„Dem Korbach ist das egal. Er will den Deal abwickeln. Alles andere interessiert den nicht."

„Mit dem Geld aus Luxemburg, kommst du damit hin?" Sie stützte sich auf den Ellenbogen.

Eisenheim strich ihr über den Busen. „Ich werde noch meinen Bruder anrufen, wenn der mir zwanzigtausend leiht, reicht es."

„Gregor kann das doch allemal."

„Er mag mich nicht besonders, das weißt du."

„Versprich ihm sieben Prozent Zinsen, dann macht er es."

Erika hatte Recht. Gregor war ein geldgeiles Arschloch, schon immer. Aber jetzt brauchte er dieses Arschloch, dass in seiner Bogenhausener Villa saß und sich irgendeinen Bordeaux von 1890 in den Hals goss.

„Aber dann machen wir hier den Abgang, Erika. Zuerst trete ich aus gesundheitlichen Gründen sämtliche Ämter ab und gehe in den Ruhestand."

Erika lächelte. „Alles ganz unauffällig, und wenn die Konjunktur wieder anspringt, verkaufen wir hier die Villa." Sie küsste ihn. „Anderswo ist es auch schön."

„Wenn der Deal klappt, fällt genug ab. Korbach ist Perfektionist, er hält sich an die Absprachen. Der will noch ein bisschen in der Oberliga mitspielen."

„Kennst du eigentlich die Ex-Frau von Korbach?"

„Nein, wieso?"

„Da hast du nichts verpasst. So eine ganz edle Blumenzüchterin mit Päoniengarten. Die Annegret hat mich da mal hingeschleppt. Du meinst, du bist da bei Spik, bei der Antiquitätenauktion." Erika stand auf. „Ich brauche einen Whiskey, du auch?"

Eisenheim schloss die Augen und hörte dem Gesang der Vögel im Garten zu.

Dann klirrten die Eiswürfel in den Gläsern. Er stand auf und ging zum Glastisch. Auf Erikas Tablett lag noch ein Umschlag.

„Den hat Krystyna vorhin im Briefkasten gefunden." Ihre Stimme klang belegt.

Eisenheim fühlte nur Wut aufsteigen. Es war wieder ein brauner Umschlag in dem Fehlformat. Er riss ihn auf.

Ein weißes Blatt fiel heraus. Erika bückte sich schneller als er. Sie standen nebeneinander. Wieder waren es ausgeschnittene Wörter aus Boulevardzeitungen.

„500.000 Euro, bar, diese Woche. Wir melden uns."

Eisenheim fühlte wie ihm das Blut aus den Wangen trat.

„Was wissen die wirklich, Karl-Heinz?"

Das war zuviel. Da konnte er die Karibik streichen und Mallorca als Ziel nehmen. Eisenheim schüttelte den Kopf. „Das ist gierig. Irgendwie zu gierig. Ich will wissen, was die überhaupt in der Hand haben. Wir reagieren einfach nicht."

Erikas Gesicht kam ganz nah. Er sah sich in ihren Pupillen spiegeln.

„Als Kämpfer gefällst du mir am besten. Du hast es immer geschafft, den Jungs in die Eier zu treten, die an deinem Stuhl sägen."

Ihre Hand fand seine. Er spürte seine beginnende Erektion. Seine Finger griffen in ihr Haar.

„Erika, wir haben eigentlich andere Sorgen."

Unbeirrt machte Erika weiter, sank langsam auf die Knie. Eisenheims Schwanz war nun schon soweit angeschwollen, dass er auf Halbmast abstand.

Erika öffnete ihre Bluse. „Quatsch, wir haben uns. Und das reicht. Wir schaffen das."

*

151

„Nanu, Herr Kriminalhauptkommissar Reeker im Büro Zenkert. Wieso weiß ich davon nichts?"

Reeker fuhr am Kopierer herum. Fast schuldbewusst hielt er eine Seite Pergamentpapier wie von einer Zeichnung in der Hand.

„Sie ermitteln doch nicht etwa hier ohne mein Wissen, Kollege?", fragte Verena Siebert.

Von nebenan kam Gerlinde Erhardt dazu. Sie hatte zwei Gläser Limonade in den Händen, dass Eis darin klingelte. „Ich habe Sie gar nicht läuten hören?"

Verena Siebert schaute auf die Sekretärin. Deren Bluse stand vielleicht ein Knopf zu weit offen. Der Mund blutrot geschminkt. Reeker fand die Haut zum Reinbeißen.

Die Siebert fing sich. „Die Rechtspflege hat den Schlüsselsatz Herrn Zenkerts", lächelte die Ermittlerin.

Reeker räusperte sich. „Ich bin nicht im Dienst. Ich helfe Frau Erhardt bei der Übergabe der Unterlagen an eine neue Kanzlei, die der Anwaltsverein mit der Abwicklung der Fälle beauftragt hat. Natürlich nur die Unterlagen, die nicht beschlagnahmt sind."

Verena Siebert ging um die große Skulptur im Empfang herum. Die enge, weiße Leinenhose spannte sich. Vielleicht waren die Beine eine Spur zu weit gespreizt, als sie sich auf den Schreibtisch setzte und ihr Schritt wölbte sich stramm in dem Stoff. Reeker wusste, dass er zu viel Sex im Kopf hatte. Aber die Siebert war als Frau attraktiv, wenn er ehrlich mit sich war.

„Ein bisschen seltsam finde ich schon, dass Sie Ihren privaten Kontakt zu Frau Erhardt nicht erwähnt haben. Ich hoffe nicht, dass das in Richtung Ermittlungsarbeit geht?"

Reeker faltete das Papier zusammen. „Natürlich nicht. Davon dürfen Sie ausgehen." Er hatte einen scharfen Ton angeschlagen.

Ihr Po in der Hose zeigte eine perfekte Wölbung. Die Erhardt schaute auch darauf, und zwinkerte ihm zu.

Die Siebert stand auf und stellte sich ganz nahe vor ihn. „Reeker, lassen Sie doch mal das Beleidigtsein weg. Sie würden sich an meiner Stelle genauso wundern." Sie rollte die Schultern wie bei einer Gymnastikübung. „Soll ich jetzt Frau Erhard fragen, was Sie beide verbindet? Aber wissen Sie, mir wäre lieber, wenn mich das gar nichts angehen müsste."

Gerlinde Erhardt hüstelte. „Wollen Sie nicht vielleicht im Zimmer von Herrn Zenkert Ihre Unterhaltung fortsetzen?" Sie nahm ihre Handtasche. „Ich wollte sowieso noch eine Flasche für heute Abend holen." Sie bog vom Schreibtisch herum. „Du magst doch Wein, Werner?" Ihr Blick allerdings traf nicht Reekers Augen, sondern blieb an der Bluse der Siebert hängen.

Reeker wurde rot, die Siebert wartete, sah ihn aber unverwandt an. „Ja, Gerlinde … gern Chianti oder so etwas."

Die Tür des Sekretariats klickte. „Wollen wir nun zusammenarbeiten? Oder schalten Sie auf stur? Reeker, wenn Sie wollen, können Sie natürlich auch die ganze Abmahnungsnummer haben. Oder wollen Sie verdammt noch mal endlich einsehen", ihre Stimme wurde schneidend und laut, "dass mir der Fall übertragen ist."

Reeker sah auf die Siebert hinunter. So wie sie vor ihm stand, konzentriert und ein wenig zornig, spürte er ihre Ernsthaftigkeit, ihren Glauben an die eigene Arbeit. Den hatte er in ihrem Alter auch gehabt, hatte er noch, wenn er ehrlich mit sich war. Er schwieg, er sah es in ihren Augen glitzern. Plötzlich war eine Verbindung zwischen ihnen da. Sie verstand ihn. „Bin ich offiziell wieder dabei?"

„Inoffiziell nutzen Sie der Sache mehr. Sie wären sozusagen mein Joker, der nicht auf dem Tisch liegt."

„Das ist aber eine Scheißrolle", sagte Reeker.

„Eitelkeiten kann sich keiner von uns leisten, wenn wir an die ran wollen, die da wirklich die Fäden ziehen. Und die will ich haben." Sie verschränkte die Arme.

„Sie wissen also wer."

Die Siebert nickte. „Wir ahnen es mit neunundneunzigprozentiger Wahrscheinlichkeit. Dass das nicht reicht, brauche ich Ihnen nicht zu sagen. Ich will es aber beweisen können. Glauben Sie, wir im BKA drehen Däumchen? Der Zenkert ist Leuten ins Messer gelaufen, die gerade das Filetstück der Republik unter sich aufteilen. Und die schrecken vor nichts mehr zurück."

Sie glaubte noch an etwas. Etwas, dass mit Gerechtigkeit und Ordnung zu tun hatte. Reekers ganze Wut war weg. „Sie können auf mich zählen. Aber dazu gehört, dass Sie mir sagen, wer Sie wirklich sind? Wer führt hier eigentlich in wessen Auftrag den Fall? Und wo wir hier schon stehen, was ist eigentlich mit den geschredderten Akten geschehen?"

„Für den Anfang muss ihnen genügen, dass wir die Regierung schützen. Okay?"

„Also sind Sie nicht vom BKA, sondern von einem Dienst?", fragte Reeker.

„Doch, doch. Im Grunde genommen schon. Sagen wir mal so, die Spinne im Netz hat ausnahmsweise mal den falschen Faden gezogen. Sie hat übersehen, dass wir mit an diesem Faden hängen."

Grabenkämpfe auf oberster Ebene, na toll. Aber Zenkert war tot, hier ging es um Mord. Und das BKA war kein FBI wie in einem billigen Ami-Schinken.

Reeker waren die beiden Fältchen in den Wangen bisher noch nicht aufgefallen. Ihr Gesicht hatte etwas fast Spitzbübisches, wenn da nicht der harte, metallene Glanz in ihren Augen gewesen wäre. „Betreffs der geschredderten Akten kann ich Ihnen nur sagen, dass es einen Unterschied zwischen aktiven und passiven Beweismitteln gibt. Und Beweismitteln, die der Spinne mehr nützen als den Spinnenjägern."

Dass das Beweismittelunterdrückung war, brauchte er ihr nicht zu sagen.

„Reeker, jetzt gehen Sie mit mir hier noch mal alles durch."

154

Seine langen Jahre in der Polizei hatten ihm gezeigt, dass man auf der ganz geraden Linie, die Drahtzieher niemals erwischte. Gut dass die Siebert das jetzt schon kapiert hatte.

„Die Kollegen waren nicht allzu heiß drauf, was zu finden."

„Warum?"

„Weil man nur im Ausnahmefall Karriere macht, wenn man der Politik in die Quere kommt."

„Und warum hast du keine Angst davor?"

Sie lächelte, weil er sie geduzt hatte. „Weil ich schon immer die Ausnahme war … Werner. Also Klartext. Das BKA ermittelt auf Einfluss des Lobbyisten Korbach im Fall Zenkert. Sozusagen präventiv, bevor jemand anderes eventuelle Schweinereien aufdeckt. Man hat aber", sie wich mit dem Blick aus, „gerade wegen dieser Intervention mich mit dem Fall beauftragt. Weil, sagen wir mal, höheren Orts der zu große Einfluss Korbachs bitter aufgestoßen ist."

Der Mut beeindruckte ihn, das Spiel war gefährlich. „Okay. Wo fangen wir an?"

„Im Adressenkalender der Sekretärin. Wo sonst?"

*

Grassi kniff die Augen zusammen. Er biss sich auf die Unterlippe und sah zum Himmel.

Krystyna stöhnte auf, kniete hier vor ihm auf dem Boden vor seiner Terrassentür, ihre Haare klebten auf ihrem schweißnassen Rücken und ihre Hüften stießen immer wieder vor und zurück.

Grassi schaute hinunter auf diesen herrlichen Arsch, sah sich immer wieder hinein- und herausfahren. Er hob seine Hand und schlug ihr auf den Hintern, dass es nur so klatschte.

Krystyna seufzte tief: „Weiter, weiter."

Grassi wünschte sich Eis an den Eiern. In seinem Sack ruckte es, das Kribbeln stieg auf. „Ja, ich …" Er krallte sich in das Fleisch ihrer Hüften fest.

Etwas barst und knallte metallisch gegen die Wand. Einen Moment glaubte er, die Geilheit mache ihn wahnsinnig, dann begriff er. Seine Wohnungstür flog gleich aus den Fugen.

Grassi reagierte sofort. Er zog seinen Schwanz aus Krystyna, die flach auf den Bauch sackte. Er zog Krystyna an den Haaren hoch. Sie starrte ihn mit großen Augen an. Schien es für einen Augenblick für einen Teil der Nummer zu halten. „Los hoch. Auf die Beine."

Beim nächsten Krachen zuckte Krystyna zusammen, ihre Augen weiteten sich, sie sprang auf und raffte ihre Kleider auf.

Grassi hielt den Zeigefinger vor seinen Mund. Wieder splitterte etwas hölzern gegen die Wand. Jetzt war jemand im Schlafzimmer. Grassi winkte Krystyna, die sich hinter einen der Sessel duckte, wo sie sich auf den Knien hinkauerte. Er warf noch schnell die große Decke über sie. Er schlüpfte in die Trainingshose. Dann krachte die Wohnzimmertür gegen das Regal.

Die beiden Männer in den schwarzen Anzügen hatten wahre Bulldoggengesichter. Einer trug eine Plastiktasche aus einem Bauhaus. „Du brauchst gar nicht erst versuchen abzuhauen. Wir kriegen dich sowieso."

Grassi kannte das Spiel. Mit ihm nicht. Ruhig nahm er einen gut neunzig Zentimeter langen Kurzspeer von der Wand. „Hör auf zu labern, lass de Kuh fliegen."

Der mit der Plastiktasche nickte und ließ die Tasche fallen, die metallisch polternd auf den Boden aufschlug. Die beiden walzten auf ihn zu, traten den Tisch zur Seite und stießen die Stühle um. Grassi duckte sich, suchte Deckung für den Rücken an der Wand. Es war zu eng für einen guten Kampf. Er stieß den Kurzspeer mit der Spitze voran in das Gesicht eines der beiden. Aber der Bursche war gut, tauchte blitzschnell mit dem Kopf weg. Dafür zuckte ein Stahlteleskopstab aus dem Nichts vor und traf Grassi hart am Arm.

Der Schmerz ließ Grassi den Speer fallenlassen. Der Mann holte wieder mit dem Stahlstab aus.

„Nicht so wild. Du weißt doch wie es aussehen soll." Der andere Typ fiepste fast, so hell war die Stimme.

Scheiße, die wollen mich wirklich umbringen. Durch Grassis Hirn flackerte das Gesicht von Reeker.

Die Faust traf in unvermittelt am Jochbein und schleuderte ihn gegen das CD-Regal. Grassi rutschte zu Boden. Von unten her erwischte er einen der beiden mit einem Fußstoß am Knie.

„Alte zähe Sau!" Der andere trat ihm in die Rippen. Grassi stöhnte, hielt das Bein fest und biss in die Wade. Der andere beugte sich herunter, zog ihn an den Haaren von der Wade weg und schlug ihm auf die Nase. Grassi revanchierte sich mit einem Schlag zwischen die Beine. Das schuf für einen Moment Luft. Es gelang Grassi, sich zweimal um die eigene Achse zu drehen, die Rippenverletzung tat höllisch weh und er schrie. Aber er war an der Tür. Wollte fliehen, über die Terrasse, die Böschung hinauf, in den Hinterhof. Gerade als er im Türrahmen zur Terrasse stand, erwischte ihn ein Tritt in die Füße und brachte ihn ins Stolpern. Nach ein paar trippelnden Schritten stürzte er in die Böschung hinter der Terrasse. Die Kerle schnauften hinter ihm. Bitte nicht hier. Sie durften Krystyna nicht finden. Er musste in den Hof weiter, sie weglocken.

Er krallte sich in den Rasen der Böschung und kletterte. Dann fühlte er den Griff an den Fußknöchel. Hart und unerbittlich zogen ihn die Kerle auf die Terrasse zurück. Grassi dreht sich herum und versuchte zu treten.

„He, was ist denn hier los. Hilfe, Hilfe! Mörder, Diebe, Einbrecher. Hilfe. Hilfe!"

Wie ein Messer schnitt die Stimme von Jens in Grassis Gehirn. Er sah wie im Nebel den Jungen in der Tür stehen, von wo er mit überschlagender Stimme das ganze Haus zusammen schrie.

Für einen Augenblick waren die beiden Eindringlinge perplex. Dann verständigten sie sich mit einem Blick. „Los weg hier."

Fenster gingen im Hof auf.

157

„Was ist denn dort unten los?" Der besoffene Müllersberg krakelte aus der dritten Etage in den Hof hinunter. „Ich ruf jetzt die Polizei, aber sofort."

Die beiden Typen sprangen die Böschung hoch, auf den Hof und verschwanden Richtung Einfahrt.

Jens war verschwunden. Grassi hörte seine Stimme unklar im Treppenhaus.

Krystyna kroch aus ihrem Versteck. Nackt, die Knie aufgescheuert.

Krystyna beugte sich zu Grassi und streichelte sein Gesicht. „Wer war denn das?"

Grassi wollte lächeln, aber es gelang ihm nur eine Grimasse. Das Jochbein war gebrochen und beide Augen fingen langsam an zuzuschwellen. Jens kam zurück, Krystyna zog sich was über.

„Grassi, ich bring dich zum Arzt, bitte!" Der Junge kickte einen Stuhl aus dem Weg.

„Nee Alter, du muss die Penunse wechbringen. Bevor die Bullerei da is."

„Grassi, ich kann dich so nicht liegenlassen."

„Quadder nich. Wat mut, dat mut. Auch die Kleene muss aus die Schusslinie."

Jens sah irgendwie an Krystyna vorbei, die sich anzog. „Bringe ihn zum Arzt ..."

„Quatsch du auch nich. Du hast ja keine Ahnung, wat hier läuft. Hau ab in die Villa. Ick melde mir."

„Nein, Grassi. Jetzt machst du, was ich dir sage." Sie schob ihm die Hand unter den Ellenbogen. Die Schmerzen nahmen zu.

„Ick melde mir, hab ick gesagt. Glaubst du denn, dass ick so ein geiles Stück Fleisch nich noch mal bekieken will?"

Krystyna kam nicht um ein Lächeln herum.

Grassi zog die Brauen zusammen. „Pass uff, ick sag dir jetzt zum letzten Male. Verschwinde von hier, eh die Schlägers dich auch noch kriegen. Hau ab, so viel Zeit ist nich."

Krystyna küsste ihn vorsichtig, stand auf. Und winkte Jens zum Abschied. „Tschüss."

Sie schlüpfte an Jens vorbei.

Er hatte die Plastiktüte mit dem Geld in der Hand. Die Geldbündel drückten sich deutlich ab. „Wo soll ich denn damit hin?"

„Mann Kleener, nich so planlos. Lass es im Auto und pack die Kohlen morgen wieder unter de Diele, wa. Und nu los hier. Ick lege mir mal hier auf die Couch. Gib mir mal die Nummer vom Reeker."

Jens führte Grassi ins Innere auf die Couch. Krystyna stopfte noch fürsorglich ein paar Kissen an die Seite. Die Plastiktüte fiel um und ein Geldbündel heraus. Jens packte es zurück.

„Grassi, ich …"

„Lass es jut sein. Ick ruf euch nachher an, wenn alles koscher is."

Noch einmal küsste ihn Krystyna. „Aber vergiss es nicht."

„Das ist doch schon mal was." Nicht ganz so kraftvoll haute er ihr auf den Hintern. Jens gab Krystyna kurz die Plastiktüte und richtet den Boden wieder her, schob den Läufer darüber. Dann nahm er die Plastiktüte und beide verschwanden aus Grassis Sichtweite. Und irgendwie verschwand mit ihnen die Welt um ihn herum, im graurötlichen, dumpfen Schmerz.

Die Karten werden neu gemischt – mit und ohne Joker ...

Immer wenn er den typischen Desinfektionsmittelgeruch und muffige Schlafanzüge im Krankenhaus roch, weckte das üble Erinnerungen. Seit vierunddreißig Jahren reagierte er darauf allergisch, seit ihn dieser Vollidiot von Autodieb mit dem Ford Taunus auf den Kühler genommen hatte. Kriminalhauptkommissar Reeker spürte die Narbe am Schienbein.

„Wo möchten Sie denn hin?" rief jemand. Automatisch zog er seine Marke und murmelte routiniert: „Mordkommission. Hauptkommissar Reeker, ich möchte zu Herrn Uwe ..."

Die Fee in Weiß musterte ihn kurz und flüchtig.

„Der liegt Zimmer 7023. Mitnehmen können Sie ihn aber noch nicht."

„Den lass ich Ihnen hier, keine Sorge. Wir brauchen nur eine Zeugenaussage. Danke."

Er ließ die Schwester stehen und orientierte sich an den Zimmernummern im spiegelnden Plastikbodenflur. Reeker wusste heute nicht mehr, was schlimmer gewesen war, der Augenblick, als ihn der Flüchtende umfuhr oder aber das Generve seiner Mutter am Krankenbett. Wie dem auch sei. Diese ewig langen Gänge, mit ihrer Neonbeleuchtung wurden ihm einfach nicht sympathisch. 7015 ... 7016. Auch diese ewige Geflüster und gedämpfte Sprechen ging ihm auf die Nerven. Von links ratterte ein Medikamentenwagen heran. Reeker schloss für einen Augenblick die Augen. Tief durchatmen. 7025 ... scheiße, er war vorbeigelaufen.

Reeker ging ein paar Meter zurück, seine Augen streiften einen Mann in einem Pyjama im Rollstuhl.

7023. Reeker klopfte und niemand antwortete.

Der Kriminalbeamte drückte die Klinke herunter und stieß die Tür auf. Für einen Moment war er verwirrt. Das war nicht Grassi, dieser alte Mann mit den Schwellungen und Schnitten im Gesicht.

„Hee, mein Händy aber nich in die Blumen ..."
Kriminalhauptkommissar Reeker sah zu dem Gauner im Kranken-
bett hinüber und konnte sich ein Grinsen nicht verkneifen. Doch, das
war Grassi.
„Wo ist mein Händi?" Grassi schlug die Augen auf.
„Ach du Scheisse, da denkste du bis tot und was is, ein Bulle is bei
dir. Bin ick nu im Himmel oder inne Hölle?"
„Nichts von beiden. Du bist im Urbankrankenhaus."
„Wat grinste denn so?"
„Na, die haben dir deinen Schnauzer abrasieren müssen. Nu siehst
du nur noch halb so gefährlich aus. Vor allem mit der weißen Stelle
unter der Nase." Reeker grinste nun noch breiter.
„Wat haben die, meinen Schnauzer abrasiert?" Mit einer unbeholfe-
nen Bewegung wollte er sich ins Gesicht fassen, brach aber ab und
stöhnte.
„Wo bin ick? Im Krankenhaus? Und meine Hütte?"
„Hab ich alles geregelt. Die Kollegen haben ein Vorhängeschloss
angebracht. Schlüssel ist im Nachtkasten und dein Handy auch."
„Mann Reeker, wann bist du denn gekommen?"
„Du hast mich angerufen und ich bin gleich los. Hab dich bewusstlos
gefunden, die Kollegen sind von den Nachbarn gerufen worden."
Reeker sah das nervöse Zucken des rechten Augenlids bei Grassi.
Der quälte sich echt damit, mit einem Polizisten zu sprechen. Diese
blöde Nummer von der Ganovenehre gab's noch. Heute verkauften
die doch schon selber ihre Tipps an die Polizei, wenn sie nur das
Wort Kohle dachten. „Danke."
„Hast Du mir was zu erzählen?"
„Nee, hab keine Erinnerung."
„Grassi, lass es gut sein. Die Nachbarn haben dich auf der Terrasse
mit der Frau beobachtet. War wohl besser wie eine Mitternachts-
show bei RTL. Du kannst dir das jetzt aussuchen. Entweder die Kollegen ermitteln im Detail wegen Erregung öffentlichen Ärgernisses

und wegen des Einbruchs oder aber ich ziehe die Sache an mich. Also, Visier hoch."

„Wie meinste denn das?"

„Also, du weißt garantiert mehr über den Mord an Zenkert auf dem Breslauer Platz. Die Schläger kamen doch nicht zufällig zu dir. Irgendetwas hast du in der Hand. Inzwischen ist das BKA eingeschaltet. Ich habe da einen Namen auf dem Schirm, der dich das Leben kosten kann, auch wenn du dich im Krankenhaus in Sicherheit glaubst."

„Wat schlägste vor."

Reeker spürte, wie der Groll in ihm hochstieg. Dieses bescheuerte Frage- und Antwortspiel brachte ihn nicht weiter. Er konnte dem Gauner aber nun wirklich nicht die wahren Zusammenhänge erklären. Aber er war sich sicher, dass Grassi eine Information, die die Ermittlungen erheblich nach vorne bringen könnte, in petto hatte.

„Du bekennst dich des Einbruchs im Kiosk für schuldig. Ich stecke dich in ein Haftkrankenhaus. Bist du da raus bist, hast du auch deine Strafe längst rum. Ich versuche einen Deal mit der Staatsanwaltschaft. Hier draußen kann ich dich nicht schützen, das geht im Haftkrankenhaus schon besser. Du musst mir nur etwas geben, damit ich Verhandlungsstärke habe."

„Reeker, du machst mir marode."

Bei Grassi bedeutete so eine Einlassung schon so etwas wie eine Kapitulation. Er musste ihm jetzt nur noch Spielraum lassen, sein Gesicht vor sich selber zu wahren.

„Grassi, für den Einbruch bekommst du drei Monate. Bis dahin ist der Fall aufgeklärt. Ich bring dich aus der Schusslinie. Ich lass mir was einfallen, wie ich an die Beweise gekommen bin."

„Ick weiss nich…"

„Du musst nicht die Seite wechseln. Rette wenigstens deinen Arsch. Wenn die Leute dich kriegen – und die werden das – dann bist du sowieso bald platt."

Grassi blies die Wangen auf.

„Na denn, na denn. Aber ick sag dir, wenn ick dir alles gesacht habe, dann gibst du mir mein Händi und lässt mir mal alleine telenieren. Abgemacht?"

Sein Blick glitt durch das Zimmer. Das zweite Bett war nicht belegt. Durch das Fenster konnte er bis zum Fernsehturm am Alexanderplatz sehen. Grassi sah ihn mit abwechselnd großen und kleinen Augen an.

„Abgemacht. Du hast ja dann sowieso genug Zeit, bis dich die Kollegen abholen. Und ich muss ja auch noch telefonieren, damit alles so abläuft, wie wir es wollen."

„Na Reeker, dann stell mal die Lauschlappen uff. Abgelaufen is das Ganze so ......"

Die Ereignisse der Regennacht am Breslauer Platz klangen plausibel, sicher hatte Grassi mal hier, mal da ein Detail ausgeschmückt oder weggelassen.

„ .....Aber, als erstes musste noch mal in meine Wohnung. Im Korridor liegt hinterm Vorhang ne Elle. Die fasste aber nur mit die Handschuhe an. Und hinterm Bild vom ollen Bruce Lee hängen ein paar Papiere.

„Mach ich Grassi. Was ist denn mit der Elle?"

„Da hast du die Abdrücke von dem Anwaltsmörder drauf." Grassi schloss ermattet die Augen.

Wenn er alles erwartet hatte, aber nicht das. Damit könnte man den Mörder stellen. Ein Kribbeln lief ihm über den Rücken. Jetzt nur keine Aufregung zeigen. Aber Grassi wusste sicher, wie wertvoll die Information war, die er verkaufte.

„Wer war es? Hast du ihn erkannt?"

„Nee, ick lag ja inne Deckung."

„Grassi, wer war es? Raus damit."

„Reeker, ick weiss nischt, frag mal im Rathaus."

„Eisenheim!" Reeker sah förmlich die Puzzleteile ineinander greifen.

„Weiss ick nich."

„Und wozu passen die Papiere?" Sortieren und Zuordnen konnte er später noch.

„Mann Reeker, kiek es dir an. Da ist irgendeine Baumuschpoke am Start."

Das passte mit dem zusammen, was die Siebert an Informationen rausgerückt hatte. Filetstück. Bausektor. Manipulation, Korruption und Vorteilsnahme. Ohne diese beiden kleinen Gauner mit ihrem Kioskeinbruch wäre die Sache wohl glatt gelaufen. Apropos kleiner Gauner, Reeker stand auf. Aus der Schublade des Nachttisches nahm er Grassis Wohnungsschlüssel.

„Wat is mit mein Händi? Reich mal rüber."

Der Beamte zog die Schublade wieder auf und reichte Grassi sein Handy.

„Grassi, in circa zwei Stunden lass ich dich abholen. Sieh zu, dass du dann alles geregelt hast. Bis dahin bin ich auch in deiner Wohnung gewesen. Übrigens, ein zweiter Schlüssel für die Wohnung ist in deinem Portemonnaie. Falls du jemanden dort aufräumen lassen willst."

„Mann Reeker, schade dass du ein Bulle bist."

Lautlos glitten die automatischen Türen des Haupteingangs des Krankenhauses vor Reeker auseinander.

Draußen schwirrte ihm der Kopf. So eine einfache Type wie Grassi war ihm alle mal lieber als die hochmögenden Weiße-Kragen-Kriminellen. Früher hatte man über Italien die Nase gerümpft, wenn mal wieder ein Politiker in Rom in der Gosse lag. Aber nun balgten sich in Berlin-Friedenau schon die halbwichtigen Anwälte wie Zenkert mit den halbwichtigen Politikern wie Eisenheim im Regen vor einem Kiosk. Wie marode war das Land eigentlich schon.

Er schaute auf den kleinen Urbanhafen, sah die Kinder, die dort herumtollten, blickte auf das Schwanenpaar, das erregt seine Revier verteidigte und zu den drei Stadtstreichern, die in der Sonne saßen und eine Flasche kreisen ließen.

Das Leben konnte so einfach und überschaubar sein, selbst hier in Kreuzberg.

Reeker war überrascht, dass er vom Krankenhaus bis zu Grassis Wohnung in Schöneberg nur zwanzig Minuten gebraucht hatte. Aber statistisch musste man ja einmal im Leben auch eine Grünphase bei den Ampeln erwischen.

Jetzt an Grassis Wohnungstür machte es ihm fast schon gute Laune, wenn er das Schloss betrachtete. Die lieben Kollegen ... Das Ersatzschloss war einfach nachlässig eingebaut worden. Die Tür hatte zu viel Spiel und ließ sich einen Spalt aufdrücken. Das war eine Einladung für jeden Einbrecher. Reeker lächelte nun doch. Und das alles war von der Behörde für Verbrechensbekämpfung installiert worden.

Der Hauptkommissar schloss das Vorhängeschloss auf und betrat die Wohnung. Das Durcheinander hatte niemand beseitigt. Aber Reeker interessierte nur der Korridor mit dem Vorhang, von dem Grassi gesprochen hatte.

Reeker schob das braunorange gemusterte Ding zur Seite. Er bückte sich. Durch den Luftzug wirbelte der Vorhang ein paar Staubflocken auf. Ganz unten standen auf dem Regalbrett ein paar Eintopfdosen und ein verstaubter Kassettenrekorder. Darunter lag die Elle einfach auf dem Holzboden. Grassi musste sie achtlos auf die Dielen hingeworfen haben, vielleicht noch mit dem Fuß drunter geschoben haben, jedenfalls war sie in der Nische an die Scheuerleiste geprallt.

Er zog aus seiner Jackentasche eine Plastiktüte hervor, stülpte das Ende so über seine Finger, dass er die Elle greifen und dann darin verschwinden lassen konnte. Geschafft.

Nun sah er sich in Grassis Bude um. Alte, halb ausgeblichene Poster hingen an den Wänden. Bruce Lee? Grassi musste in seiner Jugend schon ein harter Brocken gewesen sein. Jedenfalls was seine sportliche Laufbahn anging. Seltsam, was aus den Menschen im Laufe ihres Lebens so wurde.

Er ging ins Wohnzimmer. Die Plastiktasche mit der Elle schlug gegen sein Bein. „Scheiße", er ließ sich auf die Couch fallen, rieb sich das Schienbein. Der Chinese funkelte ihn mit gedruckten Augen von der Wand her an. Eine Hand nach vorne gestreckt, die andere zum Schlag bereit erhoben. Über die Brust des Kämpfers verliefen vier blutige Striemen. Ulkiger Haarschnitt ... er las *Die Todeskralle*. Aber das Bild war seltsam verrutscht. Die Bildunterschrift hing und wölbte sich sogar ein wenig gegen das Glas.

Hellwach federte er hoch und mit zwei Schritten war er an dem Bild und nahm es von der Wand. Der Beamte drehte es herum und starrte auf das milchiggraue Papier der Rückwand. Ein Umschlag war dort angeklebt. Bruce Lee flog in einen Sessel ohne sich zu wehren. Reeker riss das Papier auf, darunter kamen Blätter mit Grundrisszeichnungen, Tabellen und Listen zum Vorschein.

Mit den Fingerspitzen nahm er diese Seiten aus dem Rahmen heraus, er las im Stehen. Namen, Zahlen und Berechnungen. Zusammen mit der Siebert würde er herausbekommen, wie alles zusammenpasste. Er sah auf die Uhr.

Verdammt, er musste los. Bei der Übernahme von Grassi im Krankenhaus wäre er doch zu gerne dabei, wenn die Kollegen ihn knastfertig einpacken würden.

Es war noch eine Stunde Zeit. Er würde die Siebert anrufen, mit ihr und der Staatsanwaltschaft und vielleicht auch noch anschließend mit Gerlinde sprechen. Reeker war sich betreffs Grassis Verhaftung und Unterbringung im Haftkrankenhaus Moabit sicher. Er hatte schon des Öfteren solche Deals mit der Anklagebehörde ausgehandelt. Kleine Fische gegen große Ziele. Außerdem würde die Siebert ihm bei der ersten Andeutung, was sein „Informant" zu liefern im Stande gewesen ist, Schützenhilfe geben.

Nicht so sicher war er sich da bei Gerlinde Erhardt. Sie mochte ihn, das war klar. Aber mochte sie ihn auch genug für eine gemeinsame Nacht? Was würde sie sagen, wenn sie ihn am nächsten Morgen im hellen Licht sehen würde?

Kriminalhauptkommissar Reeker schüttelte den Kopf, um frei zu werden. Diese Frau hatte einfach zu viel erotische Ausstrahlung, selbst jetzt dachte er an sie. Er würde für ihn besser sein, wenn er diese Bekanntschaft abbrechen … Er schlief schon seit Tagen mit dem Gedanken an ihren Hintern ein.

In Grassis ziemlich aufgeräumter, blitzblanker Küche fand er eine zweite Plastiktüte in einem Schubfach, in die er die Papiere steckte. Reeker öffnete die Kühlschranktür. Neben dem Bier stand auch eine Dose Cola. Die durfte ihm der Gauner jetzt spendieren. Er nahm sie heraus, zog am metallenen Ring. Das zischende Geräusch erinnerte ihn daran, dass er eine Menge zu tun hatte. Die Kohlensäure brannte in seinem Hals. Reeker hielt sich die kalte Dose an die Stirn. Das Leben war manchmal verrückt. Da stand er hier, in der Wohnung eines Gauners, sicherte Beweismittel, für die er gar nicht zuständig war und die überhaupt nicht offiziell waren. Nebenher trank er aus Grassis Kühlschrank Cola, als ob sie jahrelange Tatgenossen wären. Vielleicht waren sie das ja jetzt? Wieder nahm er einen Schluck.

Er hoffte nur, dass die Siebert auch wirklich bei den großen Namen der Hierarchie den Rückhalt hatte, den sie vorgab, sonst würde seine Pension noch ins nächste Sparpaket der Regierung passen. Und Sieberts junger Knackarsch wackelte auch durch seine Träume.

Nun ist aber gut, du hast andere Sorgen, alter Sack.

Der Kriminalhauptkommissar warf die leere Dose gut gezielt in den Mülleimer. Er griff die beiden Tüten. Sorgfältig verschloss er die Wohnungstür hinter sich.

Vor der Haustür checkte er routinemäßig die Straße. Eine Oma zerrte ihren Mischlingshund weiter und sah sich schuldbewusst um, ob auch niemand sah, dass sie den pladdrigen Schiss des Köters nicht beseitigte. Gegenüber putzte ein Typ sein silbernes Fahrrad und checkte gerade die Uhrzeit und auf der anderen Straßenseite liefen vier Türkenjungs mit ihren schwarzweißen Sporttaschen. Mit wie wenig doch die Menschen zufrieden sind, ging es Reeker durch den Kopf, wenn alle so bescheiden wären, würde die Verbrechensrate gegen null tendieren.

Reeker stieg in seinen Wagen, er hatte genug getrödelt.

*

Zwei Stunden hatte Grassi gesagt. Die Zeit war um. Jetzt konnte Jens in die Bude von Grassi gehen. Gott sei Dank. Es war auch niemand in den letzten dreißig Minuten in das Haus gegangen. Seine Finger spielten mit den Schlüsseln in der Tasche. Das Bike blinkte wie verchromt, wenn er noch länger putzte rieb er noch den Lack runter.

Mit der Schulter drückte er die schwere Haustür auf und bugsierte das Rad in den Hausflur. Aber Grassi hatte gesagt, dass ein neues Auto nur auffällt. Doch Jens hatte sich irgendetwas kaufen müssen, etwas Neues, unbedingt. Schließlich musste sich doch der ganze Stress gelohnt haben. Und so war es das Fahrrad geworden. Und jetzt musste er es einfach auch fahren, seinen Erfolg in den Händen haben. *Anfänger,* mehr hatte Grassi nicht dazu gesagt.

Jens blieb neben den Treppenaufgang stehen und lauschte einen Moment. Dann lehnte er das Rad an die Wand und fasste die Tasche fester. Vorsichtig stieg er die Stufen zur Souterrainwohnung hinab. Er blieb so stehen, dass er das Fahrrad am Treppenniedergang im Augen behalten, und trotzdem ein Blick auf die Wohnungstür werfen konnte. Das Vorhängeschloss hing und war eingerastet. Er stellte die Tasche ab und sprang schnell die Stufen wieder hoch, um sein Rad nachzuholen.

Jens klaubte den Schlüssel aus der Tasche und öffnete das Schloss. Grassi war nun für ein paar Wochen aus dem Verkehr gezogen, so hatte er es ihm im Krankenhaus erzählt, als Jens den Schlüssel am Krankenbett abgeholt hatte. Zack, zack, er bugsierte Tasche und Rad hinein, schlug die Tür wieder zu und stellte drinnen das Rad davor. Eine dumme Überraschung würde er so nicht erleben.

Dennoch schlich er herum, dort, wo jetzt der ganze Krempel durcheinander lag, hatte Grassi gelegen, blutig und verletzt. Sogar die Gummihandschuhe des Notarztes waren noch da. Irgendwie war der vertraute Geruch verloren gegangen. Grassis Camelot war entweiht.

Jens kniete am Versteck im Dielenboden. Er versenkte die Tasche mit der Kohle in der Höhlung und entnahm ihr ein Bündel Geld, dann schloss er die Öffnung im Fußboden. Sorgfältig rollte er die Auslegware wieder darüber.

Schritte im Treppenhaus, Jens verharrte in der Bewegung. Aber nichts geschah, sie verhallten im Hausflur.

Wo sollte er nur anfangen? Kaputt war ja nur das Wohnzimmer, also erst einmal dort aufräumen. Der Tisch war hin, der Stuhl, das Regal. „Also gut."

Draußen war es so dunkel geworden, dass Jens Licht einschalten musste. Aber ein Gefühl der Unsicherheit ließ ihn nur die Stehlampe anmachen.

Jens setzte sich in den Sessel. Er war alleine in der Wohnung und Grassi konnte nicht überraschend zur Tür hereingeschneit kommen, weil er ins Haftkrankenhaus eingerückt war. Er fühlte sich seltsam gehemmt. Das war so etwas wie eine Konfirmation oder erwachsen werden. Er könnte jetzt einfach in den Schubladen wühlen. Niemand würde es ihm verbieten, niemand würde es erfahren. Was also sollte ihn hindern?

Jens zog eine Schublade auf. Obendrauf lag ein Versicherungsordner, darunter ein Fotoalbum. Schnell stieß er die Schublade wieder zu. Die Reaktion überraschte ihn selber. Das war gegen die Ehre. Grassi hätte so etwas im umgekehrten Fall auch nicht getan.

Oder doch?

Die Bude war ein ideales Versteck für die Kohle. Jens sollte ein neues Schloss einbauen lassen. Kein Thema, schon übermorgen kam der Tischler, der die gesplitterte Tür reparierte oder ersetzte. Der brachte auch gleich das neue Schloss mit. Und bis dahin bewachte er das Geld selber.

Was war sonst noch zu tun? Jens schrieb sich auf, was er alles Neues holen müsste. Da würde sein oller Opel wieder herhalten. Grassi hatte gesagt, dass Jens bei Ikea einkaufen sollte. Was noch? Da war ein Riss in der Tapete. Er fummelte daran herum und plötzlich hatte er einen großen Fetzen der Tapete abgelöst. Bruce Lee lag noch immer im Sessel. Dort wo er vorher gehangen hatte, war ein weißer Fleck auf der Wand. Jens rückte das Regal ein Stück von der Wand ab. Auch hier waren die Ränder auf der Tapete zu erkennen. Je mehr er das Zimmer untersuchte, umso mehr verlor es die Aura von Grassis Zuhause, die Jens immer gespürt hatte. Die Fußbodenleisten wiesen staubige Farbtränen im Lack auf, teilweise war die Farbe sogar auf den Fußboden gekleckert. Die Tapete um die Lichtschalter waren dreckig und fettig. Eigentlich war alles ziemlich schäbig hier.

Grassi war auch nur ein normaler Mensch, der pfuschte und übertünchte. „Das Rummäkeln hat er nicht verdient." Jetzt, wo er eingefahren war. Jens straffte sich. Er schaute in diese und jene Schublade, fand in der vierten Briefpapier und einen Kugelschreiber.

Lieber Grassi,
ich hoffe, dass es Dir inzwischen schon besser geht. Ich habe gehört, dass Du einen Unfall gehabt haben sollst. Das Krankenhaus war so nett und hat mir Deine Nachricht überbracht. Mach Dir keine Sorgen.
Mit der Hausverwaltung habe ich gesprochen, sie wird sich um das neue Schloss kümmern. Die Schlüssel verwahre ich solange, bis Du wieder da bist.
Sicherlich wird sich bald herausstellen, dass alles nur ein unglücklicher Zufall ist.
Wie versprochen habe ich aufgeräumt und auch im Korridor alles wieder in das Regal eingeräumt und den Teppich verlegt. Im Wohnzimmer sind die Schäden ja etwas größer. Ich denke, dass ich dort doch renovieren sollte. Lass Dich doch davon einfach mal überraschen. Deinem Jens fällt schon was ein.
Bei der Gelegenheit sei angemerkt, dass die Küche auch Farbe vertragen könnte. Ich denke da so an Aprikose, das passt gut zu dem weißen Lack deiner Küche. Was meinst Du?
Ich habe beim Gebrauchtwarenmarkt eine Geschirrspülmaschine gesehen, die stell ich einfach rein. Dann macht das Kochen mehr Spaß.
Schreib mir doch, was Du brauchst und wie ich es dir zukommen lassen kann.
Mach Dir keine Gedanken, ich halte hier die Stellung.
Mit lieben Grüßen, Dein Jens

*

„Werner, willst du nun den Burner auspacken oder nicht?" Die Siebert stand in der kleinen Gasse zwischen den Gartenstühlen.

Hauptkommissar Reeker war sich seines Burners gewiss. Fast amüsierte ihn die Ungeduld der Kollegin. Er hatte sie zu dem abgelegenen Gasthaus an der alten Zollstelle in Spandau gebeten. Reeker mochte den alten Garten und die hier träge vorbeifließende Havel.

Drüben am Badestrand blinkten vereinzelte bunte Farbpunkte von den Tüchern der wenigen Schwimmer, die die DLRG Station benutzten. Dennoch war sie besetzt, wie die aushängende Fahne auswies. Im Biergarten saßen kaum Gäste.

„Und wenn das Ding mit deinem Informanten ein Flop wird, was dann?"

„Nu setz dich doch erst einmal hin."

Verena Siebert zog einen Stuhl zurück und ließ sich am erstbesten Tisch nieder. Sie fixierte Reeker, dann musste sie auf einmal selber schmunzeln.

„Die Staatsanwaltschaft hat für den Deal Rückendeckung von oben, aber wir beide haben nichts", sagte Reeker.

„Du kennst die Hierarchie so gut wie ich, im Zweifel stirbt jeder für sich allein."

Reeker schaute sie ungläubig an. „Wie in den amerikanischen Filmen? Wenn wir auffliegen – die da oben wissen von nichts."

„Werner, genau so. Film is bigger than life. Aber leider nicht immer."

Hier kam wirklich noch ein alter Kellner, keine schlecht gelaunte Studentin, und fragte nach der Bestellung. Reeker entschied sich für das Wiener Schnitzel und ein großes Bier. Die Siebert nahm einen großen Salat und ein großes Wasser.

„Verena, iss lieber was Vernünftiges. So hältst du den Stress nicht durch."

„Nett von dir. Aber seit circa zwanzig Jahren entscheide ich selbst, wieviel ich esse." Sie lachte, aber Reeker glaubte ihr nicht. Er sah seitlich neben dem Tisch her. „Aber ich bitte dich, da ist doch alles in Ordnung."

„Da habt ihr Männer eine eigene Brille für."

Reeker sah sie verständnislos an.

„Du müsstest dich mal sehen, wenn du die Erhardt mit den Augen fast ausziehst. Oder interessieren dich etwas deren, zugegebenermaßen voluminöse Lungenflügel gar nicht?" Für einen Moment lachte sie ihn herrlich befreit an.

Reeker verzog den Mundwinkel und drehte die Handflächen nach außen. „Du hast mich durchschaut, der süße Atem einer Frau ..." Er hatte noch nie verstecken können, ob er Interesse hatte oder nicht. „Ihr Frauen stellt ja nicht umsonst euer Lungenvolumen aus, oder? – Aber lassen wir das." Er griff neben sich und hob eine Plastiktüte hoch und legte sie eine Spur zu fest auf den Tisch. Es knallte ein wenig.

Die Siebert hatte den Ton gehört und wurde ernst, sie beugte sich vor und lupfte die Öffnung der Tüte ein wenig. „Was ist das? Wollen wir einbrechen?"

Reeker schob sich ein paar seiner Salmiakpastillen in den Mund, spitzte die Lippen und lutschte die erste, scharfe Schicht herunter. Dabei faltete er die Hände zusammen und legte sie vor sich auf den Tisch. „Das ist die Mordwaffe Zenkert." Er macht eine bedeutungsvolle Pause.

Die Siebert schob die Unterlippe vor und zog die Augen ein wenig zusammen. In ihrer Stimme klang Enttäuschung mit. „Wie toll. So ein olles Ding. Und was sagt uns das?"

Reeker wurde eine Spur unsicher. Er hatte sich mehr erwartet. Die Siebert war wirklich cool. „Da sind Fingerabdrücke drauf."

Sie sah ihn an, die ungeschminkten Augen blinzelten. „Und du weißt auch schon von wem."

„Von Eisenheim."

Sie pfiff leise durch die Zähne und ließ sich nach hinten auf den Stuhl sacken. „Das hätte ich jetzt nicht gedacht."

Reeker triumphierte. „Ich schon."

Die Siebert beugte sich vor. „Woher weiß dein Informant das eigentlich?"

„Mensch, Verena, ist doch klar, dass du das überprüfen musst. Aber mein Informant war direkt dabei. Sozusagen passiv beteiligt. An dem Eisen ist Blut von Zenkert und die Abdrücke von Eisenheim. Überprüfe das und Eisenheim sitzt morgen in U-Haft. Der Mord an Zenkert ist geklärt. Dann stürzen wir uns auf die Betrüger."

Die Siebert hob beide Hände und machte eine beschwichtigende Geste. Der Ober kam und stellte die Getränke auf den Tisch.

Nach dem ersten Schluck sagte sie. „Kommt nicht in Frage, Eisenheim bleibt erst einmal frei."

Reeker sah für einen Moment nur die leeren Blasen in ihrem Mineralwasser. „Wie?"

„Werner, ganz ruhig. Ich erkläre es dir. Zenkert war ein Bauernopfer und Eisenheim ist nur ein Mitläufer. Es geht hier um mehr. Wir müssen den König oder eher die Königin schützen. Das Ziel der Ermittlung heißt … Korbach. Wenn wir Eisenheim verhaften, reißt die Verbindung ab. Mit etwas Glück kriegen wir vorher noch den Beweis, dass Korbach der Anstifter ist."

„Da musst du mir aber noch ein bisschen mehr erzählen." Reeker gab sich andächtig. „Anstifter wobei?"

„Korbach hat Geld ohne Ende und Verbindung bis in die Spitzen der Konzerne. Korbachs Einfluss beruht auf einem Netz von Gefälligkeiten und Abhängigkeiten, aber auch auf seinem Wissen über illegale Aktivitäten von Wirtschaftsleuten und Politikern. Er ist skrupellos genug und hat keine Angst, anderen zu drohen. Kannst du mir folgen."

„Bis hierhin ist ja alles einfach zu verstehen."

„Er hat seine Stellung sehr gefestigt. Kein Rüstungsgeschäft mit Afrika läuft ohne seine Vermittlung. Er ist der Mann, der dafür sorgt, dass zum Beispiel alte DDR-Panzer, die legal in die Türkei geliefert werden, am Ende in den sogenannten Spannungsgebieten ankommen, wo sie eigentlich nicht hingeliefert werden dürften. Diese Nummer, du verstehst?"

„Warum stört er plötzlich, der müsste doch der Politik gerade recht sein?"

„Korbach weiß zu viel, auch über Regierungen im Ausland. Und er handelt inzwischen autonom. Er verscheuert Rüstungsgüter, die dem Bund gehören, ohne Placet und streicht auch zuviel Provision ein."

„Da oben wird wohl nur noch geschmiert und beschissen?"

„Bleib sachlich Werner. Korbach hat für die Politik viel eingefädelt."

„Ist das Schaf nun weiß oder schwarz?"

„So einfach ist es nie. Vor gut zwei Jahren hat seine Loyalität nachgelassen. Korbach berauscht sich an seiner Macht und macht Politik. Geld bedeutet ihm nicht mehr alles. Er will über dem Gesetz stehen wie die ganz Großen."

„Will er jetzt auch ein Ehrenwort schwören?"

Der Kies knirschte unter den Füßen des Obers. Er servierte Reekers Schnitzel und den Salat für die Siebert.

Sie schob sich eine Gabel voll in den Mund. „Cäsarenwahn, denke ich. Wenn du jeden Tag zig Anrufe der höchsten Stellen erhältst, Nachfragen von Ministern persönlich und die großen Vorstandsvorsitzenden der Wirtschaft dich von einem Penthouse zum nächsten chauffieren lassen, dann glaubst du auch, dass sich die Welt ohne dich nicht mehr dreht."

„Und ist es so?"

„Unersetzbar ist niemand. Korbach ist es auf jeden Fall. Deshalb will er sich beweisen, es spüren, dass er der Mann ist, der an Rädern der Macht dreht."

„Warum zieht ihr ihn nicht einfach aus dem Verkehr."

„So einfach ist das nicht. Korbach kann man nur stoppen, wenn man ihm zeigt, dass er auch vernichtet werden könnte. Er muss also spüren, dass man ihm alles nehmen kann. Dann wird er sich zurückziehen."

„Hört sich einfach an."

„Ist es aber nicht. Es … gibt seit zwei Jahren eine gut konstruierte Story über Korbach, die sogar der Spiegel glauben wird, die ihn unglaubwürdig macht, wenn er im Falle eines Skandals etwas über diverse Geschäfte auspackt."

„Warum dann jetzt die Eile?" Reeker kaute die salzige Panade.

„Korbach will das Stadtschloss zur Residenz der wirklich Mächtigen machen, für die mit dem großen Kapital im Rücken."

Reeker fiel fast der Bissen aus dem Mund. Er prustete.

„Ja, erst habe ich auch gelacht. Aber es ist ihm ernst. Die Adresse Schlossplatz 1 soll denen vorbehalten bleiben, die wirklich das Sagen im Land haben. Er wird damit wohl der Politikszene eins auswischen, die ihm nie die offizielle Anerkennung hat zukommen lassen. Jedenfalls nicht die, die er für sich als angemessen sieht. Er will seine Macht demonstrieren. Er arbeitet schon eine ganze Weile daran, dass der Wettbewerb um das Schloss letztendlich unter irgendeinem fiskalischen Vorwand gekippt wird und die Großbanken als Großsponsoren einsteigen. Wenn der Staat den Palast der Republik abgerissen hat, werden sie den Neubau des Stadtschlosses bezahlen. Und dafür circa fünfundzwanzig Luxusapartements auf dem Areal errichten dürfen. Dann wird Korbach einer der Stiftungspräsidenten und bekommt ein Büro im Stadtschloss."

„Nur fünfundzwanzig? Mehr Leute haben keine Macht?"

Die Siebert zuckte mit den Achseln. „Meint Korbach. Frag mich nicht."

Reeker träufelte Zitrone auf den Rest des Schnitzels. „Aber wieso ist er so schwierig zu stoppen?"

„Werner, beiß mal von deinem Schnitzel ab, das wird ganz kalt. – Eine Steuererhöhung jagt die nächste. Wer wird dann nein sagen können, wenn Korbach die Banken als Retter des nationalen Projektes präsentiert? Aber gestoppt werden soll er eigentlich wegen eines Raketendeals mit …" Sie griff zum Brot. „Ist auch egal."
Reeker kaute das Schnitzel, trank einen Schluck Bier.
„Der Mord an Zenkert wäre dann der Hebel, ihm klar zu machen, dass er sich zurückziehen muss. Wenn er aber diesen Deal durchziehen sollte, dann erklärt man der Welt, dass er nur ein korrupter, durchgeknallter Typ ist."
Die Siebert sah ihn aufmerksam an. „So ungefähr."
„Das bedeutet aber auch, dass ihr zu diesem Zeitpunkt noch nichts habt, was Korbach ausreichend Angst machen würde."
„Du hast einen außergewöhnlichen Scharfsinn." Sie trank einen Schluck von ihrem Wasser.
„Lass mich mal herumspinnen." Reeker wischte den Teller mit dem letzten Stück Schnitzel sauber. "Was wir brauchen ist eine direkte Beteiligung an dem Mordkomplott um Zenkert und Eisenheim. Das könnten wir ihm nachweisen. Mit einem Kapitalverbrechen am Hals ist er für seine Kontakte als Vermittler verbrannt."
„Präzise."
Der Kriminalhauptkommissar wischte sich den Mund ab. „Verdammt, was ist das für eine Welt."
Die Siebert aß ein Tomatenstück. „Tja. So ist es. Aber hätten wir nur Korbachs an der Spitze, na, da gibt es ja Länder genug, wo man sieht wohin das führt."
Kriminalhauptkommissar Reeker fasste wieder neben seinen Stuhl und hob die zweite Tüte auf den Tisch.
„Was ist das jetzt?"
„Sieh selbst."
Die Siebert blätterte die Unterlagen durch, die Grassi gebunkert hatte. Sie lächelte wie ein kleines Mädchen über einem neuen Paar

Schuhe. „Das bricht Korbach den Hals. Wenn ich mich nicht täusche, sind das Aufteilungspläne des Schlossareals in einem der Entwürfe des Wettbewerbs ... Wie bist du denn da ran gekommen?"

„Mein Informant ..."

„Damit hat er sich den Deal verdient."

Die Siebert stellte die Tüte neben sich. „Das ergänzt die Daten aus Zenkerts Computer, damit können wir sie aufschlüsseln."

Reeker konnte es sich nicht verkneifen. „Ja, die Hütte, in die wir nicht mehr hinein durften."

„Werner – nu lass das doch mal außen vor."

„Ich mein ja nur."

„Auf jeden Fall haben wir dort einen Laptop gefunden, in dem es verschiedene Dateien gibt. Definitiv ist dort auch Korbach aufgeführt. Zwar geschickt unverfänglich eingebracht, aber wenn sich mit einem Querverweis sein direktes Eingreifen zu diesen Papieren hier beweisen lässt, dann haben wir ihn an den ..... Ohren."

„Wieso?"

„Den roten Faden haben wir jetzt. Die Verschlüsselung ist nicht besonders ausgefeilt. Hiermit knacken wir Zenkerts System. Der hat für Korbach den Geldfluss in Berlin regelt. Diese Größenordnung wird nicht im Koffer übergeben. Der Laptop wird gerade tiefengesichtet."

„Da bin ich mir sicher."

Die Siebert stand auf.

„Ich geh mich mal kurz frisch machen. Und dann bringe ich uns einen Dessert mit." Sie ging ein paar Schritte in Richtung Restaurant, blieb stehen und streckte den Hintern ein wenig heraus. „Damit du nicht glaubst, ich falle vom Fleisch."

„Medizinisch kann ich das nicht beurteilen, aber als Mann würde ich sagen. Keine Gefahr, Kollegin. – Bestelle uns doch jedem einen Eisbecher Krokant."

Jens hörte das Bohren und Hämmern schon an der Haustür. Schöne Scheiße, er hatte sich verspätet. Gott sei Dank hatte er dem Handwerker den Schlüssel des Vorhängeschlosses überlassen, das vorläufig die Wohnung gesichert hatte, als er ihn wie vereinbart um zehn an der Straße abgefangen hatte. Das Paket vom Baumarkt, das er unter dem Arm trug, rutschte ihm fast weg.

„Herr Meiering, tut mir Leid, aber ich habe noch ein bisschen Farbe gebraucht. Klappt denn alles?"

„Keine Panik. Bin ja gleich soweit. Nur noch die Schlossblende drauf und fertig." Er machte Platz. Jens drückte sich mit dem Paket vorbei, ging ins Wohnzimmer und stellte die Farbeimer an die Wand. Überall standen blaue Müllsäcke herum, von den Wänden grüßte der nackte Putz. Die Möbel waren abgerückt und abgedeckt. Er hatte alles sauber verspachtelt und geglättet. Jens blickte noch einmal darüber. Morgen würde er tapezieren. Er zählte noch einmal schnell die Rauhfaserrollen durch. Zwölf, dafür würde die Farbe, die er gerade mitgebracht hatte, wohl reichen. Die Decken und den Korridor hatte er eingeplant.

„Ich wäre dann soweit. Wenn sie mal gucken möchten?" Die Stimme von Meiering klang routiniert.

„Na, das ging ja eins, zwei, fix!"

„Gelernt ist gelernt". Meiering packte sein Werkzeug in einen Koffer. Jens zückte sein Portemonnaie und entnahm ihm einen Fünfer. Endlich konnte er auch Trinkgeld geben, so wie man es mit Handwerker machte. „Hier, für ein paar Zigaretten."

„Das ist nett, danke." Meiering ließ den Fünfer in der Brusttasche seines Blaumanns verschwinden.

Jens drückte die Klinke an der Innenseite ein paar Mal herunter, schloss und öffnete wiederholt die Tür.

Meiering drückte ihm etwas Metallenes in die Hand, "Die sind hinüber. Ich musste die Tür mit dem Bolzenschneider knacken."

„Aha?" Jens sah ein wenig hilflos auf das Schloss und Schlüssel in seiner Hand.

„Nichts für ungut." Der Handwerker tippte mit zwei Fingern an seine Stirn. „Und danke noch mal dafür." Er schnappte sich seinen Koffer und stieg die Stufen hoch.

„Tschüss." Jens schloss langsam die Tür.

Aber als er gestern nach dem Streichen nach Hause gefahren war, hatte er doch noch abschließen können. Das Vorhängeschloss lag nun auf dem Küchentisch. Daneben eine Flasche Bier, die Jens mit einer Hand festhielt. Wieso hatte dann der Schlüssel nicht gepasst. Er legte den zerbrochenen Schlüssel neben das Schloss. *Abus. Bkk.*

Natürlich, das waren zwei verschiedene Marken. Meiering als Profi hatte bestimmt nicht den Schlüssel verwechselt. Wenn nicht der Schlüssel, sondern das Schloss falsch war, dann … Das war so ungeheuerlich, dass er den Rest aus der Flasche in einem Zug austrank. Dann stützte er den Kopf in die Hände.

Das war einfach nicht möglich, niemand wusste davon. Jens schielte zur Auslegware in der Diele. Die Laufspuren darauf waren so dreckig wie eh und je. Da war nichts Verdächtiges zu erkennen. Aber er musste nachsehen, sonst würde er das Scheißgefühl im Bauch nicht los, dass er jeden Moment aufs Klo rennen müsste. Oder lieber später, dann hätte er einfach keine Schuld, wenn …

Jens zog die Auslegware zurück und fasste mit einem Finger in das Astloch. Er schloss die Augen und hob das Brett hoch.

Scheiße. Steine, Staub, sonst war nichts unter den Brettern, gar nichts. Schnell hob er das andere Brett an. Die Kuhle war leer, leerer ging's nicht. Trotzdem fuhr er mit einer Hand durch das Loch. Rundherum, über den Boden und noch einmal rundherum.

Jens sackte auf den Boden.

Natürlich hatte er die Tasche hier abgestellt. Was machte er hier überhaupt? Das war Grassis Wohnung. Scheiße. Grassi.

Jetzt musste er doch zum Klo.

Jens stieß sich an der Badtür die Schulter, dann knallte sein Knie auf die Fliesen vor dem Klobecken. Er würgte.

Aber es kam nur halb hoch. Jens schluckte dagegen und lehnte sich an die Fliesenwand. Starrte zur Decke.

Grassi. Der würde ihn fertig machen. Der würde ihm nie glauben, dass die Kohle einfach geklaut worden war. Dass er so blöd gewesen war, sie sich klauen lassen.

Er sah die Pranken vor sich, sah Grassis tückische Augen, mit den fetten Falten in den Winkeln. Am besten verschwand er sofort mit dem Opel irgendwo für einen neuen Anfang. In diese ganze Scheiße hatte ihn doch nur Grassi hineingezogen. Drecksack.

Wenn er jetzt die Fliege machen würde, dann machte er sich erst recht verdächtig. Wichtiger war, wer die Kohle hatte. Meiering? Der Typ vom Schlüsseldienst hatte seine Termine im Kopp. Woher hätte der wissen sollen, dass unter dem dreckigen Teppich Geld lag.

Jens ging zurück zum Loch in der Diele. Sein Untergrund war bedeckt mit Schotter, so wie es in den Altbauten üblich war. Jens holte sich eine Taschenlampe und leuchtete das Loch aus. Nichts. Aber plötzlich reflektierte etwas im Schein der Lampe kurz vorm Schlafzimmer in der Ecke. An der Unterkante des Dielenbrettes an der linken Seite schien ein dünnes Kabel zu hängen. Jens krabbelt schnell über die Dielenbretter. Dann fühlte er es mit den Fingern und zog es aus dem Winkel unter dem Telefonschränkchen. Aber es war kein Kabel.

Er legt es auf die flache Hand und hielt es in das Licht. Es war ein kleines Goldarmbändchen mit einer Namensplatte. Jens las die Inschrift, sie war in polnisch: Najkochansza Krystyna.

Sie war es. Selbst wenn die alte Fotze es schon beim Überfall auf Grassi hier verloren hatte. Sie war in der Wohnung gewesen, als er die Tasche entnommen hatte. Klar hatte sie gehört wie Grassis die Anweisung gegeben hatte, die Tasche hier wieder einzubunkern.

Jens schlug sich vor den Kopf. Diese polnische Schlampe hatte das provisorische Vorhängeschloss geknackt, genau wie Meiering dann ihr Ersatzschloss, das die Alte zur Tarnung dran gehängt hatte. Das gab ihr erst einmal einen guten Vorsprung, bis es auffiel.

Jens könnte es so drehen, dass er den Schlossaustausch bemerkt, den Schlüsseldienst geholt und dann erst Krystynas Diebstahl entdeckt habe. Grassi würde es glauben müssen, wenn er ihm das Kettchen beim nächsten Besuchstermin vor die Augen hielt. Oder in den Knast schickte. Oder aber er die Gelegenheit erhielt, es Grassi ganz logisch immer schön der Reihe nach aufzuzählen.

Jens rappelte sich auf und kramte im Wohnzimmer aus dem Schränkchen Schreibpapier.

Lieber Grassi, stell Dir vor, was diese polnische Fotze getan hat …

Er hielt inne und zerknüllte den Bogen. Das durfte er gar nicht schreiben. Grassi hatte ihm eingebläut, dass im Bau seine Post gelesen würde. Und außerdem würde es Grassi sowieso nicht glauben, dass seine tolle Polin ihn so hintergangen hat, so scharf wie er auf die war.

Jens holte sich eine Flasche Bier. Lieber erst mal drüber schlafen.

Zum Glück hatte er noch das eine fette Bündel Geld vorher aus der Tüte entnommen. Damit war er flüssig. Also jetzt erst einmal die Renovierung der Hütte durchziehen, das würde Grassi vielleicht ein wenig milde stimmen. Vielleicht fiel ihm auch beim Renovieren eine Lösung ein.

Wenn er nur eine Ahnung hätte, von wo in Polen Krystyna stammte. Er würde auf jeden Fall in der Villa im Grunewald auflaufen. Jens nahm einen tiefen Schluck aus der Flasche. Scheißweiber. Grassi hätte sich an seine eigenen Regeln halten sollen. Frauen in der Burg brachten Unglück.

*

Wenn es ein Dienstvergehen war, dann nur ein kleines. Eigentlich konnte er sein Vorgehen nicht einmal vor sich selbst begründen.

Weder ermittelte er im Fall Zenkert, noch hatte er Feierabend. Aber Reeker wollte es sich, verdammt noch mal, nicht entgehen lassen, mit Gerlinde im Tiergarten spazieren gehen. Wie viel Überstunden hatte er dem Staat schon geschenkt … jetzt schenkte er sich einmal ein paar Stunden mit einer Frau an seiner Seite. Und sei's nur für einen Nachmittag.

Sie kam ihm entgegen. Sie schwebte fast. Die Mittagssonne im Rücken, gab ihrer Erscheinung etwas Unnatürliches. Als sie zwanzig Schritte heran gekommen war, erkannte er die runden Wangen.

Gerlinde Erhardt lachte ihn schließlich an. „Schön, dass du spontan Zeit hattest, Werner."

Reeker konnte den Blick nicht von ihrem Hals heben, er glitt über die leichte Rötung und den Busenansatz unter der Kostümjacke. „Immer wieder gerne". Er knurrte ziemlich und haderte mit sich. Warum tat er nicht endlich einen Schritt weiter auf sie zu, statt enttäuscht zu sein, dass sie ihm keine eindeutigen Signale sandte. Das taten Frauen doch selten genug.

Der Kies knirschte unter ihren Pumps, jetzt stand sie direkt vor ihm, sah zu ihm auf. Wie sollten Frauenaugen sein? Wie riesige Brombeeren – groß, schwarz und feucht. Und verdammt, genau den Blick, den hatte sie.

Gerlinde legte ihre Hand flach auf seine Schulter. Ihre Lippen öffneten sich und der Kopf neigte sich nach rechts. „Werner?"

Mann Reeker, jetzt aber ran. Hoffentlich konnte er es noch. Reeker beugte sich nach vorn und sein Mund berührte ihre Lippen. Zuerst fühlte er nur ein Zucken, hielt sie aber fest, dann spürte er, wie sie sich ein wenig zur Seite drehte, ihre Lippen die richtige Lage suchten – weich, wunderbar. Gleichzeitig herausfordernd und doch nachgiebig küsste sie ihn. Dann zuckte er zusammen, als ihre Zunge nach seiner forschte.

Mann, er hatte doch glatt vergessen, wie schön das war.

Jetzt hatten sie eine Art Rhythmus gefunden. Es passte.

Reeker blinzelte mit den Augen, sie hielt ihre Augen geschlossen, während sie ganz leise summte. Ihr Arm umschlang seine Hüfte. Reeker fühlte einen kleinen Schwindel aufkommen.

Freude-schöner-Götterfunken dröhnte. Reeker zuckte mit Hand beim ersten Klang zur Jacke, als wäre er von seiner Mutter bei etwas Verbotenem erwischt worden. Der Klingelton von Reekers Telefon war unerbittlich.

„Töchter aus Elysium passt jetzt nicht so ganz." Gerlinde war keine Spur verlegen.

„Ich … ich muss leider ran." Er klappte das Handy auf, während sie sich an seine Brust kuschelte. Ihre Haare kitzelten ihn in der Nase. Er drehte den Kopf ein wenig zur Seite. „Reeker, Mordkommission."

„Herr Kriminalhauptkommissar." Die Stimme Verena Sieberts drang an sein Ohr. "Deine privaten", die Pause war hörbar gespielt, "Lungenflügeluntersuchungen gehen mich nichts an. Aber …"

Scheiße, Reeker sah sich um, woher beobachtete sie ihn? Zwischen den sonnendurchfluteten Blättern der Bäume im Tiergarten könnten zig Zeugen stehen. „Was gibt es denn?" Reeker brummte in das Mikrofon. Die Erhardt löste sich und strich ihre Haare zurecht. Reeker fuhr ihr mit den Fingerspitzen über die Wange, an den Lippen entlang.

„Ich habe die Auswertung von dem Eisen und auch Details zu den Unterlagen."

„Und? Sag schon." Reeker ließ Gerlinde nicht aus den Augen.

„Nein, das geht nicht am Telefon. Glaubst du etwa an die Abhörsicherheit von Handys?"

Reeker legte einen Arm um die Schulter der Sekretärin. Langsam gingen sie ein Stück auf dem Kiesweg.

Gerlinde sah auf ihre Uhr. Sie machte ihm die Sache leicht. „Ich muss sowieso gleich wieder ins Büro. Der Anwaltsverein brauch mich noch ein paar Tage."

„Na also. Dann hast du ja für mich Zeit." Der Spott der Siebert aus dem Telefon war unverkennbar.

„Nun hör aber auf, Frau Kollegin." Reeker setzte es mit Absicht dazu und kam sich bescheuert vor.

„Ich treffe dich in dreißig Minuten auf dem Parkplatz der Galerie in der Händelallee. Du weißt, wo das ist?"

„Muss das dort sein?", fragte Reeker.

„Werner, wir müssen dringend die Fakten ordnen."

„In dreißig Minuten." Reeker schaltete das Handy aus. Mit der anderen Hand fasste er Gerlinde in den Nacken und zog sie zu sich heran. Sie küssten sich, als ob sie alle Zeit der Welt hätten.

Reeker fuhr die Händelallee im Hansaviertel entlang, fand einen Parkplatz und fädelte sich darauf ein. Gerlinde stieg mit aus. Eigentlich wollte Reeker sich noch verabschieden, da löste sich aus der Baumreihe gegenüber der Schatten Verenas. Heute trug sie engsitzende Jeans. Die Hosenbeine endeten in Cowboystiefeln. Über ihr gelbes Top hatte sie einen praktischen Lederblouson gezogen.

„Mensch Werner, wir hatten dreißig und nicht fünfzig gesagt." Sie zeigte auf ihre Armbanduhr.

„Nun mal langsam, Kollegin. Ich bin Ihnen nicht unterstellt. Das geht ja wohl auch etwas freundlicher."

Gerlinde gab ihr die Hand. „Guten Tag Frau Siebert. Seien Sie nicht so streng mit ihm. Ich habe ihn aufgehalten, er war so freundlich mich mitzunehmen."

Reeker fühlte sich unwohl, dass ihn die kleine Frau hier verteidigte. Gerlinde hielt die Hand der Kommissarin und drückte sie noch einmal.

„Reeker, tut mir leid. Aber wir sind leider nicht auf Vergnügungsreise."

Jetzt lösten sich die Hände der Frauen voneinander.

„Also, was ist? Können wir?", fragte Verena.

Reeker blickte auf Gerlinde, die Verena Siebert von der Seite musterte, wie nur Frauen einander taxieren können.

„Lasst nur, ihr habt zu tun. Ich gehe allein zur U-Bahn, es ist ja nicht allzu weit." Gerlinde drehte sich zum Gehen. Dabei berührte ihre Hand wie rein zufällig die eine Hälfte der Hüfte der Siebert. „Macht euch keine Umstände." Gerlinde sah wieder die Siebert an. „Rufen Sie mich an, wenn ich Ihnen irgendwie helfen kann." Ihr Blick ruhte mit unverhohlenem Interesse auf dem Gesicht der Beamtin und dem Reekers.

"Ich würde dich aber lieber noch am Büro absetzen",)warf Reeker ein. Wie verbunden waren sie nun, nach diesen Küssen?

Es schien Gerlinde egal, ob die Siebert etwas davon merkte. „Ach, lass nur Werner. Die Arbeit geht vor, auch bei mir. Wir telefonieren." Gerlinde Erhardt sah noch einmal zur Siebert hinüber, hob die kleine Hand und winkte kurz. "Wenn du meinst." Aber wahrscheinlich war es besser so. Einen langen Blick gönnte er sich noch auf Gerlindes wiegenden Gang, bis sie hinter einem parkenden Lieferwagen nicht mehr zu sehen war.

„Reeker, pass ein bisschen auf." Verenas Ton war unerwartet mitfühlend.

„Weil sie im Fall Zenkert involviert ist? In dem ermittele ich sowieso nicht mehr." Die sollte ihm jetzt nicht mit Professionalität und dem Scheiß kommen.

„Schon gut."

„Nein, nein." Reeker ließ nicht locker. „Nun sag schon."

Die Siebert zog mit der Spitze ihrer Cowgirl-Stiefel einen Halbkreis im Kies.

„Na ja … Immer wenn mir Frauen so lange die Hand drücken und mich so taxieren, sind sie hinterher zumindest bi."

Reeker hatte ein Gefühl, als ob er den Kies unter seinen Füßen wegrieselte. „Du spinnst … ja total! Das ist ja wohl der größte Blödsinn, den ich je gehört habe."

186

„Sorry, ich habe einen Blick dafür. Was denkst du wohl, wie viele Frauen hinter mir her sind. Die halten mich alle für eine Live-Kopie dieser taffen Tatort Tussi aus dem Fernsehen." Sie lehnte sich an die nächste Straßenlampe und verschränkte die Arme.

Reeker folgte ihr. „Wenn du wüsstest, wie Gerlinde küsst …."

Sie reichte ihm ein Tempotuch, das sie aus der Jackentasche gefischt hatte. "Den Lippenstift kann man ja kaum übersehen, der noch an deinem Mundwinkel hängt. Nett von ihr, dass sie dich so rumlaufen lässt."

Er sah auf das Holster an ihrer Hüfte. "Miststück." Er grabschte das Tempo und wischte sich den Mund. Tatsächlich schimmerte es rosa auf dem Weiß. Kriminalhauptkommissar Reeker wusste nicht, wem seine Wut mehr galt.

„Meinst du wirklich, dass sie …"

„Meine ich. Aber nimm, was sie dir gibt und genieße es."

Reeker musste sich erst einmal sammeln, so schnell konnte er nicht zur Tagesordnung zurück. Er lehnte sich ans nächste Auto und blies hörbar Luft aus.

„Werner, es tut mir leid. Ich … ich sollte mich nicht in dein Privatleben einmischen. Ich sage zu oft, was ich denke …" Die Siebert kam auf ihn zu, blieb dicht vor ihm stehen.

Sie fasste ihn aber Gott sei Dank nicht an.

"Die Erhardt mag dich wirklich, denke ich. Es geht mich ja auch gar nichts an, ob dich zwei Frauen miteinander überhaupt stören würden."

Reeker verschlug es die Sprache. Die Siebert war einfach umwerfend treffsicher, in allem was sie sagte oder tat. Aber irgendwie glänzte es nur hell in seinem Kopf. Er wusste es tatsächlich nicht, ob es ihn stören würde, wenn Gerlinde mal mit einer Frau. Vielleicht küsste sie deshalb so gut.

Reeker drückte sich vom Auto weg. "Also mal eines nach dem andern. Halten wir mal das Privatleben raus, okay?"

„Okay, lassen wir das." Sie verschränkte die Hände ineinander. "Und nun zurück zum Job."

Sie schlenderten die Händelallee entlang. "Punkt eins, die Fingerabdrücke sind von Eisenheim. Punkt zwei, das Blut ist von Zenkert. Punkt drei, die Papiere passen zu der Computerauswertung aus dem Privatlaptop Zenkerts. Punkt vier, sie beweisen ganz klar, dass Korbach in den Immobiliendeal verwickelt ist. Nun bleibt die Frage, wie dein Informant seinerseits tatsächlich darin involviert ist. Es könnte ja sein, dass er ein Beauftragter Zenkerts ist, der sich persönlich bereichert hat und etwas ging schief."

Kriminalhauptkommissar Reeker konzentrierte sich weiter auf den Fall und fand langsam zu einer Ruhe zurück. „Nein, der Kontaktmann kannte weder Zenkert noch Eisenheim. Der ist mit seinem Kumpel lediglich in den Kiosk eingebrochen. Die haben Geld, Schnaps und Zigaretten erbeutet."

„Geschenkt. Hat er etwas beobachtet, das wir verwenden können?", sagte Verena.

„Er hat hinter dem Auto von Zenkert gelegen und Deckung gesucht mit dem Gesicht am Boden. Dann haben sich die beiden Männer gestritten, bis Zenkert vor ihm zu Boden ging. Eisenheim warf die Elle weg. Der Informant hat Zenkert verrecken sehen."

„Worüber haben die beiden sich vorher gestritten?", fragte Verena schlicht.

„Um irgendeine Geldsumme, die verabredungsgemäß gezahlt werden sollte, aber er konnte nichts Genaues dazu sagen."

„Werner, fällt es dir auch auf?"

„Natürlich."

„Dein Informant muss mehr von dem Geld gehört haben. Zusammen mit der Videoaufzeichnung aus dem Rathaus, die du mir gegeben hast, ergibt es einen Sinn. Was anderes als Geld hätte dein Informant sonst im Rathaus gesucht? Einen Job bestimmt nicht."

Reeker nickte ihr zu. „Er belauscht die beiden Männer, die sich um Geld streiten. Zenkert stirbt, aber die beiden haben das Geldversteck verraten. Mein Informant holt sich das Geld."

„Dann hätte Eisenheim aktuell ein Problem. Das Bestechungsgeld reicht er nur durch. Er muss Ersatz auftreiben."

„Je nachdem wie viel es war, wird es für ihn eng. Korbach mischt sich ein, damit die Sache nicht aus dem Ruder läuft", sagte Reeker.

„Stopp." Die Siebert hob die Hand. „Es kann auch umgekehrt gewesen sein. Korbach arbeitet mit Geldkonzernen zusammen. Für ihn wären das die berühmten Peanuts. Es geht darum, den Palast der Republik abzureißen, das Schloss aufzubauen, aber dann Privatleute darin residieren zu lassen. Ein ungeheuerliches Ding. Dort ihre Macht zu repräsentieren traute sich noch nicht einmal die Bundesregierung."

Reeker kickte eine leere Dose aus dem Weg. „Zenkert tot, Eisenheim wird zum Sicherheitsrisiko und die Korruptionsmaschine stottert."

„Korbach ist nicht der Typ, der aufgibt. Er fühlt sich über dem Gesetz schwebend. Er weiß nicht, wie nahe wir ihm schon gerückt sind."

Reeker wiegte den Kopf. "Hoffentlich hast du Recht."

„Korbach ist mächtig. Wir müssen ihn aus der Reserve locken. Er ist nach den Lehren der alten Chinesen eher der Typ Feldherr, der über kleine Fehler des Nahkampfes stolpert und nicht über Fehler in der großen Strategie."

"Du liest solche Sachen?" Die Siebert war immer für eine Überraschung gut.

"Warum nicht? Andere Völker, andere Sitten. Aber der Mensch bleibt sich immer gleich."

"Wie eine Philosophin siehst du nicht gerade aus, Mannomann."

"Danke für den Spott. Bin ich auch nicht. Ehrlich gesagt, fehlt mir eine gute Idee für so einen kleinen Fehler, den wir Korbach begehen lassen könnten."

Am Ende der Straße drehten sie im Gleichschritt einfach um, wie ein altes Paar, das sich ewig kannte. Reeker verdränge den Gedanken an Zweisamkeiten. Dann fiel es ihm auf. „So ein kleiner alter Mistsack."

Die Siebert sah ihn verständnislos an.

„So ein kleiner, abgezockter Gauner."

„Wovon redest du?"

„Mein Informant. Ich möchte doch zu gerne wissen, was er dabei abgegriffen hat."

Die Siebert lachte kurz auf. „Lass ihn doch. Vielleicht hat er jetzt eine Chance, aus seinem Leben etwas zu machen."

„Er hätte es mir aber sagen müssen."

„Je weniger in die offizielle Ermittlung eingeht, desto besser. Sonst stoppt das am Ende unsere ganze Arbeit, weil wir zu viel ans Licht bringen. Wer weiß, wer die Bestechungsgelder wirklich vorfinanziert hat."

„Verena, du sprichst manchmal in Rätseln."

„Du kennst doch die passiven und aktiven Beweise. Die passiven sind zwar vorhanden, dürfen aber nicht auftauchen, jedenfalls nicht bei den regulären Ermittlungseinheiten. Sie werden geglättet."

„So nennt man das also."

„Die aktiven Beweise sind die, die wir für unsere Erkenntnisse brauchen, um ein komplettes Bild zu bekommen, egal wie ihre Herkunft ist."

„So wie das geschredderte Zeug aus dem Büro Zenkert passiv war?"

„Genau. Wenn wir jetzt Ermittlungen in Sachen Einbruch vornehmen, setzt sich die ganze Ermittlungsmaschinerie in Bewegung. Und dann gibt es Fragen, viele Fragen."

„Ich habe schon kapiert." Reeker blies laut seinen Atem aus. "Trotzdem ist es ein Drecksack."

„Werner, er hat es ungewollt geschafft, Korbach reinzuziehen. Schulden wir ihm dafür etwas?" Sie boxte ihn in die Seite.

Reeker griff in die Tasche und schob sich ein paar Salmiakpastillen in den Mund. Er genoss den scharfen Geschmack. Die Siebert streckte ihre Hand aus. Der Kriminalhauptkommissar schüttete ihr ein paar der Pastillen in die hohle Hand.

Die Siebert betrachtet sie einen Augenblick, schob sie dann in ihren Mund. „Was für ein Zeug. Reeker, du bist pervers!" Trotzdem lutschte sie weiter.

*

„Abteilung sechs, ein Durchschluss!"

Grassi hörte die Glocke aus dem Vollzug bis in seine Krankenstube. Gelegentlich lauschte er dem Getrappel vieler Füße, wenn es zum Baden ging. Das hier war nur ein Einzelner, der weitergereicht wurde. Grassi lag in seinem Bett. Es war das einzige in der Zelle. Da hatte Reeker wirklich gut für ihn gesorgt. Tja, Beziehungen musste man haben.

Zehn Tage lag er jetzt hier. Falls der Bulle ihn aber doch hereingelegt hatte und es doch noch zu einem dicken Ende kommen würde, was dann? Irgendetwas wegen der Elle, dem Mord oder dem Bruch im Rathaus könnten die ihm doch jederzeit anhängen. Der Staatsanwalt hatte ihm den Einbruch im Kiosk mit vier Monaten berechnet. Verdammt, wie die das so einfach machen konnten. Das ging alles glatt, ohne große Verhandlung. Drei Herren waren im Richterzimmer erschienen, hatten ihm dieses Strafangebot gemacht und er hatte abgenickt. Das war dann eine Premiere gewesen. Grassis Deal mit der Staatsanwaltschaft. Kriminalhauptkommissar Reeker hatte sich noch einmal bei ihm erkundigt, ob alles so in Ordnung war. Das war es gewesen.

Er drehte sich auf die Seite, so dass er zur Zellentür sehen konnte. Auf dem Gang davor gab es einige Unruhe. Ein paar Zellen wurden vorgeschlossen, die Riegel zurückgeschoben. Jemand klopfte an die Zellentür. Grassi stand auf. „Wat is?"

„Sag mal Grassi, bist du jetzt unter den Popiekern?", fragte Heinz.

„Heinz. Was soll der Quatsch?" Der alte Versicherungsbetrüger war ja für jeden Unsinn gut.

„Na ja, dein Liebster renoviert eure Liebeslaube."

„Bist du bekloppt?" Grassi rieb sich das Ohr.

„Na, dein Jens. Macht der bei euch die Frau?", säuselte Heinz.

„Sag mal Alter, nu kennst du mir dreißig Jahre. Mal im Bau, mal draußen. Hast du mir jemals rumschwulen sehen? Wat is also."

„Nee, aber vielleicht bist du ein bisken altersschwul? Solls ja öfter mal geben."

„Geht das auch ein bisken leiser? Ick hau dir gleich eine rein, du Vollihirni."

Die Geräusche an den vorderen Türen, die der Aufschluss machte, rückten näher.

„Nu tu mal nicht so groß. Sonst erzähl ich im Bau, was du so an Post erhältst von deinem kleinen Jensilein." Heinz betonte die beiden letzten Worte besonders.

„Du liest meine Post, du Schwein." Grassis Halsschlagader schwoll an. Das Schlüsselgeräusch kam von der Nachbarzelle. Jetzt war er dran. Die Tür ging auf und der alte Kalfaktor Heinz griente mit seinem zahnlosen Säufermaul von einer Backe zur anderen, während er ihm den Brief mit einer Verbeugung übergab, als sei er der Diener eines hohen Herrn.

„Na, Grassi, auch mal alle Jahre wieder hier, was?" Ohne eine Antwort abzuwarten schloss der Beamte wieder die Tür hinter sich und Heinz. Grassi drehte den Umschlag zwischen den Händen hin und her, dann setzte er sich an den Tisch. Er zerrte an dem eingelegten Blatt.

Lieber Grassi,
ich hoffe, dass es Dir inzwischen schon besser geht. Ich habe ge-
hört, dass Du einen Unfall gehabt haben sollst. Das Krankenhaus
war so nett und hat mir Deine Nachricht überbracht. Mach Dir keine
Sorgen.

Der Junge war total bescheuert. Der hatte keinen blassen Schimmer, was das für ein gefundenes Fressen hier im Knast war. Hier
war jede Abwechslung recht. Und jede Neuigkeit wurde zum Groß-
ereignis aufgeblasen. Ein paar der alten Knackis, die immer wieder
oder immer noch einsaßen, kannten ihn natürlich. Und nicht alle waren seine Freunde. Denen würde es eine Genugtuung sein, seinen
über dreißig Jahren aufgebauten Ruf zunichte zu machen. Dabei
war es ziemlich egal, ob es überhaupt jemand glaubte, dass der alte
Grassi die Ufer gewechselt hat. Hauptsache Dreck werfen, etwas
blieb immer hängen.
Wer es glauben wollte, würde damit mächtig Reklame machen,
wem es egal war, würde es nicht kratzen. Aber jedes Grinsen würde
das Gerücht ein wenig mehr unterstützen. Danach würde nichts
mehr so sein wie früher. Der Respekt wäre flöten und der tägliche
Spott, drinnen wie draußen, wäre ihm sicher.
Grassi schmiss den Brief in eine Ecke. Der Junge war total bescheuert. Der hatte ihm nichts als Ärger eingebracht.
Gut, er hatte aus dem Brief verstanden, dass die Kohle wieder sicher unter den Dielen gebunkert war. Aber warum sülzte der Depp
von aprikosener Farbe für die Küche! "Dieses Arschloch!" Grassi
hieb auf den Tisch. Und um was in aller Welt, was war Aprikose
überhaupt für eine Farbe? Musste er das wissen? Er war doch keine
Schwuchtel. Er dreht sich eine Zigarette. Auf seine Zigarillos musste
er hier drin verzichten. Dank des Arrangements mit Reeker hatte er
eine satt gefüllte Kommode mit hinein nehmen können. Da hatte er
für die erste Zeit genügend Tabak, Blättchen und Kaffee gebunkert.

Bloß das mit dem Anis konnte er sich abschminken. Alkohol ging nicht.

Grassi ließ sich auf das Bett fallen und zog an der krummen Selbstgedrehten. Die Schwellungen in seinem Gesicht gingen langsam zurück. Eigentlich war er ja gesund, aber hier im Knastkrankenhaus war er sicherer. Ob die Typen ihn wirklich hatten umbringen wollen? Grassi starrte in die Glut seiner Zigarette.

Zuordnen konnte er die nicht, aber das waren keine normalen Gauner gewesen, die ihm seine Beute abjagen wollten. Das waren ganz andere Kaliber gewesen. Gut, dass sie Krystyna nicht gesehen hatten.

Übrigens Krystyna. Kein Wort von ihr in dem Brief von Jens. Scheiße. Grassi rollte herum und fischte ihn vom Erdboden auf, strich ihn glatt.

Lieber Grassi,
ich hoffe, dass es Dir inzwischen schon besser geht. Ich habe gehört, dass Du einen Unfall gehabt haben sollst. Das Krankenhaus war so nett und hat mir Deine Nachricht überbracht. Mach Dir keine Sorgen.

Wieder spürte er die Wut, die in ihm hochstieg. Er drückte die Zigarette in dem blechernen Aschenbecher aus. Er ging zur Tür und drückte auf den Klingelknopf, damit außen am Gang ein Licht aufleuchtete. Dann hörte er das Klappern, das klang, als ob man einen Besen gegen das Geländer lehnte. Schritte näherten sich.
„Was ist denn?", fragte Heinz.
„Sag Bescheid, ick schreib gleich einen Brief. Damit der heute noch rausgeht."
„Schon Sehnsucht nach dem kleinen Jensilein?"
„Arschloch. Fick dich selber."

*

194

"Balduin oder Cornwall?" Korbach zog Oberkommissar Kroll ein wenig zur Seite, damit die Verkäuferin mit den Kartons vorbei kam. Das Geschäft hatte seine Zwischengröße nie vorn in der Auslage stehen.

"Ich verstehe nicht." Kroll steckte die Hände in die Taschen.

"Die Schuhe hier haben Namen." Korbach ersparte sich den Blick auf Krolls Treter, die der sicher in einem Billigmarkt in seinem Kiez erstanden hatte. "Die Modelle bleiben Jahrzehnte gleich. Es sind alles Klassiker." Kroll brauchte nicht zu wissen, dass er schon lange nicht mehr hier kaufte, sondern bei einem exklusiven Schuhmacher in der Sophienstraßen in Mitte seinen Leisten stehen hatte.

"Ich kaufe selten am Ku'Damm."

"Na, das wird sich bald ändern." Korbach zog Kroll am Ärmel. "Setzen Sie sich doch. Man muss uns ja von der Straße nicht sehen." Die auftoupierte Verkäuferin kam. Sie sah mit ihren blauen Strümpfen aus wie eine Hamburger Bürgerdame, die sich in dieses Geschäft verirrt hatte. "Hier 42 einhalb für den Herrn. Soll ich Ihnen helfen?"

"Nein, es geht schon. Sie haben ja noch mehr Kunden." Korbach nahm ihr den Schuhanzieher aus der Hand. Kriminaloberkommissar Kroll hatte ihn unter der Geheimnummer angerufen, aber herumgedruckst. "Was gibt es denn dringend?" Korbach löste die Schnürsenkel seines linken Schuhs und schlüpfte in den Edinburgh. Kroll starrte auf seine Socke. Mann war das ein Bauer. "Nun?"

Kroll legte die Unterarme auf die Knie und flüsterte: "Man wird die Tat nicht dem Herrn Eisenheim anlasten."

Korbach hielt inne, die beiden Senkel des Edinburgh in der Hand. Er wandte sich um und sah die krause Stirn Krolls. "Warum nicht?"

"Das habe ich noch nicht herausgekriegt. Jedenfalls will man über Eisenheim an die Hintermänner ran."

Korbach schloss rasch den Knoten und tat so als ob er den Edinburgh betrachte. "An wen und wie?"

"Weiß ich noch nicht."

Korbach stellte sich und betrachtete den Schuh im Spiegel. Er lächelte der Verkäuferin zu, die einer Kundin Lederspray zeigte. Dann setzte er sich wieder neben Kroll. "Dann finden Sie das dringend raus, wenn Sie Ihrem Auftrag gerecht werden wollen. Was wissen Sie noch?"

"Es gibt ein definitives Beweismittel. Es handelt sich um ein Nageleisen, auch Elle genannt."

Korbach drehte den Fuß in der Luft. "Passt. – Den Schuh meine ich. Kroll, besorgen Sie mir die, wie hieß das noch gleich, die Elle."

"Das wird nicht einfach, da es nicht offiziell in der Datenbank verzeichnet ist und somit keine Herausgabe angefordert werden kann. Die Siebert hat es bei uns im Büro eingelagert. Wenn ich nun da …"

"Ach was, hören Sie auf. Was es offiziell nicht gibt, kann auch nicht verschwinden, oder? Lassen Sie sich was einfallen. Und zwar schnell."

Kroll knetete die Hände. „Wie schon gesagt, das wird nicht einfach. Wenn Reeker …"

"Zufrieden, der Herr? Am Anfang sind sie immer ein wenig fest, aber …", sagte die auftoupierte Verkäuferin.

"Ich weiß." Korbach reichte der missglückten Hamburgerin den Schuh. "Packen Sie ihn mir ein, aber ohne Karton. Und noch eine Dose passende Creme, bitte."

"Gern." Die Verkäuferin nahm ihm den Edinburgh aus der Hand.

Er wartete bis Kroll aufgestanden war. "Es ist mir egal, wie Sie das machen, Oberkommissar. Ich brauche dieses Ding, und zwar schnell. Sollten sie Auslagen haben, es gibt ein Spesenbudget, vergessen Sie das nicht. Enttäuschen Sie mich nicht."

Kroll räusperte sich, sagte aber nichts. Dann wippte er noch einmal in den Kniekehlen. "Ich melde mich dann."

Korbach hob die Hand wie zum eleganten Gruß, auch wenn Kroll die Ironie entgehen würde. Dann war der Polizist schon draußen auf dem Ku'Damm außer Sichtweise. Korbach trat zum Tresen an der Kasse.

"Wie möchten Sie zahlen?" Die Verkäuferin packte seine Schuhe in eine braune Papiertüte mit dem Aufdruck des Firmenlogos.

Er lächelte. "Visa-Card, bitte."

Auf eigenen Beinen - ganz ohne Krücken …

Jens holte tief Luft. Dass er sich das in seinem Leben wagen würde, hatte er auch nicht geglaubt. Irgendjemand hatte ihm immer gesagt, was zu tun war. Zuerst seine Mutter, dann die Lehrer, danach sein Lehrmeister von der Malerbude, der Spieß beim Bund und zuletzt war es Grassi gewesen.

Aber jetzt wollte er mal selber die Sache in die Hand nehmen. Er musste herausfinden, wo Krystyna abgeblieben war.

Frontalangriff war das Beste, einfach ran an die Eisenheims. Erst wollte er als Getränkelieferant auflaufen, aber das war alles zu kompliziert. Er hatte nichts zu verlieren. Die Eisenheims konnten ihm nichts, bei dem, was er wusste.

Aber jetzt in dem parkähnlichen Vorgarten der Villa sah er doch noch einmal an sich herunter. Das verblichene Hemd und die braune Cordhose waren so abgescheuert wie die Schuhspitzen. Hier fiel er doch sofort als nicht ganz koscher auf, wenn er so an der Tür klingelte. Er strich sich die Haare glatt, vielleicht sollte er doch lieber gehen.

Dann fühlte er die dünne Kette in der rechten Hosentasche. Nein, er musste es jetzt tun, für das Geld und Grassi.

„Was machen Sie hier?"

Sein Finger lag noch nicht auf der Klingel, die Tür war abrupt aufgerissen worden. Die Frau herrschte ihn an, ein bunter Schal hing über ihrer üppigen Brust, ansonsten trug sie nur weißes Zeug.

„Ich …"

„Also was ist?"

„Ich möchte gerne Krystyna sprechen."

Erika Eisenheim sah ihn verdutzt an. Sie riss die Augen so weit auf, dass er den silbrige Makeup über den Augenlider sehen konnte. Ihr Blick glitt an ihm herunter, der Mund zuckte. „Was möchten Sie denn von ihr?" Die Stimme Erikas klang eine Spur vorsichtiger, als eben noch.

„Ich möchte sie gerne sprechen." Er blickte an Erika vorbei, durch den Eingangsbereich bis nach hinten durch, wo ein Mann in einem sonnendurchfluteten Zimmer an einem Schreibtisch saß.

„Krystyna ist nicht hier. Kann ich etwas ausrichten?" Die Stimme der Hausherrin holte ihn zurück.

„Ja ... nein. Ich möchte sie schon selbst sprechen. Wann ist sie wieder da?"

Wieder wanderte der Blick von Erika über seine schäbigen Klamotten. „Ich weiß nicht, ob Sie das etwas angeht."

Jens roch das teure Parfüm. Diese reichen Fatzkes hatten ihn schon immer angekotzt. „Ist sie wieder in Polen? Ist sie euch abgehauen?" Jens fühlte seine Stimme dunkel in der Kehle vibrieren.

„Na, erlauben Sie mal." Erika trat einen Schritt zurück.

„Was ist los, Liebling?" Eisenheims Stimme schallte bis zum Eingang.

Jens zog die dünne Kette aus seiner Hosentasche. Er hielt sie der blondierten Gattin direkt unter die gerümpfte Nase.

„Das Schmuckstück hier hat Krystyna bei mir verloren, nachdem sie etwas bei mir mitgenommen hatte, was ihr überhaupt nicht gehört." Eisenheims Kopf erschien. Der Mann war sonnengebräunt und hatte kalte Augen wie einer seiner Mathelehrer. Eisenheim war bestimmt auch so ein Arsch.

„Kommen Sie doch für einen Moment herein." Eisenheim wies ins Haus.

Jens putzte sich mit Absicht die Schuhe auf der Matte ab und betrat die Eingangshalle. Überall stand Zeug aus Messing herum.

„Bitte hier entlang." Eisenheim wies geradezu auf die offene Terrasse. Mit einem satten Plopp fiel die Tür hinter Jens in das Schloss. Er musste einen Seitschritt machen, weil Erika Eisenheim ihm nicht Platz machte, sondern hoch aufgerichtet stehen blieb.

Auf der Terrasse zeigte Eisenheim auf einen der Korbstühle. Jens setzte sich. So einen herrlich grünen Rasen mit einem Springbrunnen hätte seine Mutter sicher auch gern gehabt. Aber in Neukölln im sechsten Stock hatte man allenfalls Aussicht auf die maroden Kamine, die Schrottlager in den Hinterhöfen und die Abfälle der Gemüsehändler.

Mitten im Grün spie ein Metallfrosch eine Fontäne aus. Euros hatten die Eisenheims genug abzugeben.

„Was ist mit Krystyna?" Eisenheim hatte ihm gegenüber Platz genommen und beugte sich nun vor. „Ach, entschuldigen Sie, möchten Sie etwas trinken? Whisky? Vodka?"

Jens nickte nur.

„Liebling, machst du uns bitte zwei Scotch", rief er in den Wohnraum, „und bring dir doch auch etwas mit". Aus dem Inneren waren die Schritte von Frauenabsätzen zu hören.

Ob die ihm nun etwas ins Getränk mischte?

„Also, was können wir für Sie tun … Herr …?"

„Falzke." So hieß der Fahrradhändler, das war der erst beste Name, der ihm durch das Hirn gegeistert war.

„Ja, Herr Falzke, wie können wir Ihnen denn nun helfen?", fragte Eisenheim.

„Ich muss unbedingt Krystyna sprechen. Sie arbeitet doch bei Ihnen."

Eisenheim legte die Hände aneinander. Seine wachen Augen schienen fast ein wenig enttäuscht. „Sind Sie sicher, dass das alles ist?"

Jens sah über die Terrasse. Erika Eisenheim brachte auf einem Tablett drei Gläser, eine Flasche und einen Eiskübel. Sie stellte alles auf den Beistelltisch und machte die Drinks fertig. "Bitte". Sie stellte ihnen jeder ein Glas hin und hielt ihres in der Hand. Sie setzte sich nicht.

„Nein, das ist alles."

Eisenheim lehnte sich zurück.

„Nun, Sie kommen zu spät. Frau Krystyna hat gestern gekündigt. Wir fanden heute Morgen einen Brief von ihr vor. Sie musste dringend zurück nach Polen. Waren Sie mit ihr näher bekannt?"

Jens griff zum Glas und trank. Er fühlte, wie Hitze in ihm aufstieg. Vielleicht der Whiskey, vielleicht Eisenheims Augen, immerhin die des Mörders. „Krystyna ist eine schöne Frau."

Erika zog die linke Augenbraue hoch. „Ach, uns ist gar nicht aufgefallen, dass sie einen Freund hatte."

Jens trank seinen Drink aus, die konnten ihn mal.

"Was ist daran so ungewöhnlich? Nur weil ich jünger bin?"

Eisenheim nickte Erika zu, die das Glas von Jens wieder füllte. „Wo haben Sie sich denn kennen gelernt?"

„Hier um die Ecke in der Konditorei."

„Ach, Sie wohnen hier?"

Ja, ich mit meinen schäbigen Klamotten wohne hier. Das glaubten die sowieso nicht.

Jens nahm wieder einen Schluck und sagte langsam. „Nein, ich wohne in der Nähe des Rathauses Friedenau."

Die beiden schwiegen. Leise klirrten die Eiswürfel in Eisenheims Glas. Der besah sich die Hände von Jens. Sah die Farbsprenkel auf dem Handrücken und kleine Narben.

„Na, das ist aber ein weiter Weg bis hier raus. Wie kamen Sie denn zu der Konditorei in Grunewald, junger Mann?"

Jens ließ den letzten Schluck im Glas. Ihm war leicht schwindelig. Eine winzige Sekunde lang schloss er die Augen, dann stellte er das Glas mit einem Ruck zurück.

„Das ist hier eigentlich nicht das Thema. Wenn Krystyna nicht hier ist …" Er stand auf, wobei seine Oberschenkel an den Tisch stießen. „Dann muss ich es anders versuchen."

Eisenheim war ebenfalls aufgestanden.

„Ich habe oft im Rathaus Friedenau zu tun. Am Breslauer Platz." Die Aussage hing wie ein dicker, fetter Köder in der Luft.

Jens log mit Absicht. „Am Imbiss auf dem Parkplatz habe ich mich mit Krystyna oft getroffen." Es rauschte es in seinen Ohren.

Die Eisenheims sahen einander an. Ganz langsam stellte Eisenheim sein Glas auf den Tisch. „Dort auf dem Parkplatz?"

"Manchmal sogar im Rathaus."

"Was wollen Sie wirklich, Herr Falzke?" Eisenheim nahm eine aufgeschlagene FAZ von einem Stapel, darunter lag ein brauner Briefumschlag. "Sind Sie das?"

Jens erkannte sofort Grassis Papier. Aus den Augenwinkeln konnte er sehen, wie sich Erika Eisenheim den bunten Schal an die Kehle schob. Sie hatte Angst. Das war gut. Die beiden sollten ruhig Angst haben.

"Ich soll was sein? Mein Partner und ich sind Geschäftsmänner, wir machen in Werkzeuge. Eisenwaren. Stemmwerkzeug." Jens machte eine Hebelbewegung mit zwei Fäusten und einer imanigären Elle. "Kennen Sie doch, oder?"

Eisenheim kam näher, „Für ein gutes Geschäft bin ich immer zu haben. Es muss sich nur für beide Seiten lohnen."

„Das hört sich gut an, vielleicht denken Sie über unser Angebot mal nach." Jens ging zur Terrassentür. Erika Eisenheim machte Platz. Eisenheim bewegte sich nicht. „Ich höre von Ihnen?"

„In den nächsten Tagen. Bei Interesse sollten Sie vorbereitet sein." Er drehte sich herum und ging durch die Halle. Gespannt lauschte Jens darauf, ob ihm Schritte folgten.

„Verkaufen Sie lieber nicht woanders." Es war nur Eisenheims Stimme, die ihn noch vor der Haustür erreichte.

Jens hob die Hand zum Einverständnis in die Luft ohne sich umzudrehen, dann drückte er die Klinke.

Die Sonne im Vorgarten empfing ihn. Er fühlte, wie seine Muskeln wieder weicher wurden. Auf der Straße lärmten die Leute von der Stadtreinigung. Jens ging zwei Schritte weiter. Dann drehte sich herum. Die Eisenheims stand im Türrahmen. Jens winkte wie es vielleicht ein Sohn des Hauses getan hätte.

Mann, Grassi, dachte er, das war ich, das hättest du nicht besser gemacht. Wenn überhaupt so gut. So einfach war das also. Wie war das nur passiert ... nur wegen Krystyna ...

„Na warte, Süße, dich werde ich auch kriegen." Jens ballte eine Faust und schlug sich damit in die offene linke Hand. Der Mann von der Stadtreinigung neben ihm zog gerade schwarze Tonnen durch das Eingangstor der Eisenheim'schen Villa.

*

Korbach schlenderte vom Reichstag zum Brandenburger Tor. Er hatte einen Tisch im *Il Punto* bestellt. Die vielen Touristen am Pariser Platz, der Blick auf die wiedererstandenen Wahrzeichen der deutschen Geschichte inspirierten ihn. Der städtische Platz atmete die Atmosphäre, die weit über das alltägliche Kleinklein der Bürokraten hinausreichte. Korbach wich ein paar Japanern aus, die den Fahrplan an der Bushaltestelle studierten.

Historie war das Zauberwort für die Eliten. Was für Geld käuflich war, hatten diese Menschen längst. Nur präsentable Tradition auf Augenhöhe mit Briten, Franzosen, Amerikanern, die war rar. Das meiste war unwiederbringlich belastet.

Korbach bog in die kleine Passage, die ihm das Gedränge direkt unterm Tor ersparte. Diese Cafés hier, wer von den braven Steuerzahlern ahnte, dass der kaiserliche Glanz von Berlin für eine auserlesene Schar von Menschen bald wieder ganz realer Alltag sein würde.

Korbach verfolgte seinen Plan äußerst akribisch über die letzten zwei Jahre. Er konnte damit sein ganzes Beziehungsnetz gefährden, aber das war der Einsatz wert. Der goldene Thron für ihn, Korbach, symbolisch natürlich, den er in der Residenz Neues Schloss aufstellen würde.

In dreißig Minuten würde er beim Italiener die Herren vom Verteidigungsministerium treffen. Zu allem Ärger der letzten Tage hatten die ihm eröffnet, dass es mit der Abwicklung der Geschäfte in Afrika überraschend Schwierigkeiten gegeben habe. Das konnten die üblichen Nachforderungen sein oder echte Probleme mit den Geldtransfers. Letztlich ließ sich das immer regeln.

Korbach wartete vor der französischen Botschaft, weil eine Pferdekutsche vorbeirollte. Wie-einst-im-Mai plärrte aus einem Lautsprecher eines Touristenbusses. Du meine Güte, Berliner Lokalkolorit verkaufte sich tatsächlich noch. Korbach überquerte hinter den Tieren den Platz.

Wesentlich unerfreulicher waren die Nachrichten von diesem Kriminaloberkommissar Kroll gewesen. Wenn das BKA Beweise über Eisenheims Beteiligung an dem Zenkert Mord vorliegen hatte, aber nicht zuschlug, dann konnte das nur die Führungsebene entschieden haben. Dort hatte er nicht nur Freunde. Korbach hörte seinen eigenen Schritten auf dem Asphalt zu. Seit dem Machtwechsel waren seine Drähte dorthin dünner geworden. Korbach beschleunigte seinen Schritt.

Eisenheim stand im Weg, war kein Trumpf mehr. Von Ballast musste man sich trennen.

Korbach holte sein Handy aus der Jackettasche. Das Telefonat würde er vor dem Essen quasi als Antipasto erledigen. Er suchte im Speicher und aktivierte.

„Korbach hier. Hallo Eisenheim.

„Das ist ja überraschend.“

Der konnte ihn mal. „Sagen Sie Eisenheim, wie blöd sind Sie eigentlich?“

Aus dem Hörer kam nur das heftige Atmen Eisenheims. Dann schluckte der hörbar. „Erlauben Sie mal.“

„Sie Dilettant.“

„Nun mal langsam, Korbach.“

„Langsam können Sie im Gefängnis sein, vorher nicht. Sehen Sie zu, dass Sie alle Unterlagen vernichten, sonst wird es eng. Nicht nur für Sie, auch für Ihre Frau."

„Wie meinen Sie das?"

Korbach ließ einige Momente verstreichen. Er blickte auf die Quadriga. „Die Polizei hat das Brecheisen." Die Bronzepferde leuchteten in der Sonne. „Eisenheim, sind Sie noch dran?"

Als Antwort hörte er nur ein Schnaufen.

„Eisenheim, ich weiß definitiv Bescheid."

„Und?"

Soviel Format hatte der, sieh an, andere hätten jetzt schon geflennt. Korbach hatte einige Männer greinen hören. „Das bedeutet, dass diese Scharte ausgewetzt werden muss. Und zwar schleunigst."

„Ich kann sofort abreisen."

„Einen Teufel werden Sie tun. Sie bleiben. Schließlich haben Sie ja mich."

„Was wollen Sie von mir, Korbach?"

„Korbach hier, Korbach dort. Korbach hat es mal wieder geregelt. Da gibt es ja einige Dinge, die wohl besser in meine Hand kommen sollten, oder?"

„Ich verstehe. – Haben Sie eigentlich den Kerl zu mir geschickt?"

Korbach nickte einem Staatssekretär zu, der mit seiner jungen Assistentin zum *Il Punto* einschwenkte. Eisenheim hatte also noch jemanden am Hals, ein Grund mehr ihn definitiv aus dem Verkehr zu ziehen. "Es wäre besser, wenn Sie keinen Besuch mehr empfangen. Hören Sie zu. Sie werden in den kommenden Tagen einen Anruf erhalten, der Sie zum Palast der Republik bestellen wird."

"Der wird doch abgerissen."

"Na und? Tun Sie gefälligst, was ich Ihnen sage. Dort übernehmen Sie die Beweise, die gegen Sie vorliegen und vernichten Sie. Das werden Sie ja wohl noch können."

Wieder dauerte es einen Moment, bis Eisenheim antwortete. „Warum vernichten Sie die Beweise nicht gleich?"

Seine Stimme klang rau. „Ihre Blödheit hat mich weit genug in die Schusslinie gezogen. Ihren Hintern müssen Sie schon selber retten. Seien Sie froh, dass ich Ihnen die Beweise beschaffe. Sie treffen dort einen Kurier. Ich habe ihn schon bezahlt, dafür sind Sie jetzt aus dem Geschäft."

„Warum im Palast?" Die Stimme Eisenheims hatte jeden Ausdruck verloren.

„Organisatorische Gründe. Sind wir uns einig?"

„Ja, wir ...."

Wortlos drückte Korbach auf die rote Taste. Er wandte sich zum Restaurant. Den Rest würden Boris und sein Partner erledigen. Morgen um 15.00 Uhr würde er die Übergabe der Beweise inszenieren.

Gelöste Probleme waren die beste Vorspeise. Nun würde er sich ein von diesen wunderbaren eingelegten Kaninchen gönnen, die das *Il Punto* besser als manches Haus in der Toskana briet.

*

Die Tastatur klapperte unter Verenas Fingern. Das Geräusch verwirrte ihn. "Das erinnert mich an Kastagnetten." Sofort imaginierte Kriminalhauptkommissar Reeker Gerlinde, wie sie zu dem hektischen Takt vor ihm in Dessous tanzte. Das Blut schoss ihm in den Unterleib. Herrje, er war doch keine Zwanzig mehr.

"Wieso kommst du auf Spanien?" Verena hob den Kopf über den Bildschirm, die Stirnfalte war tief. Sie sah ihn aber dennoch nicht an.

"Hörst du das nicht? Takttakatak." Reeker dehnte das Kreuz und streckte die Arme weit über den Kopf. "Die Datenbanken machen einen ganz steif. Warum dauern die Abfragen immer so lang, verdammt."

"Weil der Staat gar nicht will, dass wir so schnell aufdecken, was läuft. Ein Ex von mir ist IT-Chef bei einer Großbank. Der hat mir mal gezeigt, wie schnell deren Rechenzentren sind. Die haben so ziemlich alle kostenpflichtigen Datenbanken der Welt abonniert. Das ist wie ein Wettlauf mit einem Dreirad gegen einen Porsche."

Einen IT-Chef hatte sie also mal gehabt. Einen kleinen Hang zum Höheren hatte sie also.

"Wow!" Verena lachte aus vollem Hals und sank in ihrem Stuhl zurück. Sie verschränkte die Arme vor dem Bauch und kicherte wie ein junges Mädchen. "Der hätte zur RTL-Comedy gehen sollen."

"Was ist denn mit dir los?"

Verena lachte wieder. Dann rieb sie sich mit dem Handrücken über die Wange. "Oh Werner, schau dir das an."

Er stand auf und ging zu ihrem Schreibtisch hinüber. Ihre Hand wies auf den Bildschirm. "Moderne Märchen?" Reeker sah Disneys Zeichentrickfigur Cinderella mit dem Gesicht von Verena, die in eine Art Desktopkorb Logos sortierte. "Was ist das denn?"

"Der Typ ist ein Freak. Aber genial. Der fischt dir aus dem Internet noch die Unterhosengröße eines Verdächtigen, wenn es sein muss. Dafür lässt man ihn auch seine Spielchen machen. Vor großen Berichten macht er immer einen Clip, der alles zusammenfasst."

"Und dem kann man vertrauen?" Für Reeker sah das eher wie die Idee eines bekifften Studenten aus.

"Absolut." Verena lächelte und hielt den Zeigefinger an den Bildschirm. "Hier die Logos – oh Mann, ich als Aschenputtel, darauf muss man erst mal kommen, die Info ist echt eine Kiste Sekt wert, echt – also, hier sortiert Cinderella die Logos der Banken in den Mülleimer, die nicht hinter Korbachs Plänen stehen. Hier der schöne Stapel bunter Icons sind die Geldhäuser, die eingebunden sind."

Reeker merkte erst jetzt, dass der Clip auf Endlosschleife lief. "Das sind die zwei Großen und ..."

"... vier Privatbanken, die kaum einer kennt, weil sie das Privatvermögen unserer Finanzelite verwalten. Zu AAA+-Konditionen, selbstverständlich."

Reeker wartete den nächsten Lachanfall Verenas ab. "Und was machen wir damit?"

"Ich ziehe ein paar harte Facts für unseren feinen Herrn raus. Wenn er nicht nachgibt, brechen wir ihm damit das Genick." Die Siebert drehte sich herum und sah ihn voll an. "Vergiss nicht, im Märchen kriegt Aschenputtel ihren Prinzen."

*

Erika tastete die Kante des Marmorkamins ab. „Mir gefällt das nicht. Warum sollst du Korbach ausgerechnet auf dem Abrissplatz in Mitte treffen? Der verkehrt doch sonst nur in den Hotellounges und Kanzleien."

Eisenheim nagte an seinem Fingerknöchel, dann ließ er sich zurück in den weißen Ledersessel fallen. „Wahrscheinlich kommt er gar nicht selbst. Der möchte, dass ich mir die Hände an dem Scheißding schmutzig mache, wenn es schon verschwinden muss."

„Das könnte er aber auch einfacher regeln."

Die raue Stimme ließ ihn hochschrecken, Erika hatte den Blick in das Kamingeschirr versenkt, dass messinggelb vor der dunklen Höhlung des Kamins leuchtete. „Du meinst, warum er es nicht einfach in die Spree werfen lässt?"

Ihr Kopf drehte sich ihm zu, aber sie sah durch ihn hindurch. Schleier von Wasser versteckten ihre schönen Augen. "Korbach könnte genauso gut dich in die Spree werfen lassen."

Er sprang vom weißen Sessel auf.

Sie suchte Schutz in seinen Armen. "Erst dieser Besuch von dieser schäbigen Type. Die Anspielungen waren ja deutlich. Außer Korbach kann das doch keiner wissen. Der macht Druck auf dich, damit du nach seiner Pfeife tanzt." Erika legte ihm die Hand auf die Schulter. Sie nagte mit den Schneidezähnen kurz an ihrer Unterlippe. „Und seltsamerweise ist Krystyna über Hals über Kopf abgetaucht. Wissen wir, ob Korbach nicht auch sie bestochen hat, dich zu über-

wachen? Vielleicht hat Krystyna die Briefe in seinem Auftrag hinge-
legt, das wäre gar nicht so dumm von ihm." Sie drehte sich aus seinen Armen. "Wir werden hier verscheißert. Wir sollten so schnell
wie möglich packen."

Eisenheim legte die Faust auf dem Kaminsims ab. Erika hatte wahrscheinlich recht, sie hatte einen guten Riecher für Leute. "Aber
wenn es eine Gelegenheit gibt, das Tatwerkzeug zurück zu bekommen, dann muss ich es versuchen. Mit meinen Fingerabdrücken darauf bin ich einfach ausgeliefert."

„Das kommt mir alles so unwirklich vor."

Eisenheim sah ihr zu, wie sie die Whiskeyflasche zu den anderen
auf dem Barwagen räumte.

„Ich hab das nicht gewollt, dass der verdammte Zenkert …
Scheiße."

„Wichtiger ist, was wir jetzt machen", sagte Erika.

Der Anruf würde nicht lange auf sich warten lassen. „Du packst alles
zusammen, was wir für zwei Monate brauchen. Wir bringen uns aus
der Frontlinie."

„Wann?" Fest sah sie ihn an.

„Du wartest morgen in Tegel auf mich. Ich buche erst einmal im Internet zwei Businessflüge mit Lufthansa nach Frankfurt. Die können
wir umbuchen auf die nächste Maschine, die fliegt. Von Frankfurt
kommen wir in die Karibik."

Eisenheim sah ihren Blick, der nun durch das weite Wohnzimmer
mit den Ledersesseln glitt. Hier hatten sie gelebt, geliebt und gestritten. Alles war so vertraut. Auch die Vitrine mit dem Flugzeugmodell.
Er sog den Geruch ihres Heimes ein und spürte so etwas wie Tränen aufsteigen.

„Wir schaffen das zusammen. Egal was jetzt kommt." Erika hatte
die Arme von hinten unter seine geschoben und legte ihren Kopf an
seinen Rücken.

„Pass auf, wir machen es anders. Du fliegst auf jeden Fall gleich durch bis in die Karibik. Was sollst du am Flughafen rumhängen. Sobald ich die Beweise habe, dann komme ich nach."

Erika rührte sich nicht.

„Was ist, wo ist meine Kriegerin geblieben?"

Erika ließ ihn stehen und lief die Treppe nach oben. Er hörte etwas, aber ihr Schluchzen musste er verdrängen.

Auf dem Tisch lief noch der Laptop, Eisenheim loggte sich ein und öffnete den Browser.

*

Als kleines Präsent wäre der Montblanc-Füller sicher nicht schlecht. Korbach warf einen Blick durch die Schaufensterscheibe. Die Goldfedern waren wirklich unverwüstlich. In der Scheibe spiegelte sich eine schmale Gestalt, er hob den Kopf.

Dann stand die junge Frau schon direkt neben ihm. "Sie sollten mit Ihren Unterschriften zurückhaltender sein."

"Was fällt Ihnen ein?" Korbach taxierte sie auf Mitte Dreißig, gestresst, aber gut angezogen, attraktiv, wenn sie ein wenig mehr schlafen würde. Der intelligente Blick beunruhigte ihn.

Sie trat ihm in den Weg. "Sie sollten mir gut zuhören, Korbach. Unterschreiben Sie besser nichts mehr, was mit dem Palast zu tun hat."

Korbach sah nur harmlose Passanten hinter ihr, die auf der Friedrichstraße flanierten. "Wer sind Sie?"

"Das wissen Sie nicht? Sie wissen doch sonst alles, was mit dem Palast zu tun hat."

Wehrte sich Eisenheim? Aber der würde ihm keine Frau auf den Hals schicken, sondern schwere Jungs aus der Ukraine. "Sie stehlen mir meine Zeit." Er drehte sich auf dem Absatz um.

Doch die Frau war schneller. Sie hakte sich unter, wie eine Tochter bei ihrem Vater. Aber der Griff war professionell. Er kontrollierte Korbach und ließ ihm keine Chance sich zu befreien. Scheiße, ein Profi, fragte sich nur, von welcher Seite. "Nein. Sie stehlen, zum Beispiel den wahren Wert des Palastgrundstücks."

Korbach blieb stehen, sie würde ihn nicht vom Geschäft wegzerren können, ohne Aufsehen zu erregen. Das hier war gefährlich. Die wollten ihn ausbooten. Diese Schweine wollten den Deal allein machen.

„Wer schickt Sie?"

„Korbach, lassen Sie den Palastdeal fallen. Lassen Sie überhaupt besser Ihre politischen Ambitionen fallen. Die Republik braucht jetzt keine grauen Eminenzen mehr. Genießen Sie Ihren Ruhestand."

Jemand griff ihn frontal an. Korbach verlor für einen winzigen Augenblick die Fassung, er drückte die Knie durch und lächelte eisig. "Von was für einem Palast reden Sie überhaupt?"

Die Frau änderte den Griff an seinem Arm. Er fühlte den Druck ihrer Finger auf einem der Nervenpunkte am Handgelenk. "Sie sind eine große Nummer, dass wissen wir. Aber Sie vergessen gerade eine Grundregel. Ober sticht Unter."

Das war ein alter Verwaltungsspruch. Der Inner-Circle musste sie geschickt haben. Vom Handgelenk breitete sich ein leicht taubes Gefühl in seine Hand aus. Unangenehm. Aber Korbach wusste, dass er es besser nicht auf einen Kampf ankommen ließ.

„Die Einquartierung von Großbanken im Schlossneubau überschreitet die Toleranzgrenze der Wähler. Das kann zu einem Wahldisaster führen. Das Schloss wird für das Volk wieder aufgebaut und nicht vom Volk für irgendwelche reichen Manager. Das würde man dem Kanzleramt nie verzeihen. Es würde so aussehen, als wäre es mit Billigung der Regierung geschehen."

Sie hielt den Druck am Gelenk aufrecht.

„Ich verstehe nichts von alldem, was Sie hier sagen."

„Korbach, ich nenne nur zwei Namen: Eisenheim und Zenkert. Das BKA weiß genug, dass es Ihnen den Kopf abreißen kann."

Das BKA, dann war das hier die Siebert. Die fühlte sich ja unglaublich stark, dass sie ihn hier auf der Straße anmachte. „Mädchen, Sie sind naiv. Und wenn Sie nicht sofort ganz artig zurück nach Wiesbaden fahren, dann lasse ich Sie dort ablösen. Ein Anruf von mir genügt."

„Nicht mehr. Die Zeiten sind vorbei." Die Siebert drehte ihn vor die Scheiben, ließ ihn los. Die Füllhalter glänzten im Halogen. Korbach massierte sich die Hand. Was für eine verdammte Foltertechnik war das, nordkoreanisch?

"Nutzen Sie Ihr Handy bald." Selbstbewusst drang die Stimme der Siebert in sein Ohr. "Meine Warnung ist absolut inoffiziell und ihre letzte Chance auszusteigen."

Er würde einen Teufel tun, jetzt zu telefonieren. „So jung, so hübsch und so engstirnig. Wie viel wollen sie? Fünf Millionen. Zehn Millionen. Wer fühlt sich benachteiligt?" Es war Zeit, wieder in die Vorhand zu kommen.

„Es geht nicht um Geld. Sie haben nichts zu bieten, außer einem sofortigen Rückzug aus dem Projekt. Wie wäre es mit einem vorgezogenen Ruhestand in Kapstadt? Dort haben Sie doch Ihr Schwarzgeld angelegt. Genießen Sie ihn ... Monsieur Beaumont."

Er sah ihren harten Blick und das spöttische Zucken um ihre Mundwinkel. Korbach musste eine Pause machen, Luft holen, klammern. Es war so ungewohnt, hohle Knie zu haben. Die Siebert war keine graue Maus aus dem BKA. Diese Gegnerin kämpfte einen modernen, aggressiven Stil. Sie hatte Rückhalt von ganz oben, ganz klar. Solche Leute arbeiteten nicht einmal in einer Abteilung, offiziell gab es sie gar nicht.

„Aber bitte schön, wenn Sie nicht glauben, wie ernst es ist, spielen Sie ihr Spiel nur weiter. Ihr Privatjet braucht Start- und Landeerlaubnis, auch wenn er als Air-Breuer fliegt. Ihre Limousine hat GPS, wir wissen, wo Sie in der letzten Zeit herumgefahren sind, auch wenn

Sie glauben den modernsten Signalblocker zu haben. Wollen Sie mehr hören?"

Er fühlte wie der Schweiß sich in seinem Nacken bildete, ein untrügliches Zeichen dafür, dass er nicht mehr nur taktieren sollte. Jetzt hieß es kämpfen, ganz simpel und brutalstmöglich. Die Siebert schien unbestechlich und sollte ihn aus dem Geschäft hinausbringen. Er versuchte auszupendeln. „Warum spricht man nicht einfach vertraulich mit mir in meiner Kanzlei? Statt hier auf der zugigen Straße?"

„Korbach, hören Sie auf zu feilschen." Die Siebert wich einer Touristin mit Hund aus. "Handeln Sie in unserem Sinne."

Korbach schlug zurück. „Ich habe morgen um 15.00 Uhr einen Termin im Palast. Wissen Sie das schon? Es geht da um die Altlastenbeseitigung." Er sah der Siebert direkt in die Augen, die kaum dreißig Zentimeter von seinem Gesicht entfernt waren. Sie wich nicht einen Deut zurück, aber ihre Wimpern hatten einmal zu oft geschlagen. "Bringen Sie erst einmal etwas Konkretes. Dann sage ich Ihnen vielleicht, was ich für einen Rückzug fordere."

„Sie fühlen sich sehr sicher, Korbach."

Noch immer stand die Siebert vor ihm. Er zuckte gespielt gelangweilt mit den Achseln und schlenderte vor dem Schaufenster bis auf Höhe des dahinter ausgestellten Bugattis.

„Machen Sie sich nicht lächerlich mit Ihren pubertären Sprüchen. Wenn einer von uns beiden auf der sicheren Seite ist, dann ich." Korbach tat so als ob er sich wieder auf die Auslage und den Wagen konzentrierte. Die Spiegelung in der Schaufensterscheibe wurde kleiner und verschwand.

Es wurde also abgehört. Sollten sie doch daran glauben. Hätten sie jeder seiner Leitungen unter Kontrolle, dann würden sie nicht Verhandlungen aufnehmen, sondern direkt handeln. Er griff zum Handy und wählte Eisenheims Nummer. „Eisenheim? Morgen im Palast.

Drittes Untergeschoss um 15.00 Uhr...Wie? ... Ich mache Licht. Dann müssen Sie halt ein wenig suchen, herrje."

Korbach wechselte das Handy, wählte eine Nummer aus dem Speicher. Der Anruf kam nun offiziell aus Russland und wurde über einen Zerhacker gefiltert. Auch das war ein Ass in seinem Ärmel. „Eisenheim kommt morgen um 15.00 Uhr in den Palast an den geplanten Punkt, zu tragisch, wenn er auf dem Weg dorthin einen Unfall hätte."

*

„Für dich!" Reeker fühlte die sanfte Berührung an seiner Schulter, dann streifte wieder Seide seine Schläfe. Er öffnete langsam die Augen. Seine Hand glitt über die schwarze Satinbettwäsche wie eben noch über Gerlindes Dessous. Sie hatte ihn in einen erotischen Traum geführt gegen den Pornobilder verblassten. Gerlindes fester Körper schien wie geschaffen für die französischen Slips und die spitzenumsäumten BHs. Reeker schmunzelte, er hätte nie gedacht, dass es ihn tatsächlich so um den Verstand bringen würde, wenn eine Frau wirklich, wirklich High-Heels im Bett trug. Und dabei Einsatz forderte, den er allenfalls theoretisch als Praktiken gekannt hatte.

„Telefon!" Ihr Lächeln war weich und strahlend wie nur Frauen aussahen, die im Überfluss der Hormone glücklich waren. Ihre Brüste schaukelten vor ihm.

Er langte hin. Gerlinde genoss den Moment, hielt ihm aber dann den Hörer ihres Festanschlusses hin. „Für dich. Frau Siebert."

"Nein, nicht jetzt." Gerlinde hielt ihm mit einem Nicken den Hörer hin. Kriminalhauptkommissar Reeker fasste ihn so vorsichtig an, wie Gerlinde es gar nicht gemocht hätte. „Was gibt es?"

„Reeker? Es tut mir Leid, dass ich Ihre Freizeit unterbreche. Aber es brennt."

„Woher wussten sie, dass ich hier bin?"

„Nun, zuhause waren Sie nicht, das Handy auf Mailbox, ich dachte, ich versuche es mal. Zufallstreffer. Ehrlich."

Reeker richtete sich auf, wobei die Decke komplett von seinem Körper rutschte. Gerlinde kraulte ihm den Schritt.

„Ich habe Korbach konfrontiert."

„Wieso das denn?" Reeker schwang die Beine aus dem Bett und sah sich nach seinen Sachen um. Gerlinde richtete sich ebenfalls auf, warf sich einen Kimono um und legte Reekers Sachen in Reichweite zurecht.

„Anweisung von oben. Ich habe ihm klar gesagt, was wir haben. Er ist nicht eingeknickt."

Reeker zog sich die Boxershorts über, die ihm Gerlinde zuwarf und ihm dabei ihr seidiges Hinterteil hinstreckte. Er klapste sie und klemmte den Hörer mit dem Kopf ein und streifte die Socken über.

„Der Drecksack hat irgendeinen Joker im Ärmel. Oder glaubt das. Er war nur halb so erschreckt, wie ich gehofft hatte. Aber heute werden wir die Sache beenden."

„Was heißt das?" Der Kriminalbeamte war bereits in Hemd und Hose. Gerlinde stand vor ihm und knöpfte ihm das Hemd zu.

„Er hat ein Treffen im Palast anberaumt. Die Überwachung hat noch nichts gebracht. Der Bericht steht uns erst um 15.00 Uhr zur Verfügung."

Reeker sah auf seine Uhr. 10.40 Uhr. Das war knapp. "Du bist sicher, es ist kein Bluff?" Er schlüpfte in sein Jackett. Gerlinde kam aus der Küche mit einem Becher Kaffee. Reeker griff in die Außentasche und nahm ein paar Salmiakpastillen heraus.

„Ich nehme die Kopien unserer Unterlagen, teste seine Reaktion darauf. Ich will, dass du im Palast auf Beobachtung bist. Bring die Elle mit. Wenn es eng wird, tauchst du auf und präsentierst das Ding. Wenn er sich wirklich mit jemanden anderen trifft, nehmen wir uns die Person vor. Mit Richtmikrofon und Kamera. Aber bleib weit genug weg."

„Sag mal, ist das nicht ziemlich dubios, die ganze Nummer von Korbach? Pass bloß auf."

Ihr Lachen klang ungläubig durch den Hörer. „Reeker, hast du etwas Angst um mich?"

„Quatsch nicht. Aber warum willst du das riskieren?"

„Korbach ist kein Gewalttäter. Er ist ein Drahtzieher. Er will nur Gewissheit haben, dass wir etwas in der Hand haben. Keine Sorge. Er hat begriffen, dass das Eis dünn wird. Wenn er verhandelt, hat er ausgespielt, dann weiß er, dass wir wissen, dass er angreifbar ist. Wenn seine Forderung akzeptabel ist, darf er in aller Stille gehen. Wenn nicht, greift der Skandal. Wenn Korbach Amok laufen will mit seinem Wissen, stellen wir ihn unter Anklage wegen Anstiftung zum Mord."

„Das funktioniert?"

„Wir haben ja noch die Elle. Glaubst du, Eisenheim würde ihn schützen?"

Reeker nippte an Gerlindes Kaffee, verbrannte sich ein wenig die Zunge, schluckte die Pastillen viel zu früh herunter. „Was machen wir mit den Originalen der schriftlichen Unterlagen?"

„Die bleiben erst einmal bei dir im Büro. Zusammen mit den Aufnahmen aus dem Palast werden sie später hinterlegt. Bekommst du die Observation im Palast hin?"

Reeker hatte ein komisches Gefühl. „Warum diese Umstände?"

„Reeker, hör zu. Wir haben keine fünf Stunden mehr. Ich muss noch einiges vorbereiten und regeln. Das Kanzleramt hat anscheinend Wind davon bekommen, dass eventuell etwas nicht ganz koscher mit dem Schlossneubau läuft. Ganz oben ist man ist beunruhigt. Irgendwie hat die Opposition auch schon einen Tipp bekommen. Korbachs Informationsmanagement ist suboptimal, er macht Fehler. Ein bisschen Tratsch scheint es selbst unter Bankern zu geben. Auf deinem Schreibtisch findest du eine Mappe. Die beiden Ukrainer darin musst du aus dem Verkehr ziehen. Egal wie. Das sind Korbachs Schläger. Also, brauchst du erst noch eine große Beratung?"

„Verena ..."

„Quatsch nicht. Wir ziehen das jetzt durch. Ich verlass mich auf dich."

„Ist gut." Reekers Schultern sanken herab. Die Siebert legte auf.

Gerlindes Kimono war züchtig geschlossen. Er war ihr dankbar dafür.

„Du musst los? Mach dir keine Gedanken. Ich kann damit umgehen. Du gehst doch nicht für immer."

Reeker wollte etwas sagen, wusste aber nicht wie. „Gerlinde, die letzte Nacht ..."

„Werner, du warst toll, keine Sorge."

Er wollte es ihr lieber noch einmal beweisen. "Ich könnte heute Abend ..."

Gerlinde schlang die Arme um seinen Hals. Ihre Lippen drückten sich auf die seinen samtweich, ihre Zunge streichelte ihn ganz zart.

„Werner, ich rufe dich an. Heute Abend gehe ich mit einer guten Freundin ins Metropol, die hat da mal Revue getanzt."

Reeker beschloss, nicht weiter nachzudenken. Gerlinde war Gerlinde. "Okay. Ich muss jetzt los. Wir telefonieren."

Sie öffnete die Wohnungstür.

Er neckte sie mit der Nasenspitze. "Ganz bestimmt?"

"Ja. Und nun geh."

Nachdenklich fuhr er mit dem Fahrstuhl hinunter in die Welt, die er kannte. War da oben nun eine Freundin oder seine Freundin oder einfach eine Frau, mit der er sich sexuell ausgetobt hatte wie vielleicht mit Anfang Zwanzig. Er wusste nur, dieser Frau wollte er wieder alles geben.

Vor dem Haus nieselte es leicht. Für einen Augenblick war er unsicher, wo sein Auto stand. Aber dann fiel ihm ein, dass sie nach dem Essen beim Inder ein Taxi genommen hatten. Hauptkommissar

Reeker nahm sein Handy aus der Tasche. Drei SMS von gestern Abend drauf, immer Verena, die dringend um Rückruf gebeten hatte.

Das brachte ihn wieder in die Wirklichkeit zurück.

Er winkte sich ein Taxi von der Straße. "Zum Landeskriminalamt." Kleinschmidt würde ihm die passende Technik für eine Aufnahme zur Verfügung stellen. Dann musste er noch eine Falle für Korbachs Schläger aufstellen, also eine getarnte Fahndung einleiten. Am Besten eine einfache Verkehrskontrolle. Führerschein, Wagenpapiere. Eine Unregelmäßigkeit. Vorläufige Festnahme. Aber damit kannte er sich aus, das war Routine. Das konnte auch Kroll erledigen. Es würde verdammt knapp werden. Wenn der jetzt bloß nicht auf seinem blöden Segelboot auf dem Dolgensee schipperte.

Schwimmer können auch im Nichtschwimmerbecken ertrinken

Letzter Aufruf für alle Passagiere nach Frankfurt Gate acht, bitte – last call for all passengers to Francfort – Gate eight.

Eisenheim drückte Erika vor dem Durchgang zur Sicherheitskontrolle an sich. „Liebling, es kommt alles in Ordnung. Korbach will mich aus der Schusslinie haben. Dafür muss ich auch meinen Teil beitragen. Übermorgen liegen wir in Barbados am Strand. Meine Rücktritte werde ich ärztlich begründen lassen, von mir aus sogar mit akuter Dringlichkeit. Die sind mir doch alle was schuldig. Unser Anwalt kriegt eine Vollmacht und vermietet für uns die Villa. Wir tauchen ein paar Jahre ab und reisen um die Welt."

„Glaubst du wirklich?" Sie umfasste seine Hüfte. Ein anderer Passagier hastete um sie herum.

Eisenheim zog ihren Kopf an seine Schulter. „Schlafen können wir im Flieger. Und dann sind wir weg."

„Was ist denn, wenn du es nicht schaffst?"

„Schatz, du fliegst auf jeden Fall. Hinterlege mein Ticket am Counter. Ich komme dann morgen nach."

Erika drängte sich noch näher an ihn. „Ich habe so ein schlechtes Gefühl, gehe nicht hin ..."

Eisenheim schob sie sanft von sich, hob mit der Hand ihr Kinn ein wenig an. „Korbach sorgt schon wegen seiner eigenen Sicherheit für einen sauberen Ablauf."

„Komm jetzt mit."

"Wenn Sie noch mitfliegen wollen, müssen Sie jetzt durch. Wir schließen die Kontrolle." Die Frau von der Security lächelte nicht, sie hielt ihren Metallscanner wie ein Zugabfertiger hoch.

Eisenheim schob Erika von sich. "Bis heute Abend, Schatz."

Eisenheim blieb noch stehen bis ihr lockiger Kopf hinter den mattierten Glasscheiben verschwand. Eisenheim verspürte eine unendliche Sehnsucht. Ihm war, als ob ein Stück seines Leibes immer länger gezogen würde bis der Schmerz in Hitze und Dumpfheit verklang.

Eisenheim lief zwischen den Passagieren zum Bistro beim übernächsten Gate. Von dort konnte man auf die Rollbahn schauen. Wenigstens die Maschine wollte er starten sehen.

Eine Air France wurde vom Schlepper ans nächste Gate gezogen, die weiße Maschine verstellte den Blick. Unten wurden die Koffer ausgeladen. Es hatte keinen Zweck. Er würde Erika nicht starten sehen.

Eisenheim kreuzte den Hallengang und ging draußen an den Gates entlang. Es war ihm, als ob Erikas Augen ihm folgten. Ihr Blick lag auf seinem Rücken. Eisenheim fuhr sich mit der Hand übers Gesicht. Er kannte den Flughafen Tegel gut genug. Es war unmöglich, dass sie ihn von der Wartezone vor dem Einsteigen aus sehen konnte. Aber sie wollte es gern, das spürte er genau.

Eisenheim lief zum Parkhaus. Er würde es hinter sich bringen. Das war das letzte, was er für Korbach tat. Der hatte ihn genug Geld gekostet. Aber es war allemal besser seine Haut zu retten. Eisenheim musste lachen. Soweit war es gar nicht vom Flughafen bis zur Justizvollzugsanstalt in Tegel.

*

„Kleinschmidt?" Reeker suchte zwischen den Laborgeräten den Blick seines Kollegen, aber der räumte Glaskolben in eine Schublade. "Ihr habt doch auch eine Kamera mit dem Ferndistanzmikro. Ich weiß das aus dem Fall mit der Wasserleiche im Landwehrkanal vor vier Jahren."

"Die Kamera ist für Observierungen reserviert. Ist dir ja nicht unbekannt. Wenn jetzt eine Anforderung von mir kommt, habe ich gleich zig Formulare auf dem Tisch. Ist dir ja nicht unbekannt, wie hier jede Abteilung und jede Einheit über ihre Zuständigkeiten wacht, damit niemand in ihr Ressort hineinpfuscht."

Reeker folgte dem Spurensicherer um den Tresen herum. "Ich brauch die bloß für drei oder vier Stunden. Du hast doch da deine Spezis sitzen."

Die Glatze wackelte in der Luft. „Diesmal nicht Reeker. Ohne Formular häng ich mich da nicht rein. Lass doch deine Kollegin vom BKA eines unterschreiben. Warum macht die das nicht?'"

Das wollte er Kleinschmidt wirklich nicht erklären.

„Weil ich sie nicht erreiche." Das stimmte sogar, brachte ihn aber nicht weiter.

„Pass auf, Reeker. Die Jungs von der Technik sind mir nicht grün. Die kennen mich zwar, aber diese Blasen aus der Kammer sind einfach zu neugierig. Da setze ich mich nicht in die Nesseln, seitdem die mich damals mit der Hochzeitsfilmerei auffliegen lassen haben. Eine Abmahnung habe ich kassiert und Schreiberei ohne Ende wegen so einer blöden Dienstkamera. Die machen sich bloß einen Festtag draus, wenn die das mitkriegen.

„Kleinschmidt ..."

„Reeker."

„Scheiße!" Er hatte nichts, wofür ihm Kleinschmidt noch einen Gefallen schuldig war. Und Kleinschmidt brauchte ihn wohl auch nicht mehr, seit er auf der Karriereleiter des Labors oben angekommen war. In Vorlage ging er nicht. "Schönen Tag noch."

"Mach die Tür leise zu, wir haben einen Schwerkraftversuch laufen. Da stören Erschütterungen."

„Arschloch." Reeker drückte die Tür hinter sich betont langsam ins Schloss. Im kahlen Flur machte er drei Schritte und blieb stehen. Er ballte die Faust bis er die Nägel schmerzhaft in seiner Haut fühlte. Nichts klappte. Er musste jetzt los, vielleicht tat es ja auch die private Digi-Kamera. Falls jetzt der Wagen nicht ansprang würde er einen cholerischen Anfall bekommen.

*

Jens saß im Café Breslau direkt hinter der großen Scheibe und schaute auf den Breslauer Platz vor dem Rathaus. Der Sommer war vorbei, es war kühl und nass geworden. Die Fahrbahn spiegelte sich dunkel zwischen den Autos, die vorbeiflitzten.

Drüben, dieser kleine unschuldige Kiosk, das war sein erster großer und bisher einziger gemeinsamer Bruch mit Grassi gewesen. Was hatte er mit dem Alten für ein Glück gehabt, ein Junger hätte ihn bestimmt verraten. Grassi hatte mit keiner Silbe erwähnt, dass er bei dem Bruch die Finger mit drin gehabt hatte. Für Grassi war das Ehrensache.

„Was stierste denn so auf die Straße, Schatz? Keinen guten Tag, kein Hallo. Was ist denn los, Jens?" Die schwarzhaarige Serviererin, die immer die neonlackierten Nägel polierte, schaute ihn an und schob sich den Pulli zurecht. Ihr Blick ging auch raus zum Platz.

„Man möchte gar nicht glauben, dass bei uns in Friedenau so was passiert. Der Kiosk dort drüben ist noch immer geschlossen. Die Versicherung hat nach dem Einbruch die Prämie erhöht, hat der letzte Pächter hier beim Bier verlauten lassen. Deshalb hat er aufgegeben." Sie hielt ihm die Karte hin. „Möchtest du mal was anderes als Cognac?"

„Lieber nicht."

„Wie du meinst. Stell dir mal vor, die wollen jetzt zusammen mit der Pacht an den Bezirk 1.000,-- Euro für das kleine Ding. Nur weil der Kiosk ein denkmalgeschütztes Gebäude sein soll. Die haben ja nicht mehr alle. Der kleine Kasten soll was Besonderes sein?"

Jens war es egal, ob der Imbissinhaber von gegenüber Pleite war oder ob die Bedienung hier mit dem Cognac Umsatz machte. Er musste Grassis Brief in seiner Tasche endlich irgendwie beantworten.

Bald schon ließen die ihn raus. Was waren ein paar Wochen? *Du kannst mich in Moabit abholen. Ab neun Uhr, Ausgang Alt-Moabit.* Dahinter stand das Datum.

„Dein Cognac, Schatz."

Jens lächelte, das sagte sie zu jedem Gast. Er brauchte sich also nichts darauf einzubilden. Die Frau gab sein Lächeln zurück, und er glaubte fast, dass sie den prallen Arsch in der weißen Jeans extra für ihn schwenkte.

Der Alkohol tat ihm gut, mit warmem Bauch konnte er einfach besser denken.

Eisenheim würde er melken bis dem die Tränen kamen. Jens interessierte sich nicht für Politik. Die Typen verarschten die Bürger doch sowieso. Wenn er Grassi Eisenheims Geld vorlegte, würde alles gut. Dann brauchte er Grassi nicht erklären, dass die Beute von heute auf morgen aus einem todsicheren Versteck verschwunden war und Grassi selbst es gewesen war, der die polnische Braut dorthin gebracht hatte, die dann mit der ganzen Kohle abgehauen war. Auch wenn das Kettchen kein direkter Beweis dafür war, anders konnte es einfach nicht gewesen sein.

Drüben am Kiosk blieb ein junges Paar mit Kinderwagen für wenige Sekunden stehen. Manche begriffen nicht gleich, dass der Kiosk geschlossen hatte. Kein Wunder, der war ja jahrelang in Betrieb gewesen. Jedenfalls solange sich Jens erinnern konnte. Schade, die Lage dort am Platz war ideal. Erstens fielen die Leute an der Haltestelle aus dem Bus fast in das Kioskfenster und während des Wochenmarktes vorm Rathaus wollte immer eine Göre noch eine Cola oder ein Kaugummi.

„Träumste von der großen Liebe?" Die Schwarzhaarige zwinkerte ihm zu und verteilte Aschenbecher auf den Tischen im Raum.

„Nee, ich denke über den Kiosk nach."

„Was gibt's denn da nachzudenken bei dem ollen Ding. Ist das was für dich, Schatz?"

Jens schüttelte den Kopf, obwohl er schon mit dem Standort geliebäugelt hatte. Was ging ihm hier für eine Scheiße durch den Kopf. Er musste abhauen. Von dem Bündel Banknoten, das er sich aus der

223

Tasche genommen hatte, waren noch ein paar Tausender übrig.
Grassis Bude war gestrichen, renoviert und teilweise neu eingerichtet, das reichte als Willkommensgruß.

Sein alter Opel war fit und Jens hielt nichts hier in Berlin.

Er trank den Rest Cognac aus. Er würde sich nach Spanien absetzen. Eisenheims Kohle würde das Startgeld. Er war sowieso ein halber Schreiner, Maler und Klempner, damit konnte er dort sicherlich unterkommen. Aber Spanien … Ein Mann wie Grassi würde ihn dort suchen, schließlich ging der größte Teil der deutschen Auswanderer dorthin. Hatte Grassi nicht von einem Felix erzählt, der dort ein paar gute Brüche verzehrte, mit einer Senorita auf einer Finca? Der alte Gauner kannte mit Sicherheit einige Jungs von früher, die sich gerne für ihn erkundigen würden. Türkei, Italien, Afrika. Scheiße, da würde Jens verschimmeln.

„Na, noch einen?" Die Stimme der Bedienung riss ihn aus seinen Gedanken.

„Ja. Und bring bitte die Rechnung mit."

Aber wo war er vor Grassi in Sicherheit?

Die Schwarzhaarige stellte den Cognac ab und präsentierte ihm die Rechnung. Er sah nur flüchtig drauf, legte 15 Euro auf den Tisch und winkte ab, als sie ihm herausgeben wollte.

„Vielen Dank, Schatz!" Sie strich die Scheine ein.

Wieder sah ihr Jens auf den Arsch, aber diesmal dachte er nur an dicke Frauen. Die mochte er lieber. Genau, Kenia wäre ein Land. Da würde ihn keiner vermuten.

Die Wärme in seinem Magen wurde unangenehm.

Kenia. Was wollte er um Himmels Willen in Kenia?

Oder doch lieber nach Venlo? In der Grenznähe zu Holland sollte es immer etwas zu tun geben, hatte er gehört.

Jens kippte den Cognac in einem Zug hinunter. Als er aufstand war ihm schwindelig. „Was soll's", sagte er zu sich, wichtig war es einen klaren Plan zu fassen.

„Wie? Schon Schlagseite?"

„Nein, nur vertreten." Jetzt erst einmal nach Hause, um zu packen. Vielleicht nach ... „Tschüss! Bis die Tage!"

„Tschau, Schatz."

An der Tür hob er die freie Hand zum Gruß.

Die nasskalte Luft im Freien traf ihn wie eine Keule. Jens kniff die Augen zusammen, vor den Bekannten, die nebenan am Automaten saßen, hatte er sich nicht gehen lassen wollen. Okay, er war angetrunken. Aber die hatten ja auch nicht Grassi im Genick. Der alte Sack würde ihn fertig machen. Würde er an Grassis Stelle ja auch, wenn eine Dumpfbacke wie er die Altersversorgung verbaselte. Vielleicht ging am besten nach Norwegen und heuerte auf einer Bohrinsel an.

*

Grassi nahm die Karten auf und meldete seine 50. Steckte sich ein Zigarillo an. Es war eine 50 bis zum Ass in Atout. Also mit Belle und Jappa. Dazu die Mi. Das bedeutete, dass er zusammen mit dem letzten Stich bei 114 Punkten anfing zu zählen. Er grinste, damit war die Partie Klammern durch. Er zog den Einsatz zu sich herüber, der auf dem Tisch lag und warf die Karten in die Mitte.

Sein Partner in dem Viererspiel, lachte keckernd vor Begeisterung, der hing noch ein paar Jahre hier im Knast ab. Banken waren kein guter Bruch.

„Es läuft."

Seit ihm Hauptkommissar Reeker mitgeteilt hatte, dass die Sache um die Schläger in seiner Bude erledigt war, durfte er wie durch Zauberhand an den Gemeinschaftsstunden im Krankenhaus teilnehmen. Wenn die Verwaltungsfritzen wollen, dann können sie. Jetzt hockte er hier rum und zockte um Kaffee, Tabak, Pornohefte, Süßigkeiten oder um das bisschen Bargeld, das im Umlauf war. Ganz wie in alten Zeiten. Im Knast ändert sich nur die Farbe an der Wand.

„Nu gib schon", knurrte Heinz über den Tisch.

Der Verdacht, Grassi habe sich auf die alten Tage auf Jungs verlegt, war geschwunden. Die letzten beiden Briefe von Jens waren Gott sei Dank kurz und knapp gefasst gewesen. Der Junge hatte wohl schon keine Lust mehr aufs Schreiben.

Nun, bei der harschen Ansage, die er bei der ersten Antwort gemacht hatte, kein Wunder. So eine Scheiße schrieb man einfach nicht in den Knast und wer zum Teufel strich auch eine Küche in Aprikose?

Grassi nahm seine neuen Karten auf, steckte sie in die Reihenfolge. Nur dreimal Kreuz als Trumpf. Sieben, Acht und die Dame. Zu wenig, um das Spiel machen zu können. „Ich nicht", sagte er in die Runde.

Jens hätte wenigstens einmal etwas von Krystyna verschlüsseln können. Dieses Prachtweib Krystyna verfolgte ihn in die Träume und bescherte ihm regelmäßig eine Morgenlatte. Oder hatte sich etwa Jens an sie herangemacht? Dieser schäbige kleine Ganovendarsteller.

„Ich geh rein. Ich zeig euch mal, was Trumpf ist."

Grassi sah auf sein Blatt. Er hatte die Trumpfdame. Das bedeutete, dass Heinz nicht die Belle hatte und auch keinen vierziger Terz. Fünf Atout waren noch draußen. Rasch rechnete Grassi das Spiel durch.

Aber so ein Prachtweib wie die Polin ließ sich nicht mit so einem dünnen Kerl wie Jens ein. Die konnte andere Kerle kriegen. Vielleicht hatte sie ein paar Tage bei Jens überbrückt, weil sie nicht mehr bei Eisenheims bleiben konnte. Dann würde er sie in seine eigene Wohnung genommen haben. Auch Frauen reizte die Jugend, wenn sie naiv und gelehrsam strammes Männchen machte.

„Grassi, nun mach schon, du musst spielen." Heinz klopfte mit den Fingern auf die Tischplatte.

Dort lag Jappa von Heinz, die Zehn in Trumpf von Grassis Partner und der Co von Heinz hatte die Farbe überhaupt nicht bedient. Grassi warf die Kreuz Sieben dazu. Damit waren drei Atout aus dem Spiel. Grassi hielt noch zwei. Sein Partner hatte die Zehn gegeben, das konnte bedeuten, dass er keinen weiteren Trumpf mehr hatte. Also verblieben bei Heinz noch drei. Die Mi, das Ass und der König. „Na bitte, es geht doch." Heinz konnte seinen Triumph nicht zurückhalten und grinste wie eine Kuh wenn's blitzt.

Nein, die Jugend von Jens war nicht Krystynas Ding. Sie hatte ihm viel zu heiß zugeflüstert, wie sehr sie seine groben Hände angemacht hatten, sein vernarbter Körper. Sie hatte ihn einen alten versauten Bock genannt und dabei gestöhnt wie eine, die echt heiß drauf war.

Wie Grassi es erwartet hatte, spielte Heinz nun das Kreuz Ass an. Grassis Partner warf Pik ab, was bedeutete, dass er diese Farbe lang hatte. Der Partner von Heinz warf Herz Ass dazu. Das konnte heißen, das er auch die Herz Zehn hatte und Heinz damit zeigen wollte, dass dieser Herz spielen konnte, falls er dort schwach war. Man sah dem pickelgesichtigen Scheckbetrüger an, dass er bestrebt war, alles richtig zu machen, damit ihm Heinz nicht in seiner cholerischen Art ansprang. Die ungepflegte Hand mit den zu langen, dreckigen Fingernägeln zögerte einen bedeutsamen Augenblick mit der Karte, bevor er sie auf den Tisch warf. Grassi selbst rückte seine Kreuz Acht heraus.

„Nun mach dich mal nicht so klamm Grassi. Rück die Dame raus." Heinz machte klar, dass auch er mitrechnete. Er spielte Kreuz König. Wieder warf der Gegenüber von Grassi Pik ab. Diesmal den König. Der Partner von Heinz ließ den Herz König folgen, während Grassi mit der Kreuz Dame seinen letzten Trumpf loswurde.

Dieser elendige Jens hatte sie vielleicht erpresst. Hatte Krystyna gesagt, dass sie Mitwisserin an dem Anschlag auf Grassi gewesen sei. Aber Grassi konnte sich nicht vorstellen, dass Jens die Nummer brachte, Krystyna in seiner schäbigen Küche auf einen Stuhl zu setzen und fertig zu machen. Da musste mehr kommen, bis Krystyna sich fürchtete. Vor dem erstbesten Macker flehte die nicht um Gnade. Andererseits war dieser Schlacks nicht dumm. Scheiße.

„Und Herz", brüllte Heinz am Tisch. Heinz spielte die Herz Dame. Grassis Passmann hatte kein Herz. Er warf Karo Sieben ab. Die Farbe war noch gar nicht gelaufen. Grassi hatte sie noch dreimal. Acht, Bube und Ass.

Vor Grassis Augen lief ein Film ab. Jens hatte die Haushälterin gezwungen seinen jämmerlichen Schwanz zu massieren. Bestimmt hatte er ihr gedroht, sich mit der Beute aus dem Staub zumachen. Ihr damit Angst gemacht, dass er gegen ihn, Grassi aussagen würde.

Heinz spielte Karo Dame. Der Partner von Grassi warf Karo neun dazu und vom vierten Mann fiel eine Fehlfarbe. Grassi bleib drunter mit Karo Acht.

Heinz sah ihn an. Und spielte Karo König. Von den beiden anderen kam jeweils eine Fehlfarbe. Grassi schnippelte erneut und blieb mit Karo Bube drunter.

„Grassi, du verdammter Hund. So abgebrüht möchte ich auch mal sein. Nun nimm sie schon." Er warf die Karo zehn auf den Tisch. Grassis Passmann fütterte den Pott mit seinem Pik Ass und vom Partner von Heinz folgte eine Lusche. Grassi sackte den einzigen Stich in dieser Partie mit seinem Karo Ass ein. 32 Punkte.

Er würde Jens jagen und ihn dafür massakrieren. Ihn nach Polen verschleppen und ihn dort mit Krystyna zusammen als Sklaven halten, wenn er sie auch nur ein bisschen angefasst hatte. Dieser verdammte Hund.

Hoffentlich würde er Krystyna wiederfinden.

„Und Stich!" Heinz haute die Trumpf Neun, die Mi, auf den Tisch.
„Wir fangen mit 44 an."

*

Kriminalhauptkommissar Reeker rannte die Treppen hoch im Dienstgebäude, immer die Hand am Geländer entlang und noch eine Etage höher. Vor lauter Wut auf den Spurensicherer hatte er sie vergessen.

Im langen grauen Gang fummelte er schon den Schlüssel aus dem Bund. Rinn ins Schloss. Er brauchte natürlich die Elle im Palast, das war das Beweismittel in dem Spiel.

Reeker drückte die Tür auf, beinahe hätte er den Schlüssel abgebrochen. Es miefte nach Kaffee und Papierstapeln wie immer.

Auf seinem Schreibtisch lag noch der TIP mit dem Wochenprogramm wie vorhin. Die Kinoauswahl für Gerlinde musste warten.

Reeker zog die unterste Schublade auf.

Sie war leer.

„Verdammte Scheiße. Das gibt es jetzt nicht!" Er hieb so fest auf die Platte, dass die Programmzeitschrift hüpfte. „Die kann doch nicht einfach weg sein." Verena verließ sich auf ihn. Wie der letzte Anfänger stand er hier rum, ohne Richtmikro, ohne Beweise. Sie wurden reingelegt. Definitiv.

Aber noch später dran durfte er erst recht nicht sein.

Er knallte die Schublade zu und rannte aus dem Büro, durch den Flur.

„Scheiße, scheiße, scheiße." Der Kriminalist nahm immer zwei Stufen auf einmal nach unten.

„Vorsicht, Kollege, soll gefährlich sein", sagte einer von der K-S 8 im ersten Stock.

Reeker rannte nach draußen zum Parkplatz.

Wie konnte er nur so naiv sein, ab einer bestimmten Ebene gab es keinerlei Wahrheit und Vertrauen mehr, nur noch Resultate. Der Einzelne war nichts, zählte nicht, nur das Ergebnis in Euro zählte.

Er stieg ein und startete.

„Ich mach euch nicht das Bauernopfer", fluchte er. Den doofen Hauptkommissar aus der Hauptstadt, der Daten heranschleppte und mit seiner Arbeit die Vertuschung nur noch einfacher machte. Kriminalhauptkommissar Reeker drückte aufs Pedal und schiss auf die Ampeln.

Wer hatte die Elle geholt? Verdammt, er hätte es ahnen können. Kleinschmidt? Nein, der reimte sich zwar eine Menge zusammen, würde aber nie riskieren, einen Formfehler zu machen. Kroll? Sie verstanden sich zu gut und außerdem fehlte Kroll das Motiv. Der machte seinen Stiefel, mehr nicht.

Das Format für einen Diebstahl aus Reekers Büro hatte allemal nur Korbach, der kannte genug Spezialisten, die das drauf hatten.

Wieder schaute Reeker auf seine Armbanduhr. Dreck, schon 14.30 Uhr.

Er aktivierte die Wahlwiederholung auf seinem Handy. Der Ruf ging nicht durch.

Nichts, keine Verbindung. Bestimmt war Verena schon im Palast und der Empfang vom Stahlbeton gestört.

Reeker nahm auch die nächste Ampel bei Rot.

*

Wenn der Wagen hinter ihm jetzt auch abbog, hatte er ein Problem. Eisenheim lenkte seinen Mercedes von Unter den Linden nach rechts in die Charlottenstraße. Seit die Bürgersteige vorm Operncafé breiter gemacht worden waren, floss der Verkehr nicht mehr so schnell. Eisenheim beobachtete den BMW im Rückspiegel.

„Also doch." Der folgte ihm, verlangsamte seine Fahrt wie er und bleib circa fünfzig Meter hinter Eisenheim. *Krieg jetzt keinen Verfolgungswahn*, hatte Erika noch gesagt. Aber es gab ja durchaus einen Staatsschutz, der ihm auf den Fersen sein konnte.

Eisenheim fuhr nun links in die Französische Straße, so würde er auf die Rückseite des Palastes kommen. Lieber das Terrain ein bisschen früher erkunden, Korbach war allemal eine Falle zuzutrauen.

Eisenheim fuhr eine Strecke und setzte dann den Blinker rechts und verlangsamte die Fahrt seines Wagens. Er beugte sich so weit zur Windschutzscheibe vor, dass es aussah, als würde er nach den Hausnummern suchen. Damit brachte er den BMW in Zugzwang. Hinter Eisenheim konnte er nicht bleiben, der nachrückende Verkehr drängte, also musste er überholen. Eisenheim drehte sein Gesicht zur Beifahrerseite. Kaum war der BMW vorbeigeschnurrt, legte Eisenheim den Rückwärtsgang ein und fuhr auf die Einfahrt, bei der er stand. Die Uhr im Armaturenbrett verriet ihm, dass er noch fünfundzwanzig Minuten Zeit hatte.

Dann sah er Blaulicht drei Autos weiter vorn anspringen. Männer stiegen aus einem Wagen, dahinter streckte einer den Arm mit der Polizeikelle hinaus. Die hielten den BMW an.

Eisenheim sah gegenüber eine Parklücke, zog aus der Einfahrt, schnitt ein entgegenkommendes Auto. Das Hupen war ihm egal. Eisenheim rangierte in die Parklücke, schnappte sich die Zeitung vom Beifahrersitz. Jetzt würde er einen auf Familienpapi und neugierigen Passanten machen. Er stieg aus.

Er hatte Glück, auf seiner Seite standen schon ein Schüler mit orangener Schultasche in der Hand und eine Mutti im rosa Pullover und grünem Haarbändchen um den Pferdeschwanz.

Eisenheim schlenderte heran.

„Zielobjekt erfasst." Der Zivilbeamte hängte sein Mikrofon wieder in den Opel Omega ein. Über seinem Kopf drehte sich das Blaulicht auf dem Dach des Wagens.

„Wo seid ihr?" Aus dem Lautsprecher quäkte eine Stimme.

„Werder Ecke Kurstraße."

Der BMW stand vor der Kelle. Die beiden Typen darin nestelten an ihren Jacken.

„Aussteigen, die Herren." Einer der Polizisten sicherte die Straßenseite, der andere die Tür des BMWs zum Bürgersteig.

„Die drehen einen Film, Mama", sagte der Junge mit der Schultasche.

„Weißt du, was für eine Serie in Berlin spielt?"

„Nö."

Eisenheim schlenderte langsam ein geparktes Auto weiter, das Gequatsche störte ihn.

„Zivilstreife. Sie gefährden den Verkehr. Und nun mal raus da."

Die beiden großen, stabilen Männer drinnen machten fragende Gesichter.

Der jüngere der Beamten mit dem Backenbart klatschte die Hand aufs Dach des BMW. „Ausweise, Führerscheine und die Fahrzeugpapiere."

Gut fünfzig Meter entfernt hielt ein Mannschaftswagen der Polizei. Eisenheim sah einige Schutzbeamte in Uniform entstiegen.

Jetzt bewegte sich einer der beiden Männer. „Visa! Passport! Papyrossi!" Der eine schob sein Jackett zur Seite und wollte seine Brieftasche herausnehmen.

„Stop! Keine Bewegung. Hände hoch."

Da zogen die Beamten schon die Waffen.

„Das is ja echt." Die Mutti ging in die Knie und drückte ihren Jungen hinter ein Auto, Eisenheim nutzte das, ging näher ran, nahm aber hinter einem Kotflügel Deckung.

Auch die beiden ersten Polizisten hatten ihre Dienstwaffen gezogen. Der auf der Straßenseite riss die Tür auf, der Fahrer stieg aus und hatte noch nicht beide Füße auf dem Boden, als er mit dem Gesicht zum Auto gedreht wurde. „Hände aufs Dach, wird's bald." Der Beamte trat ihm mit den Fuß an die Schuhe. „Beine auseinander."

„Verdammt, sieh mal an, was haben wir den hier?" Der Beamte an der anderen Seite des BMWs zog dem anderen Typ einen Teleskopschlagstock vom Gürtel, sowie eine Dose Pfefferspray aus dem Holster.

„Elektroschocker und Stiefelkampfmesser im Wadenhalfter, gut gerüstet die Jungs", sagte der Uniformierte, der den ersten Typen filzte.

„Nix Kriminal. Security. Gut Männer. Nix Kriminal, " versuchte einer der Durchsuchten die Dinge klar zu stellen.

„Ja, ja, glauben wir alles."

Aus dem BMW holten die Polizisten zwei Paar Quarzhandschuhe, sowie ein paar Rollen amerikanisches Spezialklebeband.

Vom Dienstwagen kam einer der Kollegen mit den Papieren in der Hand zurück. „Also, Boris und Wassilo sind angeblich Ukrainer. Sie sind hier in Deutschland bei der Breuer-Airline als Sicherheitsbeamte angestellt ...

„Also, Blödmann, habe ich gesagt .....". Der größere der beiden Männer stieß sich vom Wagendach ab und wollte sich herumdrehen.

„Stehen bleiben! Oder hat dir einer erlaubt, dich zu bewegen?" fuhr ihn der Beamte hinter ihm an.

„ ... und der Wagen gehört ebenfalls der Fluglinie."

„Mach dich nicht so groß, du kleiner Wichser", zischte der Große dem Beamten wütend zu und zuckte dabei mit den Schultern.

„Achtung! Der Mann leistet Widerstand!" Der Beamte federte einen Meter zurück.

„Bleiben Sie stehen. Keinen Schritt mehr. Auf die Knie."

„Wassilo, was machst du? Mach keinen Quatsch!" Dieser Boris drehte sich zur Seite, um seinen Partner sehen zu können. Das missverstand einer der Polizisten und trat ihm in die Kniekehlen, so dass der Ukrainer auf den Boden krachte.

Sein Stöhnen ließ Kumpel Wassilo wohl alle Vorsicht vergessen, er sprang auf den Beamten zu, der Boris getreten hatte. Eisenheim richtete sich hinter dem Kotflügel auf und schlenderte an der Hauswand zu seinem Wagen zurück.

Jetzt waren auch die anderen Beamten aus dem Mannschaftswagen herangelaufen. Sie brachten Wassilo zu Fall, wobei er einem der Uniformierten das Diensthemd zerriss und legten ihm Handschellen an. Boris erlitt das gleiche Schicksal in wenigen Sekunden. Der Beamte mit den Papieren schüttelte den Kopf. „Körperverletzung, Widerstand gegen die Staatsgewalt und Sachbeschädigung. Das wird ein Fall für den Haftrichter. Schafft sie zum LKA." Er ging ein paar Schritte zur Seite und zog sein Handy aus der Tasche, tippte eine Nummer.

Eisenheim hätte ihn fast an der Schulter berühren können, die Beamten beachteten die Leute auf den Bürgersteigen oder oben in den Fenstern gar nicht.

„Kroll? Hier Feinsieb, Zivilstreife. Wir haben die beiden. Sie hatten Recht. Die Kollegen überprüfen diese Fluglinie Breuer. Bis gleich." Beamter Feinsieb ging wieder hinüber zu den Kollegen.

Eisenheim saß auf seinem Sitz. Waren diese Typen nun hinter ihm her gewesen oder einfach selber auf der Flucht? Oder hatte jemand nur ein paar Störenfriede aus dem Weg räumen lassen. Sein Bauch meldete sich mit unbändigem Hunger, und der Bauch hatte immer Recht behalten. Hier lief was nicht glatt für Korbach.

Ein Trumpf mehr für ihn.

*

Der Fahrstuhl hielt auf der Ebene der Fraktionen. Korbach stieg aus. Vorne an den Glastüren gab eine kleine Frau mit roten Haaren ein Interview vor drei Kameras.

Er ging durch die Glastür in den Gang und steuerte auf das Zimmer des Fraktionsvorsitzenden zu.

Wenn die beiden Russen des Sicherheitsdiensts jetzt beim LKA saßen, hatten sie Eisenheim nicht erwischt. Kroll taugte allenfalls als Informant. Alles musste man selber machen.

Aber jetzt würde er erst einmal die Routine erledigen. Seelenmassage für die Fraktionen, Sichtweisen einträufeln, Korbach klopfte sich auf den Aufschlag seines Jacketts. Der Umschlag darunter würde Wunder wirken.

„Guten Tag, Herr Korbach." Die Empfangsdame lächelte über der fünffarbigen Brille. „Warten Sie bitte einen Moment nebenan."

Er zeigte sein verbindliches Ich-bin-doch-nur-zufällig-hier-Lächeln. Viel Zeit hatte er nicht. Er musste vor der Siebert und Eisenheim im Palast sein.

Am Ende bot diese Tusse Eisenheim noch eine Kronzeugenregelung an, dann würden sie den Mord an Zenkert so drehen, dass er als gefährliche Körperverletzung mit Todesfolge im Affekt durchging. Und Eisenheim würde natürlich gegen ihn aussagen, der wollte auch bloß seinen Arsch retten.

„Kommen Sie bitte, Doktor Korbach." Die Empfangsdame stand in der Tür.

Er trat in das große Büro mit dem Blick auf die Spree.

„Mein lieber Doktor Korbach. Kommen Sie, setzen Sie sich." Die Stimme des Fraktionsvorsitzenden war laut und ein Auditorium gewohnt.

„Es ist mir immer eine Freude, Sie zu sehen. Wegen dieser kleinen Differenzen im Genehmigungsverfahren werden wir doch eine Lösung finden."

„Herr Korbach, sicherlich. Aber im Moment wollen wir unsere vertraglichen Verpflichtungen im internationalen Bereich ein wenig enger stecken. "

Was hatte der Schnauzbart gerade gesagt? Korbach hatte längst das Okay der maßgeblichen Leute im Verteidigungsausschuss. Die

Kurzstreckenraketen gingen auf jeden Fall nach Afrika, die wurden doch schon reisefertig eingepackt.

„Ich verstehe nicht ganz? Der Liefervertrag für die elektronischen Leiteinrichtungen der Kläranlagen und Staubecken der Obango-Provinz sind bereits unterschrieben. Konstruktions- und Installationsflächen zur Fertigmontage sind vorbereitet."

„Korbach, das ist ja alles gut und schön, aber ehrlich gesagt … Ihre Verträge stehen auf dem obersten Prüfstand sozusagen. Der Russland-Deal mit Gazprom und die Pipeline hat einige Leute arg nervös gemacht", sagte der Fraktionsvorsitzende.

Sponn der jetzt?

„Verstehen Sie mich nicht falsch, aber die Unterschrift unter dem Lieferabkommen zur Vorfinanzierung ist gültig. Sie ist die Grundvoraussetzung für die eingeräumten Förderrechte der Titanvorkommen des Landes", sagte Korbach.

Der Fraktionsvorsitzende legte die Fingerspitzen aneinander und schwieg ihn an.

Korbach legte nach. „Sie wissen, was das für den Titanabbau und das Konsortium bedeutet – und Ihre Spenden aus den Unternehmenskassen."

Der Fraktionsvorsitzende seufzte. „Sie sind doch lange genug dabei. Wollen Sie es nicht verstehen? Um es Ihnen ganz deutlich zu sagen. Warten Sie ab, wir arbeiten daran. Schon aus eigenem Interesse. Das regelt sich alles."

Der Fraktionsvorsitzende stand auf. Korbach blieb konsterniert sitzen und starrte auf die ausgestreckte Hand. Das war ein Rauswurf erster Klasse. Langsam drückte er sich aus der schweren Ledergarnitur.

„Das Titanvorkommen …"

„Herr Doktor Korbach, sehen Sie nicht so schwarz. Ich rufe Sie sofort an, wenn sich etwas tut."

Dann stand er schon auf dem Flur mit dem gedämpften Teppich. „Wiedersehen, Herr Doktor Korbach", flötete die Tussi am Empfang. Ein Großteil seines Privatkapitals steckte in dem Deal. Er hatte dort Vorleistungen erbracht, die Entscheider aufgeschlossen, die Verhandlungsführung erhalten. Alles war prächtig verlaufen. Mit diesem Deal hätte er es geschafft, den repräsentativen Sitz im *Neuen Schloss* von den Investmentbankern des Firmenkonsortiums fordern zu können.

Nur weil dieser Idiot von Eisenheim den Zenkert erschlagen hatte und dieser andere Blödmann bei Eisenheim im Rathaus eingebrochen war, stand das alles jetzt auf der Kippe.

Er sah auf die Uhr. 14.45 Uhr. Aber nicht mit ihm.

Er stieß eine Praktikantin mit einigen Akten unter den Armen zur Seite, die gerade aus dem Fahrstuhl kam. Korbach drückte den Knopf mit dem E. Das Glasgehäuse sackte abwärts.

Jetzt würde er mit diesen Arschlöchern aufräumen, einem nach dem andern.

Dieser Kriminaloberkommissar Kroll war entweder in seiner Dummheit so gerissen oder einfach nur Beamter. Vorhin auf dem Parkplatz vor dem Büro hatte der die Tasche mit den Beweisen erst herausgerückt, als er ihm eine Quittung ausgestellt hatte. Korbach lachte laut auf und schlug mit der Handfläche gegen die Fahrstuhlwand. „Diese kleine Nummer."

Auf dem Wisch hatte Korbach, als er kapierte, was den armen Kroll zögern ließ, sogar vermerkt *Beweisübergabe im Zuge der Ermittlungen des BKA*.

Kroll könnte nichts damit anfangen. Die Unterschrift war alles andere als seiner Standardunterschrift ähnlich. Aber wichtiger war, was das kleine dumme Arschloch übersah: Offiziell gab es diese Beweise nicht. Die miesen kleinen Ermittlungen der Siebert waren inoffiziell. Eisenheim würde aus Eigennutz schweigen.

Korbach würde mit dem Taxi zur Palastruine fahren.

Die Siebert unterstand nicht dem BKA, sondern einer besonderen Einheit, die für die präventive Abschirmung der Regierung zuständig war. Diese Teams operierten in kleinen Gruppen äußerst unkonventionell. Am meisten ärgerte ihn, dass er nicht herausgebracht hatte, wem sie wirklich unterstand. Die offiziellen Informationen waren nichts Wert und sogar seine eigenen Kanäle kamen nicht weiter. Die Jungs von Breuer waren Profis genug und hielten lieber den Mund, das war sicher.

*

„Kroll, wo stecken Sie denn?" Hauptkommissar Reeker sprach in sein Handy, endlich hatte er ihn dran. Die Zeit lief ihm verdammt noch mal davon. Es blieben noch ein paar hundert Meter bis zum Palast, dann müsste er auch noch irgendwie hinunter in das dritte Untergeschoss.

„Im LKA, wegen der Schläger, die wir ..."

Eine Lösung musste her, schnell und pragmatisch. „Kroll, passen Sie auf. Die Siebert und Korbach treffen sich gleich im Palast der Republik ..."

„Und Chef, was sollen wir da?" Oberkommissar Krolls Stimme klang ein wenig zögerlich als ob er dabei im Internet auf dem Schirm nach Weibern glotzte und nicht ganz bei der Sache war.

„Schön zuhören, Kroll. Fragen Sie jetzt nicht zu viel.)Ich brauche Sie da ..." Reekers legte einen energischen Unterton in seine Stimme, den er selten nutzte. Aber Kroll kannte ihn lange genug, der würde schon verstehen.

„Wie ich schon sagte, ich bin da gerade wegen der Typen beschäftigt ..."

„Nun hören Sie auf zu diskutieren. Ich will Sie als Augen- und Ohrenzeuge im Palast sehen ..."

„Chef, ich muss darauf hinweisen, dass wir in dem Fall nicht ermitteln, sondern die Kollegin Siebert ..."

„Schluss jetzt. Ich nehme das auf meine Kappe. Fahren Sie in den Palast. Nehmen Sie den Treppenabgang C3 hinunter in das dritte Untergeschoss und halten Sie sich verborgen. Wir sehen uns dort. Warten Sie auf mein Zeichen. Und jetzt subito!" Reeker drückte die Verbindung weg. Dieser Hosenscheißer von Kroll und sein Schiss vor der Hierarchie. Die Siebert würde ihm den Bauch streicheln und die Füße küssen, wenn er ihr half, Korbach in die Pfanne zu hauen. Aber er hätte Kroll mehr einweihen müssen, so ganz falsch war seine Angst vorm Abmahnungshammer nicht, sich inoffiziell in laufende Ermittlungen einzumischen war der direkte Weg ins Karriere-Aus.

Aber zum Donnerwetter, er vertat Zeit mit dem Gegrübel.

Endlich löste sich der Stau auf der Gertrauden Straße vor ihm auf und er erreichte die Breite Straße. Der Palast wuchs in Sichtweite zu voller Höhe auf. Die Halbruine, wo das Deutschland der Sonntagsredner einfach so einen Ort abriss, an dem die Wiedervereinigung von der einzig frei gewählten Volkskammer beschlossen worden war.

Das Gebäude war zu einer gespenstischen Fassade verkommen. Noch vor Monaten hatte sich die Silhouette des Doms in der bronzenen Fassade gespiegelt.

Auf dem Platz vor dem Palast standen überall Leitern, Baufahrzeuge und Gerätschaften hinter einem Bauzaun herum, der das Areal abtrennte.

In dem Bereich formten Container und riesige Haufen von Abrissschutt mitten in der Stadt eine Art verlassene Industriebrache, die skurrile Landschaft eines Endes und Neuanfangs.

Reeker bog in die gesperrte Straße ein, parkte seinen Wagen und stieg aus.

„Verdammt, irgendwo …" Er fand den Durchgang auf die Baustelle im Zaun, lief vorbei an der Imbissbude. Hier war bereits Feierabend.

Ein paar Arbeiter hingen vor den Wohncontainern herum, die Kippen im Mundwinkel und ein paar Flaschen auf einem Campingtisch. Reeker machte in seinem braunen Anzug einen offiziellen Eindruck. Davon sahen die hier täglich mehr als genug. Er grüßte hinüber, Hände, die noch weißlich vom Staub waren erwiderten.

Reeker sprang die Stufen zur eigentlichen Baustelle hinauf und tauchte in das Innere des Gebäudes ein.

Er zog das Blatt mit der Zeichnung heraus, die Verena Siebert ihm zugemailt hatte. C3, war das nun vorn links oder hinten rechts, auf dieser oder der anderen Seite. Scheiße.

In seinem ausgehöhlten Zustand wirkte der Palast wesentlich größer, als ihn sich Reeker jemals vorgestellt hatte. Hatte man den tatsächlich abreißen müssen? Das waren wieder nur Prestigefrage und ein klarer Fall von Siegermentalität. Der Reichstag stand ja schließlich auch noch und strahlte sogar in neuen Würden. Er drehte noch mal das Blatt. Jetzt begriff er, wo West und Ost waren. Dort die Betontreppe war C3.

An den ersten Stufen nach unten verharrte er einen Augenblick. Das brachte ihn viel näher heran als geplant. Sein Blick fiel auf eine Absperrung in der Mitte des Stockwerkniveaus, auf dem er stand. Der Kriminalhauptkommissar steuerte darauf zu.

Er beugte sich vorsichtig darüber hinweg. Es schwindelte ihm. Reeker schloss die Augen, unterdrückte den Anfall, zwei tiefe Atemzüge und er war wieder da. Wie tief mochte es dort hinuntergehen? Zwanzig oder dreißig Meter – die mussten auch im Osten einen riesigen Weinkeller gebraucht haben.

Deutlich erkannte er die Levels C1, C2 und C3 nach unten. Reeker ging zurück zum Treppenabgang. Auf den Stufen setzte er die Füße langsamer. Unnötige Geräusche brauchte niemand. Sie war dort unten, das spürte er –wie beim Wild ein Männchen das Weibchen im Wald.

Im ersten Untergeschoss hörte er etwas. Stimmen.

Jens fand kein wirkliches Fluchtziel. In seiner Bude sah es aus als ob der Hausmeister die Mülltrennung rückgängig gemacht und alle Tonnen bei ihm ausgekippt hätte. Neue, aber versiffte Socken und T-Shirts lagen herum, die Pappkartons der Pizzabuden stapelten sich in der Ecke, wo er sie aufgetürmt hatte, neben den Kästchen der chinesischen Take-away-Konkurrenz.

Jens kratzte sich am Kopf. In unregelmäßigen Abständen lugten leere Flaschen aus dem Müll. Er hatte ziemlich wahllos durcheinander gesoffen, Cognac, Schnaps, Bier und Vodka.

Er stopfte das alles in den nächsten blauen Müllsack.

Heute Morgen war er mit einem seltsam klaren Geist aus dem Schlaf erwacht und hatte in der Küche bei einem Glas Milch aus der Tetrapack spontan beschlossen mit dem Saufen wieder aufzuhören.

Saufen und Rumtreiben wie ein Harter, aber morgens halb tot sein vor Kopfweh, wenn das seine ganze Männlichkeit war ... Das war einfach nur peinlich.

„Kacke." Er war in eine halbleere Chipstüte getreten, die Krümel spritzten über den Boden.

Grassi würde das alles nicht interessieren. Wenn der rauskam, hatte Jens den gewievten Kumpel auf dem Hals. Da half ihm auch Opa nicht, der finster von dem Foto an der Wand auf ihn herabblickte. *Junge, du musst ehrlich bleiben, dann kommst du am besten durch das Leben.* Opa hatte aber nicht Recht behalten. Trotz seiner Malerlehre hatte er keinen Job gefunden. Und damals, als er die 2.000,- Euro gefunden und abgegeben hatte, war ihm kein Finderlohn beschieden worden.

Mit den kleinen Diebstählen hatte er erst angefangen, als Opa den Löffel abgegeben hatte. Die kleine Erbschaft hatte für den Opel und ein paar Monate Miete gereicht.

Dann hatte er aus einem offenen Kellerverschlag einen Karton mit Schallplatten geklaut, die er dann auf dem Trödelmarkt vertickt hatte. Das war schnell verdient. Später ging er professioneller bei seinen Kellerbesuchen vor. Er fuhr mit dem Auto in andere Bezirke und betrat dort die großen Miethäuser in Malerkleidung.

Schnee von gestern, jetzt hatte er dieses Ding und Grassi an den Hacken.

Die Fluchtpläne, die er sich im Rausch ausgemalt hatte, waren einfach nicht tageslichttauglich. Der alte Gangster hätte nie Schiss vor ihm, egal was er veranstalten würde. Wenn er nicht gerade den halben Kiez in die Luft sprengte.

Er hielt das nicht aus. „Scheiße, scheiße, scheiße." Selbst wenn es ihm gelang, Eisenheim Geld abzupressen.

Jens warf die dreckige Wäsche in den Korb für den Waschsalon.

Die altersschwache Klingel schellte. Jemand stand vor der Wohnungstür. Die hatten doch nicht etwa Grassi vorzeitig entlassen? Jens wurde flau. Das Schellen bohrte sich in seinen Schädel. Gerade jetzt, wo er sich entschlossen hatte, sich ganz einfach nach Dresden abzusetzen.

Jens nahm eine leere Vodka-Flasche und ging durch den Korridor, atmete tief durch.

Jens riss die Tür auf. Ein freundlich gequältes Lächeln eines ungefähr gleichaltrigen Typen mit Ziegenbärtchen empfing ihn, der Mann trug braune Kleidung, die Jens irgendwie kannte.

„Na Gott sei Dank, ich dachte schon, ich müsste das Ding wieder hinunter schleppen." Der UPS-Fahrer zeigte auf einen großen Behälter, der auf dem Boden stand.

Jens merkte, dass er noch immer die Vodka-Flasche in der Hand hielt. „Äh, ja, also … gut." Er stellte die Flasche neben sein Bein. Und wurde rot, er stand in ja in Unterhosen und Schlafanzugjacke herum.

Den UPS-Mann schien das nicht zu kratzen. „Bitte hier unterschreiben." Er hielt ihm das Gerät mit der elektronischen Quittung und einen Stift hin. Jens krakelte seinen Namen drauf.

„Tschau." Der Mann ging die Treppe immer zwei Stufen auf einmal hinunter.

Jens starrte auf den riesigen Pott im braunen Verpackungspapier. Oben schaute ein Drahtbügel heraus. Jens bückte sich und hob die Lieferung an. Verdammt, das waren ein paar Kilo. Er nahm beide Hände und schleppte das Ding ins Wohnzimmer vor den Tisch.

Der Rand war mit braunem Klebeband sorgfältig abgeklebt. Die Lieferkarte darauf

„Was habe ich denn mit einem Baumarkt in Polen zu tun?" Sein Rücken zuckte, als ob ihn drei Bienen auf einmal gestochen hätten.

Die einzige Verbindung zu Polen in seinem Leben war Krystyna.

Am liebsten hätte er sich jetzt erst einmal einen harten Drink gegönnt.

Überhaupt, wo hatte sie seine Adresse her? Moment. Er selbst hatte sie ihr gegeben, als sie sich bei Grassi vor dem Knast getrennt hatten. Für alle Fälle, falls der Arzt etwas Ernstes bei seinem alten Passmann feststellen sollte. Aber dann war sie ja einfach verschwunden. Hätte er ja auch gemacht, wenn er so viel Kohle abgegriffen hätte wie sie.

Jens machte sich an die Verpackung. Irgendwas musste sich die olle Polin doch gedacht haben.

Als er den Deckel abzog, stieg ihm der Chemiegeruch von Metallfarbe in die Nase. Bronze. Sie hatte ihm einen Eimer Bronzefarbe gesandt. Verstehe einer die Frauen.

Jens ließ sich auf die Couch zurückfallen und kratzte sich am Sack.

Was um alles in der Welt sollte er mit einem Eimer Bronzefarbe anstellen. Damit könnte Grassi seinen Grabstein anstreichen, wenn der ihn fertig gemacht haben würde.

„Hey, was haben wir denn da?" Er beugte sich vor.

Im Deckel war eine Plastiktüte auf der Innenseite angeklebt. Vorsichtig riss er sie mit den Fingerspitzen auf und langte doch in Bronzespritzer.

SORRY sag ihm, ich liebe ihn.....alles Gute für dich. krystyna@pension-in-Polen.pl

Jens drehte den Zettel dreimal um. Nur diese paar Worte.
„Alles Gute für dich. – Die Alte hat ja die totale Macke. Soll ich mich mit der Bronze als Anstreicher selbstständig machen?" Er trat mit der Socke gegen den Eimer.
Die Farbe schwappte träge, aber irgendwie zeigten sich seltsame Schlieren auf der Oberfläche. Das hatte er als Lehrjunge zu oft gesehen. Jens trat noch mal. Wieder schwappte es ungleichmäßig.
„Dieses verdammte schlitzohrige polnische Weib."
Jens ging in die Küche und holte aus der Vorratskammer einen Leistenrest. Mit dem stocherte er vorsichtig in der Bronzefarbe. Schon nach wenigen Zentimetern stieß er auf Widerstand. Er holte aus der Küche die Gummihandschuhe, zog sie über und fasste in die Bronze. Er fühlte sofort das viereckige Paket, zog es ein wenig hoch.
Das Gefühl, dieses gute, geile Gefühl kannte er.
Jens ließ das Paket abtropfen und legte es dann auf eine Pizza-Verpackung. Irgendwo musste doch eine Schere sein … im Bad, die Nagelschere!
Jens wischte mit Klopapier die Bronze so weit weg, dass das Plastik gut sichtbar wurde. Sie hatte Gefrierbeutel genommen. Darunter leuchtete es ihm bunt entgegen. Das waren bestimmt rund achtzigtausend Euro.
„Ja!" Der eigene Freudenschrei weckte ihn aus seiner Anspannung. Es war ihm scheißegal, was Krystyna aus Grassis Hälfte gemacht hatte. Das hier war seine Hälfte. Grassi konnte sich um seine Hälfte

und damit um Krystyna selbst kümmern. Er war raus aus dem Schneider.

Jens ließ das Paket mit dem Geld auf der Pizzaschachtel liegen.

Er holte die kleine Plastikwanne, in der er immer seine Socken und Unterwäsche wusch. Er stellte das Paket auf eine leere Dose in die Wanne, damit es wirklich gut abtropfen konnte.

Die Tropfen der Farbe liefen langsam nach unten und gaben zusammen mit den Geldbündeln ein Bild ab, wie Kunst. So was stellten die Idioten in Mitte in Galerien her.

Diesmal würde er es nicht vermasseln. Jens würde nie wieder auf andere hören, er entschied jetzt selber, was für ihn richtig war. Als nächstes würde er eine Mail absondern, Grassis blonde Polin wartete bestimmt drauf.

Jens stand auf. Irgendwo musste seine Jeans rumliegen.

Eine weiße Weste - aber Dreck am Stecken ...

„Was wollen Sie denn hier?", fragte der Wachmann am Zugang zur Baustelle.

„Ich habe einen Termin, Meister."

„Das kann jeder sagen." Der Dicke im blauen Hemd mit dem <u>Securitas</u>-Aufdruck spitzte die Lippen. „Haben Sie einen Ausweis mit?"

So ging es einem, wenn man mal das feine Tuch ablegte. Eisenheim fühlte sich in Jeans, kariertem Hemd und dem alten Lederblouson deplatziert. Dabei hatte er sich extra robuster angezogen und gegen den üblichen Baustellenstaub eine lederne Schirmmütze aufgesetzt.

Er nahm Mütze und Sonnenbrille ab, reichte den Personalausweis rüber. Dann erkannte ihn der Wachmann auf seinem Ausweis.

„Entschuldigen Sie, Herr Eisenheim. Ich habe Sie nicht gleich erkannt, so in den ..."

„Schon gut, ich bin heute inkognito hier. Lassen Sie mich nun zu meiner Besprechung, oder sollen die hier die Ökolasten allein abräumen. Die Herren von der Bundesbauverwaltung warten nicht gern. Und ich will auch irgendwann einmal nach Hause."

„Den Weg finden Sie ja." Eisenheim schnappte sich seinen Ausweis.

Korbach hatte bestimmt ein offizielles Team im Schlepptau, der hätte doch am liebsten einen Hofstaat wie Kaiser Willi Zwo persönlich.

„Herr Eisenheim, denken Sie bitte daran, nachher ist das Gelände über den Ausgang Vorplatz zu verlassen. Hier sperre ich den Zaun um 15.00 Uhr ab. Dann können Sie nur dort noch raus."

Eisenheim passierte. Was für ein Flachwichser, von ihm aus konnte der abschließen oder offen lassen, wann und wie lange er mochte. Jetzt nur noch die Beweise vernichten und dann nichts wie weg mit Erika in die Karibik. Verdammt, er fühlte wie er die Faust ballte, Erika

246

war hoffentlich jetzt schon in Frankfurt umgestiegen. Das Gefühl ohnmächtiger Wut stieg bis in seinen Kopf und lähmte ihn. Er hätte sie jetzt gebraucht, hier, nur für einen Moment, eine Umarmung, es war so viel Kraft in ihr. Sie fachte seine Kraft immer wieder an, wie auch immer sie das machte.

Hier auf diesem beschissenen Schlossplatz mit dieser kotzigen DDR-Ruine, was wollte er hier überhaupt.

Eine Art von Trauer machte sich in Eisenheim breit, so als ob etwas unerledigt bleiben würde, als er die Ruine von der Schmalseite über den ersten Aufgang betrat. Er sog diesen Geruch ein. Nasser Beton, Eisen und Staub. Die Straßengeräusche, die von den Linden herüberdrangen, versetzten ihn in seine Studienzeit. Da hatte er oft auf Baustellen für sein Geld malocht.

Dieser Duft war prägnant, Eisen und Schweiß, Staub und Käsestulle in der Pause. Eine reine Männerwelt, wie im Sport, später hatte er sich bei den Jiu Jitsu-Kämpfern rumgetrieben, den Braungurt hatte er geschafft.

Sentimentale Erinnerungen, was hieß denn so ein Blödsinn schon. Er sah sich um. Wo war das dritte Untergeschoss?

Auf seiner Ebene war niemand zu sehen, nur Stahlstangen, die aus zerrissenen Betonplatten ragten. Korbach würde schon wissen, warum er die Übergabe ausgerechnet hier durchzog. Der Kurier wartete irgendwo auf ihn.

Also nach unten, das rechteckige Loch hinten links müsste eine Treppe sein, die hinunter führte.

Die Kriminalhauptkommissarin leuchtete sich den Weg mit der kleinen Stablampe am Treppenniedergang aus. Sie musste die Pläne des Palastes studiert haben, so wie sie durch das Labyrinth von Wänden, Durchgängen und Mauerschlitzen lief, ohne sich umzusehen. Sie war nicht mit dem Baufahrstuhl ins dritte Untergeschoss heruntergefahren. Sie lief langsam wie eine, die genug Zeit für ihre Pläne hatte.

Die kahlen Wände waren bereits von vielen Abrissspuren gezeichnet. Die Bagger hatten die Flächen angenagt und ausgebissen. Der Glanz aus sozialistischen Zeiten war verschwunden. Hie und da zeigten Schatten, wo die demontierten Einbauten einst Tausende versorgt hatten. Sogar hier unten hatten sich bereits einige Sprayer mit ihren Graffitis verewigt.

Die Sonderermittlerin da vorne platschte durch eine Pfütze Bauwasser. Für einen Moment lauschte sie in die Stille. Dann lief sie weiter, die festen Schuhe hinterließen nasse Abdrücke im Staub.

Aus dem Dunkeln löste sich noch ein Schatten aus einer Nische.

Aus den tiefen Hallen im Untergeschoss drei drangen keine Geräusche nach draußen. Nicht einmal der Straßenlärm, der nicht weit von hier, über ihnen am Berliner Dom vorbeirauschte, drang bis hier unten vor.

Noch eine halbe Treppe. Hier unten hatte sich einst die auf- und absenkbare Bühne des Palastes befunden.

Die Kommissarin ging weiter. Sie wich einer Kabeltrommel aus, stieg über ein paar Betonbrocken und Bretter hinweg, duckte sich unter herabbaumelnden Kabelresten.

Sah sie, dass sie unter einem roten Pfeil mit der Aufschrift *Bühne* stand? Sie stellte sich mit dem Rücken an die Wand, ihre Hand tastete zur Innenseite ihres Fieldjacketts.

Dann ging sie um die Ecke zu einem Lichtstrahl, der durch eine Öffnung in der Raumdecke fiel. Auch weiter hinten brach Tageslicht durch Ritzen von oben durch, wenn es nicht sogar eine Baubeleuchtung war, die noch eingeschaltet oder schon vergessen war.

Jetzt sah sie sich um. Wonach? Nach ihm?

Es war jetzt 15.10 Uhr.

Vor den Wänden standen einige Kisten und Baugeräte. Einige Gitterkäfige und

-boxen wechselten sich mit Paletten voller Säcke mit irgendwelchen Baustoffen ab. Die Kommissarin befand sich vor einem wohl vier Meter hohen und acht Meter breiten Haufen aus Betonresten, Moniereisen und Stahlträgern.

In der schwachen Beleuchtung stand sie vor dem Muldenkipper, mit dem der Abraum hier wegtransportiert werden würde.

Ein paar ausrangierte Stühle waren von den Arbeitern für ihre Pausen hier zusammengetragen worden. Ein auf die flache Seite gelegte Kabeltrommel hatten sie zum Tisch umfunktioniert, darauf lagen ein verstreutes Kartenspiel, Zigarettenreste und ein paar Getränkeflaschen.

Jetzt drückte sie sich tiefer in die Nische mit den Stühlen, setzte sich auf einen.

Der andere Schatten vor ihm hörte das Knarren als sie sich niederließ und verharrte für einen Moment in der Etage über ihnen.

Von hier aus hatte die Kommissarin sicher einen Überblick auf die Halle. Jetzt bemerkte auch sie die Öffnung in der Decke. Konnte sie richtig einschätzen, über wie viele Stockwerke die Öffnung reichte, wer zusah?

Die Kommissarin streckt die Beine von sich, vorsichtig, wohl darauf bedacht, dass sie mit den Schuhen nicht über den Boden scharrte.

Irgendwo oben und weiter hinten im Palast der Republik ertönten Stimmen, schlug Metall an Metall.

Konzentriere dich.

Der heimliche Beobachter ließ sich zu Boden sinken und hörte angestrengt in die Dunkelheit. Der große Schatten war jetzt nahe genug an die Öffnung im Boden auf Ebene 2 herangerobbt.

„ ... sehr melodramatisch, Ihr Treffpunkt, Korbach. Haben Sie hier noch weitere Geschäfte zu erledigen? Oder was soll das hier?"

Die Siebert klang ungeduldig.

„Meine Liebe, warum so aggressiv? Wir haben uns hier getroffen für ein bestimmtes Geschäft, der Rest geht Sie nichts an."

Wie auf Kommando erschien Korbach am Rand des Sichtfeldes von Reeker, der im zweiten Untergeschosse auf dem Boden am leeren Leitungsschacht lag. Der Schatten eines Bretterstapels deckte ihn, sorgsam hielt er seinen Atem ruhig, so schwer es auch fiel. Von hier hatte er zwar nur einen eingeschränkten Blick nach unten, blieb aber doch genug in Deckung. Es kam jetzt eher darauf an, Ohren- und Augenzeuge zu sein. Ob Kroll bereits in Position war, wie er ihn angewiesen hatte?

Korbach trat noch zwei Schritte in den Lichtfleck hinein. Hinter seinem Rücken verbarg er etwas. Kriminalhauptkommissar Reeker fluchte stumm, dass er sich nicht gleich mit gezogener Waffe in Position gelegt hatte. Jetzt musste er sie lautlos ziehen, irgendwie, solange wie unten alles friedlich blieb. Millimeter für Millimeter tastete seine rechte Hand nach hinten zum Gürtel. Aber er lag so nahe am Holzstapel, dass er immer wieder an die Bretter rührte. Wie ein untertourig drehender Motor schob er sich vom Stapel weg. Er bewegte sich nur, wenn sie unten sprachen.

„Nein, kein Geschäft. Sie dürfen mir Ihre Vorstellungen für Ihren Rückzug aus Ihren Waffengeschäften nennen."

Korbach lachte, kicherte fast. „So, so, meine Vorstellungen? Ich habe viel Phantasie."

Die Siebert trat nun auch in den Lichtfleck.

„Quatschen Sie nicht. Sie wissen, dass Sie am Ende sind. Oder haben Sie etwa heute beim Fraktionsvorsitzenden Ihren Afrika-Deal machen können? – Oh, Sie zucken ja."

„Was können Sie mir eigentlich beweisen?"

Korbach schien wenig beeindruckt.

Die Siebert zeigte ihre rechte offene Hand und fasste mit der Linken unter ihre Jacke, zog eine CD hervor. „Ich habe hier die Datenkopien Ihrer vielen Mails und SMS zu den Bankvorständen, die geheimen Absprachen mit den maßgeblichen Leuten, die mit dem Wiederaufbau des Schlosses zu tun haben. Ihre Absicht, ein Appartement mit Blick auf die Linden für sich zu reservieren, findet sich auch darauf. Muss ich ins Detail gehen?"

Reeker konnte sogar erkennen, wie sich die Mundwinkel von Korbach nach unten verzogen.

„Das ist alles? Die Veröffentlichung wird dem Kanzleramt mehr schaden als mir. Ich gälte nur als Hasardeur in der Baubranche. Niemand kann diese Daten veröffentlichen, wenn er nicht geschäftlich Selbstmord begehen will. Kein Medienkonzern verbrennt sich daran die Finger, das wissen Sie so gut wie ich."

Verena Siebert schüttelte den Kopf. „Wir sind im Besitz von Beweisen, dass Sie in den Mord am Rechtanwalt Zenkert verwickelt sind. Wir kennen sogar den Täter."

Ein kurzes trockenes Lachen von Korbach erlaubte es Reeker, eine genügende Distanz zwischen sich und dem Holzstapel zu bringen, damit bekam er endlich Zugriff auf seine Waffe.

„Ach ja? Sie haben Beweise. Was soll das denn sein? Höre zu, Mädchen. Entweder zahlen Ihre Chefs mir 25 Millionen oder geben mir für das Afrika-Geschäft freie Hand. Dann sind die Leute mich los. Ist das ein Vorschlag?"

Die Siebert wechselte das Standbein. Sie blieb stehen und sah Korbach an. „Vollkommen inakzeptabel. Eisenheim ist der Mörder. Er ist ihr Kontaktmann von der Regional- bis zur Bundespolitik, Ihr direkter Ansprechpartner. Er kennt die Details und auch Ihr persönliches Eingreifen. Wir klagen ihn an, beziehungsweise setzen ihn als Kronzeugen gegen Sie ein. Damit sind Sie geliefert. Als Drahtzieher eines Mordes verlieren Sie jede Sympathie. Mein Angebot: Sie erhalten freien Abzug, keine Strafverfolgung, umfassende Schweigeerklärung. Aber keinen Afrika-Deal."

„Mädchen, du und deine Beweise! Meinst du etwa diese Tatwaffe von Eisenheim?" Korbach holte hinter seinem Rücken die Elle hervor.

Verdammt, wie hatte dieses Arschloch das geschafft? Reeker wäre fast aufgesprungen. Hier lief ein obermieses Ding. Ein Kollegenschwein hatte sie beide hereingelegt und sich kaufen lassen von diesem arroganten Sack da unten.

Verena starrte auf das Eisenwerkzeug in Korbachs Hand. Der zog mit der anderen einen Lappen aus seiner Hosentasche.

„Kleine, weißt du wie man den lieben Gott zum Lachen bringt?" Er wischte mit dem Lappen die Elle ab und polierte an ihr herum.

Das Schwein genoss es, die Fingerabdrücke von Eisenheim ins Nirwana zu schicken und ein Lachen erfüllte für einen Moment die Betonhöhle.

„Klar, weiß ich das. Erzähl Gott von deinen Träumen!" Die Siebert sah kurz zur Decke, als ob sie ahnte, dass er zuschaute.

Dann machte sie zwei Schritte auf Korbach zu, ihr Gesicht berührte fast seines. „Korbach, wie kommen Sie an die Elle?"

„Langsam, langsam. Dein Trumpf hat nicht gestochen. Sei eine gute Verliererin, Mädchen."

„Die Daten ..."

Korbach trat einen Schritt zurück, war für Reeker jetzt nur noch am Rande des Lichtflecks halb zu sehen. Er drückte sich ein wenig mit dem linken Ellenbogen vom Boden ab. Der Beton verursachte ihm Schmerzen am Unterarm, aber er konnte die Waffe ziehen und in Vorhalte gehen.

„Verena, Mädchen." Korbachs Stimme klang, als ob er mit einem Kleinkind spräche. „Hast du es immer noch nicht begriffen? Ich habe alle und alles in der Hand. Deine Daten sind doch nur Kopien. Denk mal genau nach, was wohl mit den Originalen passiert ist. Alles kann man spurlos löschen, wenn man weiß wie. Was willst du meinen Anwälten vorlegen in einem öffentlichen Prozess? Soll die

252

ganze Republik mitlesen, was Vorstände der deutschen DAX-Firmen von Rüstungsbegrenzung und Nichtverbreitungsgesetzen halten? Kein Staatsanwalt überlebt das. So ein Prozess wird nie eröffnet. Notfalls wird er Mannesmann-mäßig eben mit einem Deal eingestellt, bevor er anfängt."

Er beschrieb mit der freien Hand einen Kreis wie ein Zauberer mit seinem Häschen. „Ich bin Korbach. Wer bist du noch, wenn du diese Operation in den Sand gesetzt hast? Ich biete dir gern einen Praktikantinnen-Job à la Lewinsky an. Dafür reichen ja deine Voraussetzungen allemal."

Reeker hätte kotzen mögen. Er lag wieder auf seinem Bauch. Den linken Unterarm vor sich, den rechten am Ellenbogen nach oben gewinkelt, mit der Waffe im Anschlag. Die Versuchung wuchs, den Finger umzulegen und dem Arschloch die Ewigkeit zu geigen.

„Das Angebot kommt zu spät, Korbach. Pech für Sie. Ihre afrikanischen Geschäftspartner wissen bereits, dass sie keinerlei Vollmachten offizieller Stellen in Deutschland mehr haben. Wenn Sie jetzt noch etwas vereinbaren, ist das Betrug."

Korbach zuckte zusammen, er machte einige Schritte zurück, soweit, dass er aus dem Sichtbild Reekers verschwand. „Damit verliert Deutschland den Markt für …"

War er jetzt unsicher oder verzerrte die Halle seine Stimme?

„Dickerchen", gab es ihm die Siebert endlich zurück", Regierungen reden miteinander auf vielen Kanälen, schon vergessen? Natürlich verliert Deutschland nicht den Markt. Nur du hast ihn verloren, niemand sonst."

„Was soll das heißen?"

„Deine Sicherheiten gegenüber den Afrikanern sind geplatzt. Die üblichen Provisionen streichen nun eben andere Leute ein. So ein Pech. Du hast noch Glück, dass man dich nicht bei deinem geplanten Afrikabesuch hat abstürzen lassen. – Korbach, was soll das, bist du verrückt?"

Etwas Metallisches klirrte auf den Betonboden. Reeker legte die Wange in den Staub des Bodens für ein bisschen mehr Reichweite des Blicks. Die Elle war in die Mitte des Lichtflecks geschlittert.

„Du miese Schlampe, du wirst mir nichts verderben. Ich erledige dich jetzt hier."

„Korbach, das ist nicht dein Stil. Es nützt dir nichts, mich auszuschalten."

Sie hatte keine Angst vor der Pistole, die dieser Sack auf sie richtete.

„Der Fraktionsvorsitzende, den du vorhin besucht hast, war wohl nicht deutlich genug. Du bist aus dem Spiel – und zwar ganz."

Reeker sah nur die Siebert, die ihren Blick auf Korbach gerichtet hielt, der aus seinem Sichtkreis gerückt war.

Wenn er jetzt eingriff, könnte das eine gefährliche Reaktion provozieren. Er musste unbedingt Korbach ins Visier kriegen.

„Tja. Nun fährt dein schöner Deal gegen die Wand, so kurz vor dem Ziel. Alles nur wegen diesem idiotischen Eisenheim."

„Was ist mit mir?"

Eisenheim. Verdammt, wieso tauchte der hier auf?

Er war es wirklich. Eisenheim schritt von der Seite her in den Sichtkreis und stellte sich knapp drei Meter neben die Siebert. Er sah in der Lederjacke aus wie ein Loddel auf dem Kiez.

Korbach reagierte nicht. Also hatte er mit Eisenheim gerechnet. Dieses Schwein würde wieder andere die Drecksarbeit machen lassen.

Reeker kniete sich auf. Das gab ihm etwas Zeit. Sie würden wenig auf Geräusche achten. Er brachte sich in Position über dem Rand und zielte hinunter.

„Du dämlicher Sack, hättest du bloß nicht den Zenkert erschlagen. Du hast alles ins Rutschen gebracht." Korbach keifte fast wie ein Penner an der Parkbank.

„Zenkert hat mich angegriffen. Es war Notwehr", sagte Eisenheim kalt.

Von weitem kamen Geräusche, wie Brocken Beton auf anderen Beton, der über Eisengitter rutscht. Ein Schreckenslaut, irgendjemand schien zu stolpern.

Wieder fiel etwas zu Boden, es klang wie Bretter. Er hörte ein paar stolpernde Schritte, dann fiel das Baulicht aus. Nur aus dem hinteren Bereich schimmerte diffus Tageslicht durch Deckenspalten.
„Scheiße noch mal ... Entschuldigung ... was war das denn?"
Kroll. Reeker ließ einen Moment die Waffe sinken. Dieser Stümper.
Der Kriminalist sprang auf, geriet an den Stapel Bretter, die gegen ihn sackten. Er kämpfte mit dem Gleichgewicht auf dem linken Fuß.
Ein Schuss.
Reeker stand in einem dumpfen Ohrenschmerz, er sackte auf das rechte Knie. Der Widerhall von den Betonwänden vibrierte in ihm nach. Dann fuhr ihm der Herzschlag wie Feuer ins Hirn.
Wer hatte geschossen? Reeker riss ein Brett an einem Nagel ein paar Schritt mit dem Hosenbein mit.
„Und jetzt bist du dran, du verdammter Versager." Korbachs Stimme barst vor Hass.
Das Licht flackerte wieder an.
Der Kriminalhauptkommissar kniete sich offen an den Rand des Deckenlochs. Unten im dritten Geschoss kämpften zwei Männer. Korbach und Eisenheim. Die Siebert lag auf dem Gesicht, ein dunkler Fleck breitete sich um sie herum aus.
Verdammt.
Reeker rannte zum Treppenabgang. War halb drunten.
Irgendwo aus den Gängen hasteten Schritte heran.
„Bleiben Sie, wo Sie sind. Hier ist die Polizei." Kroll brüllte.
Die beiden rangen weiter. Korbach entglitt die Pistole aus der Hand, die wegschlitterte und kurz vor der Siebert liegen blieb. Jetzt hatte sich Korbach befreit. Reeker kam atemlos auf dem Bodenlevel der Etage an. Er griff zum nächst besten, fasste einen losen Brocken

255

Beton und warf ihn zwischen die beiden. Korbach und Eisenheim wichen auseinander. Korbach griff von irgendwoher ein Brett, Nägel ragten daraus hervor. Er ging auf Eisenheim zu. Der wich zurück, bückte sich und fasste die am Boden liegende Pistole, riss sie hoch und zielte auf Korbach. Der blieb stehen, starrte seinen Kontrahenten aus blutunterlaufenen Augen an. Nichts erinnerte mehr an den sonst so distinguierten Mann.

„Kroll, hierher. Schnell," brüllte Reeker, dass ihm fast der Schädel sprang.

Eisenheim blickte verwirrt in die verschiedenen Richtungen, aus denen die Stimmen kamen. Ansatzlos verschwand Korbach in der Dunkelheit des Gebäudeinneren. Verdammt. Aber Verena war wichtiger.

Oberkommissar Kroll erschien auf der Bildfläche. Er zielte mit seiner Pistole auf Eisenheim, der vor Verena stand. Jetzt erst hörte Reeker sie stöhnen.

„Legen sie die Waffe auf den Boden. Sofort!", brüllte Kroll.

„Aber ich habe doch gar nicht ..." Eisenheims Stimme klang wie überrascht.

„Die Waffe auf den Boden. Sofort." Kroll schrie lauter. „Oder ich schieße."

Eisenheim legte vorsichtig die Waffe hin mit Bewegungen wie ein Automat.

„Und jetzt auf die Knie, die Hände im Nacken verschränken."

Eisenheim leistete der Aufforderung schweigend Folge.

„Reeker? Sind Sie irgendwo?"

„Hier vorn. Halten Sie den Mann im Auge, ich kümmere mich um Verena."

Reeker machte die letzten Schritte zur Angeschossenen. Sie wimmerte. Die Finger ihrer rechten Hand bewegten sich, tasteten auf dem Betonboden herum, wie die Beinchen eines Insekts.

Reeker drehte Verena Siebert behutsam in eine stabile Seitenlage. Legte sich neben sie in den Staub und schob ihren Kopf auf seine Armbeuge. Das Lächeln im jungen Gesicht täuschte, es war nur Anstrengung und Schmerz. Unter der grünen Armeejacke sickerte immer mehr Blut hervor. Reeker konnte den Einschuss nicht lokalisieren. Er beugte sich vor.

Ganz leise murmelte sie etwas. „Reeker, mach kein Aufsehen um diese Sache hier ..."

„Verena, nicht sprechen, wir beide ..."

Eine Regung huschte durch ihr Gesicht. „Kümmere dich nicht um Korbach. Lass die andern das machen, sie erledigen ihn, bestimmt … und Eisenheim ..."

Das letzte Wort war schon halb vom Blut verschluckt, das aus ihrem Mund rann. Reeker fühlte, wie ihm die Augen nass wurden, er suchte ihren brechenden Blick. Sie verstanden sich. Darum ging es im Polizistenleben: Es wenigstens versuchen, es den Arschlöchern zu zeigen.

Sie starb, das wusste sie. Dann verging der Glanz in ihren Pupillen und der Blick wurde ein wenig verträumt. Ihre Lippen bewegten sich. Reeker legte sein Ohr daran.

„... mein Wyatt Earp, schön, dass du da bist ..."

Die Lippen formten sich noch einmal, fast zu dem spöttischen Lächeln, dass ihn immer so in Rage gebracht, dann kippte ihr Kopf nach vorn.

Kroll stierte auf sie herunter. „Was … was hat sie gesagt?"

Reeker legte den Kopf der Toten sanft auf den Beton und rappelte sich auf. Einen Schritt vor Eisenheim blieb er stehen und blickte zu seinem Kollegen.

„Was haben Sie hier gesehen, Kroll?"

„Als ich kam, stand Herr Eisenheim vor der Toten mit der Pistole in der Hand, die dort vorne liegt."

„War noch jemand hier?"

„Wieso … nein."

„Haben Sie sonst etwas gehört?"

Kroll sah ihn mit zusammengezogenen Brauen an. Reeker ging zur Seite und bückte sich nach der Elle, hob sie auf. „Kroll, ich habe etwas gefragt."

„Eine Männer– und eine Frauenstimme."

„Sonst niemanden?"

„Nein Chef, sonst nichts."

Reeker sah auf die Pistole auf dem Boden, dann auf Eisenheim. Er drehte kurz den Kopf zu Kriminaloberkommissar Kroll hin. „Verena Siebert hat den Namen Eisenheim genannt." Er wandte den Kopf. „Herr Eisenheim, ich verhafte Sie wegen Mordes an Verena Siebert, ermittelnde Beamtin für Bestechung bei öffentlichen Bauverfahren." Der Polizist holte weit aus und warf die Elle auf den riesigen Haufen mit Bauschutt und Eisen. Kroll sah erstaunt hinterher:

„Chef, aber ...?"

„Schnauze Kroll, oder haben Sie das Werkzeug jemals zuvor gesehen. Vielleicht schon einmal in der Hand gehabt?"

„Chef, Sie wollen doch nicht etwa …" Die Waffe in Krolls Hand, die immer noch auf Eisenheim gerichtet war, zitterte.

„Ich will einen Mörder verhaften." Reeker nahm sie ihm ab. „Rufen Sie die Kollegen."

„Ihr Schweine, was ist das für ein Scheißspiel! Hier war Korbach, der hat geschossen."

Kroll ging wortlos davon. Reeker wandte sich Eisenheim zu.

„Maul halten. Den Scheiß kannst du der Staatsanwaltschaft erzählen. Dreh dich um und lege die Hände auf den Rücken."

Eisenheim gehorchte.

„Sie wissen doch genau wie ich, dass ..."

„Sparen Sie sich den Atem. Zwei sind tot. Sie können es sich aussuchen, für welchen Mord Sie bestraft werden."

Eisenheim sah ihn gerade an. „Was soll das? Korbach hat geschossen, Sie müssen das gesehen haben."

Der Ermittler drehte ihn herum und schob ihn Richtung Treppe.

„Das erklären Sie dem Gericht, wenn Sie können. Aber Sie haben jemanden, den Sie beschützen wollen, wenn ich mich nicht irre. Spielen Sie mit. Ich habe kein Problem, Ihrer Frau eine Strafanzeige wegen Mittäterschaft anzuhängen. Verstehen wir uns?"

An der Treppe wandte er sich noch einmal zu der toten Verena Siebert herum, so sehr er auch blinzelte, das Wasser in seinen Augen wollte nicht weichen.

*

Liebe Erika,

die Staatsanwaltschaft hat ihr Wort gehalten. Sie haben mich nach Hessen verlegt.

Du hattest Recht, es war im Nachhinein doch richtig, dass ich kooperiert habe und meinen Part mit Zenkert gestanden habe. Uns kann es jetzt egal sein, wenn ein paar korrupte Beamte hochgehen. Langsam komme ich mit der ganzen Sache ins Reine.

Ich sortiere nun die Bücher in der Gefängnisbibliothek. Seltsam, aber es macht mich ruhig, so etwas Langweiliges zu tun. Ich lese viel über die karibischen Inseln und lerne endlich richtig Englisch.

In zwei Jahren kann ich auf Halbstrafe entlassen werden, wenn ich mir hier nichts zu Schulden kommen lasse. Werde ich nicht, versprochen.

Dann habe ich allerdings noch Bewährung und muss noch in Deutschland bleiben. Aber die Zeit überstehen wir auch, wir wollten doch schon immer mal in ein paar Ecken im eigenen Land fahren, die wir noch nicht kennen.

Immer wieder sehe ich mir Dein Foto vom letzten Sommer an, wie Du unter der Palme im Sand liegst … Du fehlst mir, morgens, mittags und in der Nacht.

Eisenheim legte den Kugelschreiber aus der Hand und blickte durch das Gitter seines Zellenfensters in den blauen Himmel. „Zenkert, verdammter Zenkert ....."

*

„May I serve you a drink, Sir?" Korbachs Schwarzer war schlau, der hatte gleich kapiert, dass der Massa gern gefragt wurde.

„Later." Korbach winkte ihn weg in den Garten. Der sollte lautlos im Hintergrund wirken.

Die Villa hoch über Cape Town verfügte über einen Blick auf Tafelberg und das Meer, sie war jetzt sein Refugium. Korbach hatte afrikanischen Marmor in weiß, rot und schwarz im ganzen Haus legen lassen.

Manchen seiner Gäste sah er an den Nasenspitzen an, dass sie den Stil eine Spur zu protzig fanden, aber er sonnte sich in der klammheimlichen Bewunderung der deutschen Besucher. Zum Meer hin erstreckte sich eine ungeheure Terrasse, die in Berlin glatt ein kleiner Innenstadtparkplatz hätte darstellen können. Der Pool war im Felsboden eingelassen, das Wasser überflutete den Beckenrand, stürzte die künstliche Klippe hinab, bevor es nach 20 Metern wieder aufgefangen und erneut hochgepumpt wurde.

Korbach hatte seinen Bademantel an, noch gewöhnte er sich an die Hitze, in Deutschland herrschte ja die entgegengesetzte Jahreszeit. Er sah hinaus auf die unendliche Weite des Meeres. Es war ein guter Tag zum Telefonieren.

Er griff zum Schnurlosen auf dem Tisch, tippte eine Nummer von einem Notizzettel ab, wartete. Dann wurde das Freizeichen von einem Klicken abgelöst.

„Abteilung vierzehn. Kroll."

„Beaumont hier." Es gab eine Pause, die Überraschung war wohl eher ein Schock für den Schlappschwanz.

„Korbach, lassen Sie das Versteckspiel. Was wollen Sie?"

260

„Aber, ich bin nun ganz offiziell Herr Beaumont, das wissen Sie, und möchte darum bitten, das zu respektieren."

„Was wollen Sie?"

Korbach legte die Beine auf die Liege. „Eine Gefälligkeit."

„Nein."

„Warum so unfreundlich. Sind haben es doch nun zum BKA geschafft."

„Ja. Und?"

„Sie könnten mir dafür dankbar sein."

Kroll sog hörbar die Luft ein. „Ich nehme an, Sie rufen von einer sicheren Stelle aus an. Ich sehe keine Nummer."

„Worauf Sie sich verlassen können. Neueste Technik aus Asien. Ich habe meine Tätigkeitsfelder ein wenig ... sagen wir ... verlegt."

„Kommen Sie zur Sache."

„Ich würde gerne wissen, wo Frau Eisenheim geblieben ist."

„Das werden Sie nicht von mir erfahren."

„Kroll, Sie waren immer auf der sicheren Seite mit mir. Ich habe Ihnen sogar eine Quittung für die Beweisübergabe gegeben." Die Korbach mit Heinrich Himmler unterschrieben hatte.

„Was für eine Quittung?" Die Stimme kippte Richtung Du-Scheißkerl-willst-mich-wohl-verarschen.

Korbach sah das Meer und ein Containerschiff Richtung Kap der guten Hoffnung driften. „Okay, lassen wir das." Genug Getändel.

„Korbach oder Beaumont, für meinen jetzigen Posten habe ich teuer bezahlt. Reeker hat nie wieder ein Wort mit mir gesprochen. Und die Siebert ist tot."

Das wollte er nicht hören. „Ich biete Ihnen einen Job hier in Südafrika. Zehntausend Euro monatlich. Eigene Villa, Dienstwagen, Mercedes versteht sich, Chauffeur und noch ein paar nette Hausangestellte, Farbe nach Wunsch."

„Was wollen sie überhaupt von Frau Eisenheim?"

„Nun sagen wir mal, ich würde mich gerne um die Frau kümmern, solange wie der Herr Gemahl in Haft ist."

„Machen Sie sich keine Gedanken, die Dame ist bestens versorgt worden."

Korbach steckte sich eine Zigarre an. „Kroll, nun mal nicht so überheblich. Vielleicht sollte ich mal bei Ihrem Vorgesetzten anrufen und ..."

„Tun Sie es ruhig. Hier weiß man Bescheid."

„Was glauben Sie eigentlich ..."

„Ihre Zeit ist vorbei. Ihre Seilschaften sind erledigt, Sie sind fertig. Im Exil ... Wenn Sie die Frau Eisenheim benutzen wollen, um sich an dem Mann für Ihren Absturz zu rächen, dann macht Sie mein neuer Chef schneller fertig, als Sie Ihren Hintern zum Flughafen kriegen. Auch in Kapstadt, keine Sorge."

„Dieser miese kleine Provinzpolitiker, der in zwei Jahren auf Halbstrafe wieder ..."

„Ich warne Sie, Korbach ..."

„Sie warnen mich? Sie? Ich werde ..." Er warf die Zigarre auf den Marmor.

„Nichts werden sie."

„Du kleiner verschissener Idiot. Ich ..."

In dem Augenblick klickte die Leitung. Ungläubig starrte Korbach auf das Schnurlose, dann zerschmetterte er es auf dem Boden, und schob die Reste mit dem Fuß in den Pool. Dann trat er die Liege über den Beckenrand.

Die Hausbar, das Grünzeug, alles Mist. Er wischte sich über die Stirn, sein Bademantel stand offen, der Gürtel baumelte im Wasser.

„Hey, Boy! Schwarzes Saupack, wie sieht das hier aus? Räumt das sofort auf."

*

„Nu sag schon, Jens. Wo geht es denn hinne?" Grassi drehte den Zigarillo in seinen Händen hin und her auf dem Beifahrersitz des alten Lieferwagens. „Was fährst du überhaupt für 'ne Kalesche?" Er sah hinten durch die kleine Scheibe in der Rückwand der Fahrerkabine auf Regale.

„Nicht so ungeduldig. Bleib geschmeidig. Das ist ein Lieferwagen mit Kühlung."

„In mein Alter hat man nich mehr so viel: Zeit. Die Kleene is schon fast fertig mit die Packerei. Mit die Knatta is auch bei dir alles paletti?"

„Grassi, nun nerv doch nicht. Glaubst du ich bin ein Idiot? Wirst du ja sehen."

Der Ton von Jens war ja richtig unwirsch. Grassi sah ihn von der Seite an, sagte aber nichts. Jens beobachtete ihn aus den Augenwinkeln. Grassi betrachtete sich selbst im Rückspiegel. Sein Schnurrbart umrahmte seine Oberlippe bis zu den Mundwinkeln wie eine Sichel. In den vier Monaten Haft hatte er sogar abgenommen, bei dem Fraß im Knast kein Wunder. Er sah nun eher aus wie ein alter Habicht.

Die Stadt zog vorbei. Es war gut wieder draußen zu sein. Stadt und Leute, Dreck und Lärm. Das war Berlin.

Sie fuhren die Hauptstraße in Richtung Steglitz entlang. „Mann, da steigen aber Erinnerungen hoch, wat Kleiner?"

„Wirst du sentimental, oder was?", fragte Jens.

„Ick meine ja nur."

Jens lenkte den Transporter auf den Parkplatz am Breslauer Platz und rangierte ihn rückwärts vor die Eingangstür des Kiosks. Der Junge zog die Handbremse, sprang zur Tür hinaus, ging um den Wagen herum und öffnete die Beifahrertür. „Nu komm, schon, steig aus."

„So wat macht man nich. Von wegen Rückkehr an den Tatort."

„Mime hier nicht den Al Capone für Arme."

Grassi kratzte sich im Ohr. Wie redete der denn mit ihm.

An der Tür des Kiosks blinkten Sicherheitsschlösser. Grassi zog ihn an der Schulter davon weg. War der auf Drogen oder was? „Mach keinen Scheiß am helllichten Tag, da kommst du nicht rein. Alter, ick bin gerade mal eben aus dem Bau."

„Ich hab es gleich."

„Kleiner, du bis ja meschugge, ick mach mir lieber auf den Weg. Nischt für ungut." Grassi drehte sich weg, aber Jens hielt ihn am Ärmel fest.

„Bleib cool, Mann. Ich hab die Schlüssel für den Laden."

Der Junge öffnete tatsächlich die Tür mit Sicherheitsschlüsseln.

„Hilfst du mir mal?" Jens zeigte in das Innere des Lieferwagens, ein kühler Schwaden zog heraus. Grassi stand vor der Ladefläche und beäugte das kalte Paket, das ihm Jens auf die Arme drückte.

„Die Pommes zuerst. Das sind die Pakete unten links."

Sie schafften das Zeug nach einander in den Kiosk. Grassi gab es nicht zu, aber ein bisschen Bewegung tat ihm gut. „Das is ja ein richtiger Imbiss geworden."

Jens zog sich einen weißen Kittel über und drehte an der Friteuse. Ein rotes Lämpchen leuchtete auf. Bouletten, Bratwürste und was nicht noch alles stand hinter ihm.

„Das is nich dein Ernst Kleiner, wat?"

„Wieso nicht?" Jens sah nicht zu Grassi hin.

„Läuft denn die Bude?"

Jens schwang die Wurstzange wie einen Taktstock. „Grassi, ich habe hier einen Mietvertrag für fünf Jahre, mit einer Option auf weitere fünf Jahre. Für die Einrichtung habe ich einen Kredit von fünfzehntausend Euro aufgenommen, den ich in drei Jahren zurückzahle, mit anständigen monatlichen Raten. Dazu den Lieferwagen auf Kreide."

„Aber wieso auf Pump? Du hast doch ..."

„Nichts habe ich. Verstehst du?" Jens neigte den Kopf vor und zog mit einem Zeigefinger die Haut am Unterlid nach unten. „Grassi, schalt den Kopp ein. Ich kann mir die Raten leisten und wenn du in die Bücher siehst, wird auch der monatliche Umsatz stimmen. Ich denke, dass ich so in drei Jahren auf achtzigtausend komme. Legal und versteuert. Bis dahin bin ich hier längst etabliert und die Bude läuft von alleine. Und ich nehme einen Studenten."

„Du verdammter Sack."

Jens schaute zur Verkaufsluke und senkte seine Stimme. „Und einiges vom Einkauf gebe ich direkt schwarz zum halben Preis weiter. Du weißt doch, Einkauf - Verkauf. Der Warenbestand muss stimmen."

Grassi reichte Jens die rechte Hand und legte ihm die Linke auf die Schulter. „Kerl, Jens, ick könnte wirklich was lernen von dir. Meinen Respekt. Ick hätte dir früher kennen lernen sollen."

Jens rührte mit dem Sieb im blitzenden Fett und lächelte schief. „Naja."

„Dann bestell ick mal Pommes weiß-rot und ne Curry bei mein Kumpel."

*

Diesmal würde er nicht zu spät zu seiner Verabredung kommen, sogar der Erste sein. Reeker überquerte die Fahrbahn und steuerte das Café Breslau an.

Sie war noch nicht da. Einige Tische waren besetzt, an denen Leute frühstückten. Vorne links gleich drei Bauarbeiter, dahinter zwei Mütter, die Kinderwagen neben ihren Tisch gezogen hatten. Reeker nickte der Bedienung zu, die gerade ein Bier zapfte. „Für mich bitte einen Tee. Pfefferminztee. Mit ein wenig Honig dazu."

„Einen Augenblick, mache ich gleich fertig."

„Danke", Reeker suchte den Tisch, an dem er vor gut sechs Monaten mit Grassi gehandelt hatte.

„Ich dachte schon, du kommst gar nicht mehr."

Reeker blieb einfach stehen. Gerlinde. Die samtweiche Stimme bewirkte, was sie immer bewirkte, sein Unterleib reagierte wie mit Zwanzig.

„Wie konnte ich dich nur übersehen?"

Sie saß an einem der Tische am großen Fenster. Ihre dunklen Augen lächelten ihn an. „Ich war zur Toilette, ganz einfach."

Wie sehr hatte er sie die paar Tage schon vermisst. Ihre weiche Haut und ihre weichen Lippen. Der Sex, den sie bei jedem ihrer Treffen hatten, war nicht langweiliger geworden. Sie fachte seine Neugier stets aufs Neue an, lotete seine Grenzen immer tiefer aus. Seit das Büro Zenkert endgültig abgewickelt war, hatte Gerlinde erst einmal Urlaub gemacht. Zwei Monate auf Fuerteventura mit einer guten Bekannten, Freundin verlebt. Er hatte nichts weiter dazu gesagt und nur gefragt, ob sie sich wieder sehen. *Aber ja.*

„Wie ist es dir ergangen, mein Lieber?" Gerlinde bot ihm ihren Mund. Reeker küsste sie und spürte für einen Augenblick ihre Zunge zwischen seinen Lippen. Bevor er den Kuss erwidern konnte hatte sie sich gelöst, legte den Arm um ihn und drückte ihre Wange an die seine, wobei sie ihm ins Ohr flüsterte. „Ich freue mich auf dich."

Reeker setzte sich. Sie saß da so damenhaft, vollkommen die Chef-Sekretärin mit perfekter Frisur und Makeup. Niemand ahnte die heißblütige Schamlosigkeit, die sie im Bett entfaltete oder sich entfaltete, wie man es nahm. „Wollen wir gleich zu mir gehen?"

„Ein Frühstück gibt doch Energie ..." Sie zwinkerte.

Die Bedienung brachte Reeker seinen Tee.

„Mir noch einen Kaffee, bitte. – Hast du die Versetzung in den vorzeitigen Ruhestand schon verkraftet?"

Reeker rührte im Teeglas. „Ich habe das erwartet. Die neue Gehaltsstufe versüßt die Sache schon erheblich."

„Denkst du noch manchmal an deine Kollegin?"

Reeker sah durch das große Fenster nach draußen, dann auf die Tischplatte. „Manchmal denke ich, dass es meine Schuld war. Ich … hätte vielleicht doch eingreifen, schießen sollen."

Gerlinde legte ihre Hand auf seinen Unterarm. „Sie war sehr mutig."

„Mit ihr als Teamleiterin hätte ich noch eine Menge lernen können, auf meine alten Polizeitage. Aber lassen wir das." Er nahm Gerlindes Hand. „Jetzt habe ich ganz viel Zukunft vor mir. Die würde ich gerne mit dir verbringen." Es war raus, und so viel leichter als er gedacht hatte.

„Ich brauche erst wieder eine Arbeit und dann …"

„Du bekommst doch Arbeitslosengeld. Wenn du etwas brauchst …"

„Halt. Langsam. Werner." Sie setzte sich auf und legte ihre Finger auf seinen Mund. „Tu mir einen Gefallen und versuche nicht, mich zu verplanen, das)wird sonst nicht funktionieren."

Reeker schaute in Gesicht von Gerlinde, das die schwarzen weichen Locken so anmutig rahmten. Er war überrascht, wie direkt sie war. „Ich wollte nicht … ich …"

„Schon gut. Ich weiß, du willst mir nur helfen. Wenn ich wirklich etwas brauche, dann frage ich schon."

Sie brauchte ihre Freiheit, um sich frei hingeben zu können. Es war im Grunde ganz einfach.

„Was hast du in deinem Ruhestand jetzt vor?"

„Ich habe mir ehrlich gesagt noch gar keine Gedanken gemacht."

„Na, das wird sich schon finden. Was machst du heute Abend?"

„Ich habe gehofft, dass wir …"

Gerlinde führte seine Hand an ihren Mund. Für eine Sekunde lutschte sie an seinem Zeigefinger. „Ich auch." Sie küsste seine Fingerspitzen. „Allerdings gibt es …"

Reeker fühlte wie die Enttäuschung ihn tief einatmen ließ. „Ja?"

„Meine Freundin fliegt erst übermorgen nach Köln. Solange wird sie noch bei mir wohnen."

„Schade." Reeker zog die Hand weg und griff zum Teelöffel. „Vielleicht möchtest du vorher noch einen Abstecher zu mir machen?"

„Wozu?" Ihre Stimme klang so, er wusste nicht recht wie, nur nicht so, wie er es hätte haben wollen.

„Na ja ... weil ... ich dachte."

„Wir ordentlich die Laken durcheinander bringen können?" Gerlinde sprach es so gelassen aus, als ob sie ihn nach der Uhrzeit fragen würde.

Reeker konnte nicht anders, er lachte. „Ja, ehrlich gesagt, genau das."

Ihre Lachfalten zeigten sich. „Dafür müssen wir nicht zu dir." Sie senkte die Stirn und schaute ihn wie über einen Brillenrand hinweg an. „Meine Freundin wäre gern dabei ... wenn es dich nicht stört."

Reeker schluckte, spürte das spontane Kribbeln in den Hoden. Er hätte beinahe den Tee herausgeprustet. Davon träumte ungefähr jeder Mann und ihm alten Kerl passierte das einfach so, mitten am Vormittag.

„Sie ist ... na, nicht unbedingt deine Tochter, aber doch ein bisschen jünger als ich. Als ich von dir erzählte, wie gut du spielen kannst ..."

„Und sie will wirklich mit einem Mann ... wie mir?"

„Werner, ich würde das doch sonst nicht sagen." Gerlinde wartete bis die Bedienung den Kaffee hingestellt hatte.

Reeker lehnte sich im Stuhl zurück. Mit Gerlinde konnte er Abgründe ausloten und in Höhen abheben wie nie zuvor.

„Du hast doch wohl keine Angst?"

„Angst? Nein, ich freue mich auf diese ... Bereicherung in meinem Leben."

„Solange, wie du nicht versuchst, mich anzubinden, bleibe ich das bestimmt auch weiterhin, Werner."

Er legte den Arm um sie und küsste sie auf den Hals. Dabei sah er hinüber zum Kiosk auf dem Platz vor dem Rathaus.

Reeker deutete mit dem Zeigefinger durchs Fenster. „Das glaube ich jetzt nicht!"

„Was ist denn?" Sie wandte sich zum Fenster.

Er schob Gerlinde sanft weg. „Dort steht der alte Ganove, von dem ich dir erzählt habe. Was will der denn ausgerechnet an genau dem Imbiss mit diesem Jungen am Kiosk?"

Gerlinde hob die Augenbrauen und schmunzelte mit vorgeschobenen Lippen. „Geh doch einfach hin und frage."

„Einmal Currywurst mit Pommes." Reeker baute sich an der Verkaufsluke auf und grinste die beiden so breit an wie möglich.

„Kommt sofort, Herr Kommissar."

Grassi stand drinnen und drehte den Kopf zur Hintertür. „Ick glaube ick muß los." Irgendwas schien anders an ihm, wahrscheinlich der Bart.

Reeker hob beschwichtigend beide Hände. „Keine Panik. Ich bin jetzt genauso außer Dienst wie ihr beiden auch. Oder seid ihr wieder im Geschäft?"

Grassi kam aus dem Imbiss heraus zu ihm nach draußen an die Verkaufsluke. „Wat denn? Adee sindse? Wat is passiert?"

Reeker sah einen Moment die Akten auf seinem alten Schreibtisch liegen, dann roch er wieder das Frittenfett auf dem sonnigen Breslauer Platz. „Personalabbau. Sozialplan. Die ohne Familie zuerst."

„Ja, am Ende vons Geschäft ist die Hand immer am Arsch."

Reeker lachte bewusst kurz und trocken. „Ihr könnt euch aber nicht beklagen. Das ist hier eine gute Ecke für einen Imbiss. Erbschaft gemacht?"

„Die Curry mit extra viel Gratis-Pommes, Herr Kommissar", sagte der junge Mann drinnen.

„Wohl doch noch nich so ganz ade?", fragte Grassi.

Reeker steckte den Plastikpieker in eines der vorgeschnittenen Wurststücke. „Ach iwo, ich frage nur so aus Neugier." Grassi musterte ihn mit seinem kiebigen Ganovenblick, der alte Raubvogel hatte abgenommen. Der Knast hatte ihm wohl mehr Stress gemacht, als er jemals zugeben würde.

„Ick frag ja auch nich, wat aus die Sache mit den Toten von hier geworden is. Gelesen hat man nischt drüber. Bloß über den ollen Eisenheim."

„Grassi, Sie haben eine Abmachung mit der Staatsanwaltschaft." Er drohte ihm mit dem Pieker.

„Ick meine ja nur so."

„Ausgezeichnet, wirklich gute Ware. Sie verstehen Ihr Handwerk."

„Danke Herr Kommi ... ich meine, Herr Reeker. Sind Sie wirklich rein zufällig hier?", fragte der junge Mann.

Gerlinde war ein Zufall in seinem Leben gewesen, also war auch der Treffpunkt Café Breslau in gewissem Sinne zufällig, aber er hatte sich schon gedacht, dass der Alte in seinem Revier auftauchen würde. „Grassis Entlassung war ja vorgestern, da habe ich mir schon gedacht, dass ich euch hier irgendwo mal zusammen treffe."

„Verstehe." Grassi klaute seinem Kompagnon eine Pommes von der nächsten Pappschale.

Reeker wischte sich mit der Serviette über den Mund. „Aber ich möchte doch wissen, was für euch beide wirklich bei der Sache hängen geblieben ist ..."

„Wie ick damals sagte, so an die 200 Euro aus dem Kiosk ..." Grassi sah zum Kioskdach hoch.

Reeker kniepte ein Auge zu. „Ich meinte eigentlich nicht den Einbruch im Kiosk." Er drehte sich um und sah zum Rathaus hin.

Der junge Mann beugte sich ein wenig aus der Luke. „Herr Reeker, die ganze Bude hier läuft auf Kredit. Ehrlich. Die Papiere kann ich Ihnen zeigen."

„Ich will keine Hausdurchsuchung anberaumen, ehrlich, ich bin privat."

Der Kioskbetreiber zog die leere Pappe von Reeker in den Imbiss und warf sie in eine Tonne. „Sie sind eingeladen."

„Und du Grassi bist der ominöse Kreditgeber."

„Icke? Wovon denn? Ick hab nischt."

„War wohl nicht viel drin, dort in Eisenheims Büro im Rathaus?"

Grassis Kumpel kam vor den Imbiss und zog sich eine Kappe auf den Kopf. *Bei Jensi* war darauf eingestickt.

„Herr Reeker, nun fragen Sie doch schon. Wir sind doch erwachsene Männer."

„Also gut." Er räusperte sich. „Ich würde zu gerne wissen, wie hoch die Summe war, die Zenkert damals dem Eisenheim hier als Bestechungsgeld übergeben hat. Geld, das dann auf seltsame Weise verschwunden ist."

Für einen Augenblick herrschte Schweigen. Reeker wusste nicht, wer fetter grinste, Jens, der Grassi nachmachte, oder Grassi, der auf seines reagierte.

„Das sind aber nun wirklich ganz intime Dinge, die Sie da ansprechen", sagte Jens.

„Und ick sage auch nischt wegen die Elle, nach der nie nicht einer noch gefragt hat, " legte Grassi nach.

„Du hast tolldreist deine Aufwartung hier gemacht, ich habe es auf dem Video genau gesehen."

Aber Grassi wandte sich nur an Jens. „Er tut es schon wieder, merkst du das?"

„Aber ihr habt euch auf jeden Fall den Fisch ans Land geholt, nicht wahr?"

Jens wischte über die Ablage seiner Imbissbude und rückte die *Bei Jensi* -Kappe zurecht. „Die Wurst geht aufs Haus. Solange wie Sie hier essen kommen."

Grassi hielt Reeker die Hand hin. „Ick mach nach Polen. Hab da eine Bekannte, die betreibt ne kleine Pension. Adresse lege ick hier bei Jens hin. Sie sind immer gerne gesehen. Umsonst versteht sich."

Reeker konnte so viel Großherzigkeit nicht glauben. „Ihr habt ja ein ziemlich schlechtes Gewissen, meine Herren."

Am Straßenrand hupte es. Ein Volvo-Kombi mit polnischem Kennzeichen hielt. Der Rücksitz war umgelegt, hinten war alles vollgestopft mit Taschen, Tüten und Koffern. Auf der Kofferbrücke türmten sich kleine Möbelstücke.

Grassi schlug Reeker kameradschaftlich auf die Schulter. „Nee, kein schlechtes Gewissen. Das is dein Anteil von die ...", wieder hupte der Volvo, Grassi wartete, „ ... tausend."

Reeker wollte ihn festhalten, aber der alte Gauner wich seiner Hand geschickt aus. „Wieviel hast du gesagt ...?"

Aber Grassi stieg schon in den Volvo. Eine Frau küsste ihn auf die Wange, dann legte sie einen Gang ein und blickte zu den Autos auf der Hauptstraße.

Unter Gehupe rollten sie davon.

Jens winkte mit seiner Kappe aus der Luke hinter her.

Reeker wandte sich ihm zu. „Hast du verstanden, was Grassi zum Schluss gesagt hat?"

„Ich weiß gar nichts. Ehrlich. Ich muss hier jetzt weitermachen, Herr Kommi ...... Reeker."

Aus dem Augenwinkel sah er, wie Jens seine Fingerspitzen küsste und eine Kusshand Richtung Café Breslau warf. Dort stand die schwarzhaarige Bedienung vor der Tür und küsste in die Luft retour. Reeker wandte sich um, aber Jens war schon wieder im Imbiss verschwunden.

„Dann werd ich wohl doch", sagte Kriminalhauptkommissar Reeker mehr zu sich selbst, „mal nach Polen fahren müssen. Dieser alte Gauner."

272

Lothar Berg

1951 an der Ruhr geboren, schloss die Schule mit der kaufmännischen mittleren Reife ab.

In den Folgejahren war er in verschiedenen Berufszweigen und in unterschiedlichen sozialen Milieus tätig. Persönliche Erlebnisse in der Obdachlosigkeit, der Inhaftierung und dem Rotlicht verleihen seinen Geschichten ihre Authentizität.

Seine Sprache ist brachial, aber nicht ohne Zärtlichkeit, die man in ihr aber erst erkennen muss.

In den 1980er Jahren qualifizierte er sich über Abendlehrgänge und Prüfungen zum senatszugelassenen Fuhrunternehmer mit Entsorgungsfachbetrieb in Berlin.

Anfang des neuen Jahrtausends schrieb er *Fenster der Gewalt* und begründete damit auch einen gleichnamigen Verein, der sich für Gewaltprävention bei Jugendlichen stark machte. Seit 2004 hat sich Berg ausschließlich seinem künstlerischen Schaffen verschrieben.

Lothar Berg lebt und arbeitet in Berlin.

Der Autor, bekannt für seinen kompromisslosen Schreibstil, macht zudem durch seine art-szenischen Lesungen, mit Live-Music und Showelemente, wie etwa Go Go Girls oder Kampfsporteinlagen, auf sich aufmerksam.

www.lotharberg.de

https://de.wikipedia.org/wiki/Lothar_Berg_(Schriftsteller)

https://www.youtube.com/user/DieRueden

Carlo Feber

stammt aus der Pfalz und studierte
Politologie in Paris und Berlin, wo er
heute noch lebt.

Zunächst war er als Arbeitswissenschaftler und Projektmana-
ger im Medienbereich tätig. Seit 1995 schreibt er Krimis und
historische Romane. Außerdem arbeitet er als Roman-Coach
und gibt Creative-Writing-Unterricht bei verschiedenen
Kultureinrichtungen.

www.carlofeber.de

Alter Drecksack

merch:
www.alterdrecksack.de